汉译世界文学名著丛书

血的婚礼
加西亚·洛尔迦戏剧选

〔西〕费德里科·加西亚·洛尔迦 著

赵振江 译

商务印书馆
The Commercial Press

Federico García Lorca
BODAS DE SANGRE
根据马德里卡特德拉出版社 1989 年版译出

汉译世界文学名著丛书
出版说明

1902年，我馆筹组编译所之初，即广邀名家，如梁启超、林纾等，翻译出版外国文学名著，风靡一时；其后策划多种文学翻译系列丛书，如"说部丛书""林译小说丛书""世界文学名著""英汉对照名家小说选"等，接踵刊行，影响甚巨。从此，文学翻译成为我馆不可或缺的出版方向，百余年来，未尝间断。2021年，正值"汉译世界学术名著丛书"出版40周年之际，我馆规划出版"汉译世界文学名著丛书"，赓续传统，立足当下，面向未来，为读者系统提供世界文学佳作。

本丛书的出版主旨，大凡有三：一是不论作品所出的民族、区域、国家、语言，不论体裁所属之诗歌、小说、戏剧、散文、传记，只要是历史上确有定评的经典，皆在本丛书收录之列，力求名作无遗，诸体皆备；二是不论译者的背景、资历、出身、年龄，只要其翻译质量合乎我馆要求，皆在本丛书收录之列，力求译笔精当，抉发文心；三是不论需要何种付出，我馆必以一贯之定力与努力，长期经营，积以时日，力求成就一套完整呈现世界文学经典全貌的汉译精品丛书。我们衷心期待各界朋友推荐佳作，携稿来归，批评指教，共襄盛举。

商务印书馆编辑部

2021年8月

加西亚·洛尔迦和他的戏剧创作

加西亚·洛尔迦于1898年6月5日出生在西班牙安达卢西亚地区格拉纳达市郊的富恩特-巴克罗斯小镇。当时的西班牙，也和一百年前的中国一样，处于江河日下、风雨飘摇之中：封建势力的束缚，统治集团的腐败，不仅使其经济发展极其缓慢，而且导致了它在与美国的战争中一败涂地，将海外最后的几块殖民地丧失殆尽。战争的失利使西班牙的知识界受到了很大的震动，一批不满现实、追求变革的文学青年力图通过文学创作唤起民众的觉醒。这同样是一个光彩夺目的作家群体，史称"98年一代"，又称"半个黄金世纪""白银世纪"或"苦难的一代"。加西亚·洛尔迦就是在这样的历史和文化背景中诞生的。

加西亚·洛尔迦出生的地区——安达卢西亚——是一个文化底蕴十分深厚的地区，是诗人和艺术家的摇篮。人们所熟知的希梅内斯、马查多、阿莱克桑德雷、阿尔贝蒂、塞尔努达等都出生在安达卢西亚。

加西亚·洛尔迦出生的城市是一座极具特色的城市，是一座历史文化名城。闻名遐迩的阿尔罕伯拉宫，始建于十三世纪，矗立在格拉纳达东南的山梁上。它居高临下，俯瞰全城，气势恢宏，蔚为壮观。但应当指出的是，格拉纳达自从被天主教双王于1492

年攻克以后，经济并没有得到发展。直至上个世纪初，还只是个仅有七万五千人口的小城市，被称作"活着的废墟"。后来制糖业的兴起使那里的资产阶级开始了"现代化"的进程，但无论在政治方面还是在文艺方面，都依然是一个相当保守的地方。这也是思想行为超前的加西亚·洛尔迦在自己的家乡惨遭杀害的原因之一。

与格拉纳达不同，加西亚·洛尔迦的出生地——富恩特-巴克罗斯镇——却并不保守。这是距格拉纳达市18公里的一个小镇。它是原"罗马丛林"庄园的核心。这个庄园占地1500公顷，原是西班牙王室的财产。1813年，抗法战争结束后，加的斯的王室成员将它赠给了打败拿破仑军队的威灵顿公爵（1769—1852）。因此，当地居民曾属英国贵族管辖，信奉新教，具有自由、开放的传统。这种氛围对洛尔迦思想品格的养成产生了很大的影响。

加西亚·洛尔迦的家庭也是一个不寻常的家庭。他的父亲是个开明而又有文化修养的庄园主，为了培养子女成人，他情愿多花钱，也要送他们去教学较严谨、思想较自由的私立学校。费德里科·加西亚·洛尔迦是四个兄弟姊妹中的长者，因此，他是在亲人们的呵护中长大的。尽管在他之前，家中无人上过大学，但几乎所有的家庭成员都具有艺术天赋。他们中的许多人会弹吉他、十二弦琴或钢琴，会讲故事、即席赋诗、熟悉民间歌谣。他的一个堂祖父（巴尔多梅罗）是家乡的流浪诗人，出版过一本宗教诗的小册子。虽然家里人将他看成一只"黑绵羊"，费德里科却很喜欢他。他的一个叔父能用钢琴演奏十分动听的乐曲。此外，加西亚家的人爱读书。他的父亲就买过一部精装插图本的《雨果全集》，这是费德里科最早的课外读物。诗人的母亲比父亲年轻十一岁，出身贫寒，顽强的毅力使她靠自学成为村里的小学教师。

费德里科·加西亚·洛尔迦有超常的诗歌天赋，八岁时已能背诵百余首民谣。如果后来不致力于诗歌和戏剧创作，他或许会成为画家或音乐家，如同他的朋友达利和法雅那样。他于1914年入格拉纳达大学学习法律，后改学文学、绘画和音乐。加西亚·洛尔迦大约从19岁开始写诗，同时写散文。由于其音乐老师安东尼奥·塞古拉去世，家里又不同意他出国，便停止了音乐学习，但他从事诗歌创作的意志却始终不曾动摇。他于1919年赴马德里大学学习，在著名的大学生公寓结识了不少诗人和艺术家，并经常在"公寓"和马德里各地朗诵自己的诗歌和戏剧作品。

我们可以把洛尔迦的诗歌创作分为三个时期。1920至1927年为第一个时期。1921年出版的第一部《诗集》是一本自选集，而且种种迹象表明，未入选的作品是大量的。在这部诗集中，每一首诗都标有创作的年月。至于其他诗作，要确定其创作日期是很困难的，因为他往往同时穿插进行不同诗集的创作。在《诗集》之后，《深歌》《组歌》《歌集》和《吉卜赛谣曲集》的风格相近：传统的韵律和现代主义的影响并存，基本上是表现客观的诗歌体验，个人内心情感的抒发是有节制的。在一定程度上，这与"纯诗歌"不无关系。在这个时期，贡戈拉一直是他心目中崇拜的偶像。1927年年初，《吉卜赛谣曲集》的创作基本完成，它为洛尔迦赢得了极高的声誉。但他对这部诗集的局限性有十分清醒的认识，因此，在一片赞扬声中，他不无惋惜地告别了第一个时期，开始了一种全新风格的创造。这是一种抒发苦闷、宣泄愤怒、表现困惑的自由体诗歌，是一种开放型的诗歌，它通向现实生活的各个领域。1929年，为了克服情感和创作上的危机，他前往美国，《诗人在纽约》就是在那里创作的。后来又去了古巴、阿根廷和乌拉圭。经过这次革新之后，他的诗歌的象征色彩更浓了。《诗集》中闪烁的点点光辉已经化作五彩斑斓的世界。这是个大面积丰收的年代，无论在数量上还是在质量上，都达到了令人吃惊的程度。诗人自己也一直以此为骄傲。遗憾的是，诗人在世时，对这时期的许多作品未来得及做系统的整理。当然，可以肯定地说，《诗人在纽约》是他第二时期的最高成就。从纽约回到西班牙之后的六年，洛尔迦将主要精力投入了戏剧创作，并于1932至1935年率领"茅屋"剧团在西班牙各地巡回演出。这时期创作的诗歌不多，主要诗集是《短歌》与《十四行诗》。这两本诗集以抒发个人的亲情为主，有较大的随意性，也有较强的情爱色彩。在此期间，诗人收拢了在纽约时张开的翅膀，重又回到传统的韵律上来，尽管没有摒弃自由诗的风格。或者可以说，这是前两个时期的概括和总结。伊格纳西奥之死，导致了二十世纪一首伟大挽歌（《致伊格纳西奥·桑切斯·梅西亚斯的挽歌》）的诞生。它将《诗人在纽约》的先锋派风格与《吉卜赛谣曲集》及《深歌》的魔幻色彩融为一体。

洛尔迦诗歌的创作过程是个不断创新的过程。与其他"27年一代"诗人相比，这一点是非常突出的。无论就民族性还是就先锋性而言，他都是独树一帜。他的作品的民众性比西班牙同时代的任何诗人都强。在社会诗歌的创作方面，他实际上比阿尔贝蒂还要早。

在短短十八年的文学生涯中，除了诗歌创作之外，加西亚·洛尔迦还创作了一部散文(《印象与风景》)、十二个剧本和一个电影文学脚本。此外，还搜集整理了大量的民间音乐，创作了数以百计的素描，做了许多次学术讲座。他的主要剧作有《马里亚娜·皮内达》、《鞋匠的俏娘子》、《血的婚礼》、《坐愁红颜老》(即《单身女子罗西塔或花儿的语言》)、《叶尔玛》、《贝纳尔达·阿尔瓦之家》等。

加西亚·洛尔迦早期的戏剧创作，既有《马里亚娜·皮内达》《鞋匠的俏娘子》等现实主义题材的作品，也有《观众》《就这样过五年》等超现实主义的无情节戏剧。前者植根于西班牙深厚的戏剧传统之中，后者则具有强烈的探索与创新性。就作者本人而言，在先锋派文学方兴未艾的时代，他对后者或许更有兴趣。但戏剧毕竟与诗歌不同，它要在舞台上演出，要在观众心中引起共鸣，否则就失去了生命力。因此，他的探索似乎并不成功：《观众》和《就这样过五年》被认为是"不可能演出"的戏剧。于是，加西亚·洛尔迦又回到现实主义的道路上来，创作了《血的婚礼》《叶尔玛》《贝纳尔达·阿尔瓦之家》等反映安达卢西亚妇女悲惨命运的乡村三部曲，并获得极大的成功。应当指出的是，这并非简单的回归现实主义，在这些作品中，已包含鲜明的超现实主义和幻想成分。下面，我们就对这三部作品进行一些具体的分析。

《血的婚礼》是加西亚·洛尔迦的代表作之一，至今常演不衰。该剧取材于一个真实的事件。1928年7月22日，在阿尔梅利亚省的尼哈，农场主的女儿弗朗西斯卡·加尼亚达将与卡西米罗·佩雷斯·莫拉雷斯举行婚礼。吉时已到，新娘却不知去向，宾客们只得各自散去。后来人们在距离农场八公里的地方发现了新娘的表兄蒙斯特·加尼亚达的尸体，并在附近的树林中发现了衣冠不整、神魂不定的新娘。新娘坦白了与表兄骑马私奔的经过。据她讲，在逃跑的路上，突然出现一个蒙面人，向蒙斯特开了四枪。事后警方证实：蒙面人是新郎的哥哥，他在婚宴上喝多了酒，一时气愤便酿成了这桩惨案。加西亚·洛尔迦是在7月24日的《ABC报》上读到这条关于"尼哈命案"的报道的。他认为这是很好的戏剧题材。经过5年的酝酿，终于创作出了这部三幕七场悲剧。西班牙著名作家乌纳穆诺把作家的创作分为"卵生"和"胎生"两种类型。前者的创作过程是在体外完成的，而后者的创作过程是在体内完成的。倘若如此，加西亚·洛尔迦无疑属于后者。《血的婚礼》孕育的时间很长，最后是在很短的时间内完成的[①]。

　　《血的婚礼》于1933年3月8日首次演出。观众席中坐着当时声名显赫的戏剧家贝纳文特（1922年诺贝尔文学奖获得者）、乌纳穆诺、阿尔瓦雷斯·金特罗、爱德华多·马尔吉纳以及"27年一代"的诗人阿莱克桑德雷、塞尔努达、萨利纳斯、豪尔赫·纪廉等，演出取得了"决定性的、无可争议的圆满成功"，人们对这部将现实与幻想熔为一炉的诗剧给予了充分的肯定和热烈的欢迎。在这部剧作中，传统与现代、继承与创新、高雅与通俗得到了很好的结合。这也正是洛尔迦的成功之所在。对此，只要把《血的婚礼》与洛佩·德·维加的《羊泉村》中的婚礼场面比较一下，只要把剧中大量的谣曲与安达卢西亚乡村流传至今的民歌比较一下，就无须本人在此赘述了。

[①] 洛尔迦的好友豪尔赫·纪廉说，这部剧作是在一周的时间内创作的。

众所周知，在二十世纪二三十年代，剧坛占主导地位的是反映资产阶级生活格调的情节剧，而加西亚·洛尔迦却避开当时的创作主流，大胆地选择悲剧作为自己的创作形式，为二十世纪初的西班牙剧坛注入了新的活力。

《血的婚礼》是一部反映世俗图景的戏剧，主要表现的是被压抑、被禁止的爱情。男女主人公所面对的是封闭落后的社会、两个家族的世仇以及人物之间的经济利益。然而他们的爱情冲破了所有的束缚羁绊，背叛了社会的道德准则，甚至也违背了自身的理智。需要指出的是，男女主人公之间的爱情包含着浓重的情欲成分，代表着一种原始的、无法抗拒的力量。新娘说莱奥纳多的手臂就像"大海的冲击"、像"骡子甩头"一样牵引着她；尽管她大声疾呼"我不愿意，我不愿意！"却还是像"一根草屑"似的在空中跟随着他。实际上，她无法抗拒的与其说是莱奥纳多的吸引，还不如说是自己胸中燃烧的欲火。这就是为什么著名文学评论家费尔南德斯·阿尔马格罗将《血的婚礼》称为"富有原始气息的民族之魂"[1]。

在《血的婚礼》中有四位主要人物：母亲、新娘、新郎和莱奥纳多。母亲和新娘是"土地"与"繁衍"的象征。新郎和莱奥纳多的死亡却暗示了土地的荒芜。在剧中，作家用鲜血将生与死、繁衍与荒芜联系起来。鲜血代表着血统和家族的延续，象征着生命。当死神让鲜血流淌，鲜血会浸湿土地，直到使土地荒芜。这

---

[1] 梅尔丘尔·费尔南德斯·阿尔马格罗：《F.加西亚·洛尔迦的悲剧〈血的婚礼〉的公演》，《太阳报》，1933年3月9日。

时，繁衍的希望和不育的绝望交织在母亲身上，使其在致命的失落与孤独的痛苦中挣扎。这正是第三幕终场时给观众留下的令人难忘的印象，也是形成《血的婚礼》悲剧性本质的要素之一。

　　作为《血的婚礼》中女性群体的另一代表，新娘则是一个具有双重作用的人物。她是莱奥纳多和新郎追求的共同目标，也是这两个男人死亡的直接原因，她的恋人和未婚夫双双为她死去而她却活了下来，并将以处女之身在孤独中度过余生，在痛苦的伴随下渐渐枯萎、老去，因而她的悲剧色彩也就更加强烈了。同洛尔迦的其他戏剧作品一样，女性角色在《血的婚礼》中占有突出的地位。在加西亚·洛尔迦看来，在这些女性人物身上，集中了安达卢西亚"鲜血文化"的精神，她们是悲剧的原因，也是悲剧中的牺牲品，而这一点，恰恰是安达卢西亚地区乡村生活最真实的体现。

　　除了在人物身上体现生活的真实性，洛尔迦还通过舞台场景来表现《血的婚礼》中现实主义的因素。例如，新娘的家被设置在一个窑洞中，这个细节表面上看来显得有些令人难以置信，但正是这一点反映了安达卢西亚人十分真实的生活场面，直到今天，在安达卢西亚地区的一些小镇，如高第斯和阿尔梅里亚，仍有一些居民居住在窑洞里。另一个使作品贴近现实生活的细节是匕首的使用。在《血的婚礼》中，匕首作为一件致命的武器，结束了新郎和莱奥纳多的性命，但洛尔迦并没有仅仅把它当作一件必不可少的道具，而是让它像一个独立的剧中人物一样，参与剧情的发展。在全剧的第一场，我们就看到了母亲对匕首的恐惧，因为它几乎总是与死亡联系在一起。在全剧的结尾，两位男主角又用匕首决斗而同归于尽。在安达卢西亚的文化背景中，这样的结局会让人感到那么真实，那么符合逻辑。

舞台场景的效果还体现在色彩的运用方面。新郎的家刷成了黄色；莱奥纳多的家是粉红色；第二幕，新娘窑洞外面是灰、白、蓝的冷色调，但全剧的基调却是红色，这是"血"的颜色。红色在西方文化中并不是吉祥、热烈的颜色，恰恰相反，它代表着焦躁和暴力。红色的婚礼是"血的婚礼"。新娘洁白的婚纱与那几滴鲜红的血迹形成了强烈的对比，具有动人心魄的震撼力。在最后一场中，在全白的背景上有两个身着蓝色服装的姑娘在用红色的线桄绕线，与贯穿全剧的红色相呼应。黄色在剧中也反复出现。这是小麦成熟时的颜色，是收获的颜色，代表着母亲将血脉延续下去的愿望。

除了色彩之外，剧中人物的名字也具有象征意义。在《血的婚礼》中，大多数人物没有名字，作者只是根据他们之间的血缘关系给了他们每人一个代号：母亲、岳母、新郎、新娘、新娘之父、莱奥纳多、莱奥纳多之妻、姑娘们、小伙子们，等等。作者这样做，突出了剧本的普遍意义。这些没有名字的人物可以是任何一个人。姑娘出嫁后就成了新娘，生儿育女后就成了母亲或岳母，男性的命运亦然，至于他们的婚姻是否幸福，那是无关紧要的，因为人们关心的是经济利益，是"土地能连成一片"。年复一年，代复一代，人们的生存状况就是如此。剧中唯一有名字的人物是莱奥纳多。这个名字来源于"雄狮"（León）一词，象征着男性未经驯化的性格和气魄。在他的心中，燃烧着欲望之火。

值得一提的是，剧中还出现了月亮（依照舞台提示，他是个年轻的樵夫）和死神（装扮成叫花婆）的形象。作为一种宿命的影响力，它们以十分直接的方式干预了剧中人物的命运，并决定了其悲剧性的结局，而且也为作品增添了诗性的因素。洛尔迦认为艺术不仅是一个创作过程，而且是一个对现实的发现过程，是对人的诗意的诠释。他曾说："戏剧需要它的人物在舞台上披上一件诗歌的外衣，但同时又可以看见他们的骨骼血肉。"诗性化的语言和丰富的想象力正是洛尔迦戏剧十分鲜明的特色。

在《血的婚礼》获得成功后不久，加西亚·洛尔迦就开始了《叶尔玛》的创作。1934年12月29日在马德里的西班牙剧院首演，取得了巨大成功。至1935年3月，已连续演出了一百场。

《叶尔玛》的主题虽然简单，却具有普遍意义，尤其是在安达卢西亚农村，这可能是司空见惯的事情。故事的冲突来自夫妻二人——叶尔玛与胡安对待生育的不同态度。对叶尔玛来说，生儿育女几乎是她唯一的人生目标。但胡安对此却态度冷漠，认为孩子是对现有生活秩序的威胁，意味着付出和牺牲，因而对妻子的强烈要求无动于衷。叶尔玛急切地渴望自己能生个儿子，说父亲将"能生一百个儿子的血液"给了她，可她却在一堵墙上"碰得头破血流"，因为丈夫只知道"沿路放羊，晚上数钱"，在与她同床时，"腰是凉的，好像是个死人的尸体"。这是一对典型的只有婚姻而没有爱情的夫妻。胡安要的是一个没有思想、没有情感、没有渴望的女人，所谓"羊在圈里，女人在家里"。他根本不能也不愿理解妻子的要求。在他眼里，叶尔玛的痛苦是自作自受、不可理喻。而叶尔玛一心想生儿育女，但她期待的儿子却永远不会出生。她对丈夫虽然很不满意，但却信守"嫁鸡随鸡、嫁狗随狗"

的传统道德理念。她对牧羊人维克托一往情深，也萌生过爱的欲望。例如，她对老妇人，甚至对维克托本人都不无感情地说过后者曾搂着她的腰跳过一条水渠，那时她"颤得直打牙"。然而她不敢也不愿正视自己的感情，认为这是"下流女人"的行为。她在痛苦中煎熬，却不明白这痛苦的根源在哪里。殊不知正是男权社会和传统道德压迫着她、束缚着她，使她"只有欲望，没有自由"；而她的丈夫胡安正是这个男权社会禁锢和压迫女性的代表。从某种意义上说，他的存在就是对叶尔玛的折磨与惩罚。这种分歧使得夫妻之间的矛盾日益加剧。胡安就像一条无形的绳索，越勒越紧，使叶尔玛透不过气来。后来，胡安竟然叫两个妹妹到家里来监视自己的妻子。正是在这种绝望中，叶尔玛呼喊道："现在我可要走向深渊的最底层了。"当她终于无法抑制胸中的激情与愤懑时，便在绝望中爆发：亲手掐死了自己的丈夫，并叫道："我亲手杀死了我的儿子。"

《叶尔玛》的剧情并无惊人之处，可为什么能够取得巨大的成功呢？这是与作者对生活细致入微的观察以及他准确、鲜明、生动的语言分不开的。比如，对叶尔玛盼子心切的描述，作者就选取了一个她满怀激情地为怀孕的女友做婴儿装这样一个细节，她边做边唱，一下子就将她渴望做母亲的心情淋漓尽致地表现出来了。又如，作者用叶尔玛若有所思地注视自己被维克托握过的手这样一个细节，便使观众窥见了她压抑在内心深处、难以言表的微妙情怀。《叶尔玛》是一部悲剧，却又是一部诗剧。作者的语言达到了炉火纯青的地步。剧中人物复杂的内心情感，往往是通过浅吟低唱的诗句来表达的。第二幕第一场开场的"洗衣妇之歌"就是个突出的例子，烘托了叶尔玛对生儿育女的强烈渴望：我为你洗腰带/在寒冷的小溪，/你的笑声/像热情的茉莉。随着剧情的发展，洗衣妇们又歌唱了各自婚后生活的快乐，从而反衬了叶尔玛的不幸。载歌载舞不仅活跃了舞台气氛，而且省去了许多笔墨。这种音乐剧的韵味也是洛尔迦诗剧的特色之一。

《叶尔玛》的另一个突出特点在于具有多重含义的形象的运用。首先，女主人公的名字本身就具有深刻的含义。"叶尔玛"（Yerma）的原意为"不生长树木的、无法耕种或未经开垦的土地"，这暗示着女主人公无法生育的命运。作为生命之源的"水"，是全剧中最重要的具有象征意义的符号，它是通过血、奶、唾液等不同的形象来体现的。在第一场中，叶尔玛就问丈夫："不喝杯牛奶？""奶"体现着母性因素，暗示着叶尔玛与胡安似乎不是夫妻而更像母子，他们之间并没有情爱，这也就是为什么当叶尔玛最后掐死自己的丈夫时会说"我亲手杀死了自己的儿子"。同样在第一场里，当胡安对她渴望有个儿子的话无动于衷时，她说："……不停地落在石头上的雨水会使石头软化并生出草芥来的，尽管人们说这些草芥一点用也没有……可我却清清楚楚地看见它们摇动着黄色的花朵。"雨水、石头和花朵是三个密切相关的意象。雨水代表着性爱，有了它，连石头都会开花。叶尔玛渴望的正是"雨水"的滋润。当老太婆吞吞吐吐，不告诉她为什么不怀孕时，她曾直截了当地说了出来："却任凭人家渴得要死，也不告诉人家。"可见她想怀孕的欲望是多么强烈。当她听到维克托的歌声时，也曾产生内心的冲动，说他的"嗓子真豁亮，好像嘴里充满一股水流"。但是当她真的和维克托在一起时，却又"觉得有个孩子在哭……哭得快憋死了"。可见"水"既能象征性爱，也能象征死亡。在《叶尔玛》的第三幕第二场中，有一个庙会狂欢的场面，其中戴面具的"雌性"唱道：

> 在山区的河水里
> 伤心的妻子在沐浴，
> 水中的一只只蜗牛
> 爬上她的躯体。
> 岸上的沙粒
> 和山间的风
> 使她的笑容燃烧，
> 使她的脊背颤动。
> 啊，姑娘的裸体
> 沐浴在水中！

在这部剧作中，庙会的狂欢为那些已婚不孕的妻子提供了和光棍汉们野合的机会，所以在这段歌词的开始用"伤心的妻子"，而在结束时却用"姑娘的裸体"。只要稍加揣摩，"水"的含义是不言而喻的。在此，尤其要指出的是佩戴雄性面具与雌性面具的两个角色的出现，这不能不说是加西亚·洛尔迦的惊人之举。作者丰富的想象和良苦的用心使舞台元素的运用是多么简洁、有力。在这热闹而又极富感染力的氛围中，全剧达到了高潮，叶尔玛的痛苦与绝望达到了顶点：她亲手掐死了自己的丈夫，也永远断送了生儿育女的希望。全剧戛然而止，庙会歌声的余音给观众留下了不尽的沉思。这是一出名副其实的悲剧。

《贝纳尔达·阿尔瓦之家》是加西亚·洛尔迦创作的最后一部剧作，完成于1936年6月。两个月以后，作者就被法西斯杀害了。直至1945年，该剧才在阿根廷首都布宜诺斯艾利斯演出；又过了九年，才收入洛尔迦全集，在西班牙国内出版，并由一个业余剧团搬上舞台；到了1964年，西班牙专业剧团才首次公演了这部加西亚·洛尔迦戏剧的巅峰之作。

虽然同样属于"乡村三部曲"，《贝纳尔达·阿尔瓦之家》与前两部（《血的婚礼》和《叶尔玛》）却有着明显的不同。这不是现代意义上的悲剧，而是一出正剧。剧中既没有出现《血的婚礼》中以月亮和死神为代表的超自然力量，也没有出现具有原始祭祀色彩的热闹场面。此外，作者将剧中的诗歌成分也减少到了最低限度：只有葬礼上诵的悼亡经、老奶奶何塞法近似疯话的儿歌以及窗外传来的庄稼汉们的歌声是诗体。

与作者的许多其他作品一样，剧中的主人公在现实生活中也有原型，这就是加西亚·洛尔迦家的邻居弗拉斯奇塔·阿尔瓦。至今当人们去参观加西亚·洛尔迦故居时，还能看见这座房屋。但参观者要是去拜访这一家人，肯定看不到什么好脸色，因为人家至今还耿耿于怀呢。其实，任何一位伟大的作家都不会原封不动地复制现实，不过是选取现实中的典型素材为自己的主题服务，也只有这样的作品才更具有普遍意义。

在《贝纳尔达·阿尔瓦之家》中存在着两个空间，即"家"内的空间和"家"外的空间，也就是"家中"和"街上"这两个截然不同的环境。两个环境代表了两种不同的生活方式。"家"

属于贝纳尔达，是她的天下，也可以说，"家"就是她，她就是"家"。这是一个全封闭的、与世隔绝的世界。在这里，人们不能说心里话，不许笑、不许唱，甚至不许哭。这里充满了仇恨与嫉妒。在这个家中，贝纳尔达的话就是法律。触犯她的法律就会受到惩罚。"家"的对立面是"街"，是外部世界。那里有说、有笑、有喜、有忧。"罗马人"贝贝就是外部的入侵者。他代表着"家"中被禁止的性爱的力量，也象征着"家"中不能存在的自由。"家"中的叛逆者阿黛拉正是由于追求对"罗马人"贝贝的爱情，被自己的母亲贝纳尔达逼得碰壁而死，从而使戏剧冲突达到了高潮。

如同在"家"内外存在着两个世界一样，在剧中也存在着两种时间：停滞的时间和发展的时间。这两种不同的时间代表着两种不同的生活态度。前者以贝纳尔达为代表，她否定自由、拒绝变化；至于后者，在剧中并没有正面展现，我们只能从蓬西娅的只言片语中偶有察觉，从背景里传来的庄稼汉们依稀可闻的歌声里不时听到而已，然而它对被封闭在"家"里的人们却具有莫大的吸引力。尽管贝纳尔达家法森严，但女儿们还是禁不住要从门窗缝隙向外窥视。尤其是小女儿阿黛拉，更是毫无顾忌地追求着外面的自由。

由于剧中人物的活动局限在一座房子里，因而剧情的展开完全靠人物之间的对话来完成。这就要求作者以生动娴熟的语言来揭示人物的不同性格以及他们之间的复杂关系。全剧的主要人物就是贝纳尔达和她的五个女儿，另外还有贝纳尔达的老母亲何塞法、女仆蓬西娅以及从未露面的"罗马人"贝贝。

贝纳尔达无疑是"家"中的统治者。家里的女仆蓬西娅从一开场就说"她是周围所有人的暴君"。在她身上，我们看不到一丝母爱与温柔，她的专制就像黑色的丧服一样令人感到压抑与窒息。她在"家"中发号施令，滥施淫威，不惜牺牲女儿的生命以维护家庭的荣誉和尊严。这是一个既可恶又可悲、既没有女性也没有人性的被极端化了的人物。

在五姊妹中，阿黛拉年纪最小，也最漂亮，因而很容易获得观众的喜爱与同情。她热爱生活，追求自由，渴望爱情。她会穿上漂亮衣服对着老母鸡大喊："你们看我！"；她宣称要"用我的身体做我认为该做的事！"为了一个从外面闯入的"没有灵魂"的异性，她敢于冒犯母亲的家法，做欲望的俘虏。她就像为了偷吃禁果而放弃了天堂的夏娃，明明知道"全村人都会反对"，"会用他们冒火的指头"把她烧死，却仍要"给自己戴上芒刺做成的王冠"。

阿黛拉的四个姐姐也都有鲜明的个性。老大安古斯蒂娅，又老又丑，却继承了生父的金钱和社会地位。继父之死给其他四个妹妹带来的是八年的服丧期，却给她带来了生父的遗产和随之而来的未婚夫。但她的婚姻不会给她带来幸福，因为比她小十四岁的"罗马人"贝贝看中的不是她本人而是她的钱财。但她并不在意，因为她认为"匣子里的黄金比脸上的黑眼睛更宝贵"。四女儿马蒂里奥则继承了母亲虚伪、自私、冷酷无情和盛气凌人的强硬性格。她不仅驼背丑陋，而且心术不正。她嫉妒安古斯蒂娅的富有，更嫉妒阿黛拉的美貌。尤其是"罗马人"贝贝出现以后，自卑和嫉妒在她的心中扭曲成仇恨与毁灭的冲动。她得不到的东西，宁肯毁掉也不让别人得到。她明明暗恋着"罗马人"贝贝，却偏偏要装成对男人不屑一顾的样子。她敢顶撞贝纳尔达，因为她知道母亲的权威"只对那些向她屈服的人有效"。在五个姊妹中，她俨然是一个小贝纳尔达！

最有正义感和人情味的是二女儿马格达莱娜。父亲死的时候，只有她哭了。她嘲笑安古斯蒂娅，讨厌马蒂里奥，同情阿黛拉。可惜的是她性格软弱，对生活消极，自然也就无力改变自己、更无力改变他人的命运。三女儿阿梅里娅性格内向，沉默寡言。她心地单纯，胆小怕事，对命运逆来顺受，对未来不抱希望，认为"出生为女人就是最大的惩罚"。

最有讽刺意味的人物是贝纳尔达的老母亲马利亚·何塞法。她疯疯癫癫，头脑却最清醒；她语无伦次，却常常一语中的："我喜欢房子，不过是敞开的房子。""'罗马人'贝贝是个巨人，女人们都喜欢他。但他会把你们都吞掉……"实际上，她的声音正是作者的声音、真理的声音。然而贝纳尔达却把她关起来，堵住她的嘴，可见这个专横跋扈的暴君是多么害怕真理。

在《贝纳尔达·阿尔瓦之家》中，有一位作者精心设计出来的、十分重要的人物，她就是女仆蓬西娅。她的地位虽然比主人低下，却享有主人所没有的自由，因而将这个"家"同外面的世界联系起来。通过她，剧中人和观众了解到许多在舞台上没有展现出来的事情。她处事圆滑，左右逢源，知道自己在这个"家"中的位置。在她和贝纳尔达之间形成了一种微妙的默契。由于她们互相知根知底，因而能在相互的蔑视与仇恨中和平共处。她是贝纳尔达的帮凶，帮她刺探邻居的情报，监视女儿们的行动。但她的性格比贝纳尔达温和。她愿意给下人多一点食物，给乞丐多一点施舍，给姑娘们多一点自由。因此，她既是贝纳尔达的帮凶，又是女儿们的同谋。

正如剧本在封面上所标识的，这是一部有关乡村妇女的剧作，剧本中只提到三位男性，而且一个也没有出场，但却都对剧中的女性产生了影响，这也称得上匠心独具吧。第一位是贝纳尔达的第二任丈夫——安东尼奥·马利亚·贝纳维德斯。他非但没有出场，而且全剧就是从他的葬礼开始的。但正是由于他的死，贝纳尔达才下了"在八年丧期中，不能让街上的风吹到这个家里来"的命令，才有了遗产的分配（安古斯蒂娅得到了生父的全部遗产），并因而加剧了五个女儿之间的矛盾。第二个出场的是堂阿图罗，这实际上只是由女仆通报的一个名字而已。他是个律师或公证人，是来"料理遗产"的。他的出现改变了人物的命运。第三位男性就是"罗马人"贝贝了。从某种角度说，这个从未露面的角色是全剧中最强大的人物。他的出现可谓"一石激起千层浪"，他甚至使贝纳尔达也丧失了往日的权威。具有讽刺意味的是，这个具有强大吸引力的异性并不是真正意义上的男子汉，而是一个见利忘义的小人。他为了金钱而向安古斯蒂娅求婚，为了满足情欲又无耻地引诱阿黛拉。在被发现之后，他竟然置无助的阿黛拉于不顾，自己逃之夭夭了。就是这样一个势利小人，居然对"家"中的女儿们产生了如此强大的吸引力，可见在这个畸形的世界里，女性的正常情感被压抑到了何等程度。

自戴望舒先生翻译的《洛尔迦诗抄》问世以来，我们对加西亚·洛尔迦的诗歌已有相当深入的了解，但他的剧作在我国尚未得到应有的传播。感谢商务印书馆，明知戏剧作品很难畅销，但为了繁荣国内的戏剧创作,为了促进中西文化交流,为了给读者提供更丰富的文化产品,他们依然决定将《血的婚礼》纳入自己的出版计划。在此谨向他们表示诚挚的感谢并致以崇高的敬意,并恳请业内同人和读者不吝赐教。

赵振江

2021年4月16日

献给伟大的女演员马卡丽塔·希尔古

目　　录

马里亚娜·皮内达（三幕民间谣曲）………………………… 1
血的婚礼（三幕七场悲剧）………………………………… 113
叶尔玛（三幕六场悲剧）…………………………………… 197
贝纳尔达·阿尔瓦之家（西班牙乡村妇女剧目）…………… 261
坐愁红颜老（单身女子罗西塔或花儿的语言）…………… 333

附录　加西亚·洛尔迦生平年表………………………… 405

马里亚娜·皮内达

（三幕民间谣曲）

人　物

马里亚娜·皮内达
石竹花伊莎贝尔（简称石竹）
堂娜安古斯蒂亚斯（简称安蒂）
安帕萝
卢西娅
男孩儿
女孩儿
修女卡门
年轻修女甲
年轻修女乙
修女甲
堂佩德罗·索托马约尔（简称佩·索托）
费尔南多
众女孩儿，众修女
佩德罗萨
阿莱格里托（简称阿里托）
同盟者甲
同盟者乙
同盟者丙
同盟者丁
持大蜡烛的女人

序　幕

　　格拉纳达，幕象征在库恰拉斯巴经消失的阿拉伯式拱门和比巴兰伯拉广场的景色，舞台呈黄色，似一幅古画，在黑色墙壁的背景下，被映成蓝、绿、黄、玫瑰及天蓝色。在可见的房屋中，有一个绘着海景和水果的花环。月光深处，女孩子们有伴奏地唱着民间谣曲：

　　啊！格拉纳达的日子多么悲痛
　　连石头也会发出哭声
　　当看到亲爱的马里亚娜
　　死在断头台，只因不肯招供。

　　马里亚娜坐在房间里
　　一刻不停地考虑：
　　"难道佩德罗萨看见了我
　　在绣自由的旗。"

　　啊！格拉纳达的日子多么悲痛，
　　教堂的钟声响个不停！
　　〔一位手持点着的大蜡烛的女人从一个窗户中探出身来。合唱停止。
女　人　小姑娘！没听见吗？
女孩儿　（从远处）
　　　　　我就去！
　　　［从拱门下出来一个女孩儿，身穿1850年的时髦服
　　　装，唱道：
像剪百合那样剪下百合，
像剪玫瑰那样剪下花朵，
像剪百合那样剪下百合，
她留下最美丽的魂魄。
［她缓慢地走进自己的家。深处，合唱继续。
啊！格拉纳达的日子多么悲痛，
连石头也会发出哭声！

　　　　　　　　　　　　　　　　幕缓缓落下

第一幕

　　马里亚娜的家。白色的墙壁。深处,粉刷成暗色的小阳台。桌子上,一个盛满榅桲果的玻璃盘。整个屋顶上挂满这种水果。衣柜上,大把的绸玫瑰花。秋天的下午。幕启时,马里亚娜的义母堂娜安古斯蒂亚斯坐着阅读。深色服装。表情冷漠,同时又满怀母爱。石竹花伊莎贝尔,三十七岁,市民装束。

第一场

石　竹　（进来）
　　　　姑娘呢?
安　蒂　（放下书本）
　　　　耐心地绣呀绣呀。
　　　　我是从锁眼里看清。
　　　　手指间的那根红线,
　　　　宛似刀伤飘在空中。
石　竹　我有点怕!
安　蒂　别说!

石　竹　（好奇地）

　　　　人家会知道吗？

安　蒂　当然不，格拉纳达不会有人知道。

石　竹　为什么要绣那面旗？

安　蒂　她告诉我

　　　　自由派的朋友们要她那样做。

　　　　（有意地）

　　　　尤其是堂佩德罗；因此她才冒险去做……

　　　　（痛苦地）

　　　　那事情我根本不愿记得。

石　竹　要是像从前那么想，

　　　　我会说她……中了魔。

安　蒂　（迅速地）

　　　　堕入了爱河。

石　竹　是吗？

安　蒂　（茫然地）

　　　　谁晓得？

　　　　（抒情地）

　　　　笑容几乎使她变得苍白，

　　　　就像绣的花朵在织物上绽开。

　　　　她应该放弃这些诡秘。

　　　　街上的事与她有什么关系？

　　　　如果要绣，就为女儿绣几件衣衫

　　　　等到她长大了好穿。

　　　　　如果国王不好，就随他去，

　　　　　女人们何必为此忧虑。

石　竹　她一夜都没休息。

安　蒂　简直活不了了！……昨天下午……

　　　　〔一阵快乐的铃声。

　　　　是法官的女儿们。别出声。

　　　　〔石竹迅速离开。安蒂走到右边的门口。

　　　　马里亚妮塔①，出来，有人找你。

第二场

　　最高法院法官的女儿们都笑着走进来。她们穿着荷叶边的长裙，戴着头巾，梳着当时时髦的发型，每个鬓角上插着一朵石竹花。卢西娅是个金发女郎；安帕萝，黑黝黝的，目光深邃，行动敏捷。

安　蒂　（张开双臂，过去亲吻她们）

　　　　　坎皮里奥的两位佳人

　　　　　光临这个家！

安帕萝　（吻堂娜安古斯蒂亚斯，对石竹说）

　　　　　石竹花！

---

① 马里亚娜的爱称。

　　　　　你的夫君雄竹花可好哇？
石　竹　（走开，不高兴地，似乎怕她再开玩笑）
　　　　　凋谢了！
卢西娅　（指责地）
　　　　　安帕萝！
　　　　　（吻堂娜安古斯蒂亚斯）
安帕萝　（笑着）
　　　　　别急躁！
　　　　　雄竹花要是不放香
　　　　　就要把他从花盆里砍掉！
卢西娅　堂娜安古斯蒂亚斯，您瞧！
安　蒂　（微笑）
　　　　　总是这样令人欢畅！
安帕萝　当我的姐姐
　　　　　将一本一本的小说阅读，
　　　　　或者在绣花布上
　　　　　绣着玫瑰、小鸟和字母，
　　　　　我打着响板边唱边跳
　　　　　赫雷斯的哈雷奥舞蹈：
　　　　　比多、奥雷、索龙戈，
　　　　　太太啊，但愿我
　　　　　永远爱唱歌。
安　蒂　（笑着）
　　　　　淘气的姑娘！

〔安帕萝拿起一个榲桲果并咬着。

卢西娅 （生气地）

　　你安静点！

安帕萝 （被水果酸得含含糊糊地说）

　　多好的榲桲果！

　　（酸得直打冷战，并挤眼）

安　蒂 （双手捂脸）

　　我可看不了！

卢西娅 （有点憋气）

　　你不害臊吗？

安帕萝 难道马里亚娜不出来吗？

　　我到她的门口去叫她。

　　（跑过去叫）

　　马里亚妮塔，亲爱的，快出来！

卢西娅 请原谅。太太！

安　蒂 （温柔地）

　　让她叫吧！

第三场

门打开，马里亚娜出现在那里，浅紫色衣服，篡儿式发型，耳后戴着发梳和一朵大玫瑰花。只在左手戴一枚钻戒。忧心忡忡，随着对话的深入，越来越局促不安。她一上场，两个姑娘跑着迎上去。

9

安 帕 萝 （吻马里亚娜）

　　　　你真能磨蹭！

马里亚娜 （亲切地）

　　　　姑娘们！

卢 西 娅 （吻她）

　　　　马里亚妮塔！

安 帕 萝　再吻我一下！

卢 西 娅　也再吻我一下！

马里亚娜　真漂亮！

　　　　（对堂娜安古斯蒂亚斯）

　　　　捎信来了吗？

安　 蒂　没有！

　　　　（沉思）

安 帕 萝 （抚摩马里亚娜）

　　　　你，总是年轻、标致。

马里亚娜 （苦笑）

　　　　我已年过三十！

安 帕 萝　可你像只有十五！

　　　　〔三人坐在一个长沙发上，两姊妹坐在两边。堂娜安古
　　　　斯蒂亚斯收拾起书本并整理衣柜。

马里亚娜 （总是带着一缕忧伤）

　　　　安帕萝！

　　　　我已是有两个孩子的寡妇！

卢 西 娅　孩子们怎么样？

马里亚娜　刚放学回来。

　　　　　大概在院子里面。

安　蒂　我去看看。

　　　　我可不愿他们在泉水里

　　　　弄湿衣衫,姑娘们,再见!

卢 西 娅　(总是那么文静)

　　　　　再见!

　　　　　〔堂娜安古斯蒂亚斯离去。

第四场

马里亚娜　你哥哥费尔南多好吗?

卢 西 娅　他说

　　　　　要来找我们,实际上为了问候你。

　　　　　(笑着)

　　　　　他在穿自己蓝色的长礼服。

　　　　　他觉得你怎么都漂亮。

　　　　　他想让我们穿得和你一样。

　　　　　昨天……

安 帕 萝　(总有话说,打断卢西娅)

　　　　　昨天他还说起你。

　　　　　〔卢西娅表情严肃。

安 帕 萝　眼睛里有……有什么来着?

卢西娅 （生气）

　　　　你让不让我说话？

　　　　（欲说）

安帕萝 （迅速地）

　　　　我想起来了！他说你的眼睛

　　　　里面总有一个鸟儿的队形。

　　　　（捧着马里亚娜的下巴，看她的眼睛）

　　　　宛似清澈的水，神圣的颤动，

　　　　总是在爱神木的笼罩下受怕担惊，

　　　　或者像鱼缸上月光的波动

　　　　缸里有一条银白色的鱼儿幻化出红色的梦。

卢西娅 （摇晃着马里亚娜）

　　　　你看！后面的话全是她的发明。

　　　　（笑）

安帕萝　卢西娅，他是这么说的！

马里亚娜　你们这小姑娘的快乐

　　　　使我多么高兴！

　　　　就像茁壮的向日葵

　　　　感受的快乐，当旭日东升，

　　　　它看到在黑色的茎上

　　　　金色的花朵绽放在天空。

　　　　（拉着两位姑娘的手）

　　　　就像老婆婆喜气洋洋

　　　　当太阳在她的手中进入梦乡

　　　　　　　她抚摸着太阳，心想那寒冷

　　　　　　　再也不会包围自己的住房。

卢 西 娅　我觉得你很悲伤！

安 帕 萝　你怎么了？

　　　　　〔石竹进场。

马里亚娜　（迅速站起）

　　　　　　　石竹！

　　　　　　　来了？快说！

石　　竹　（伤心地）

　　　　　　　夫人，没人来！

　　　　　〔从场上穿过，离去。

卢 西 娅　如果你在等人，我们走吧。

安 帕 萝　你说是，我们就走。

马里亚娜　（紧张地）

　　　　　　　姑娘们，我可要生气了！

安 帕 萝　你连我在龙达的情况都没问。

马里亚娜　真的，你去那里了，高兴吗？

安 帕 萝　很高兴。整天都在跳舞。

　　　　　〔马里亚娜神色不安，满怀惆怅，注视着门口，心不在焉。

卢 西 娅　（严肃地）

　　　　　　　咱们走吧，安帕萝。

马里亚娜　（由于场外发生的什么事情而局促不安）

　　　　　　　告诉我！你是否看出

　　　　　　　我多么需要你清晰的笑声，

多么需要你青春的可爱。

我的灵魂与你的衣裙有着相同的色彩。

（依然站着）

安帕萝　你的花多么美丽，亲爱的马里亚娜。

卢西娅　要我给你带一本小说来吗？

安帕萝　给她带来

龙达光辉的斗牛场。

［都笑了。站起来并走向马里亚娜。

坐下！

［马里亚娜坐下，吻她。

马里亚娜　（无可奈何地）

你去看斗牛了吗？

卢西娅　她去了！

安帕萝　在古老的龙达；

这一场斗牛热闹无比。

五头乌黑的公牛

绿色与黑色的标记。

我总在想着你；

想我伤心的朋友，

我的马里亚娜·皮内达，

多么想和你在一起！

姑娘们坐在彩车上面

一路上高兴地叫喊

手中拿着团扇

镶嵌着金银花边。

龙达的小伙子

骑着的小马色彩斑斓，

宽宽的灰色礼帽

直遮到眉毛上面。

斗牛场，热闹非凡

圆帽和高高的发髻

宛似黑色与白色笑声

构成的迷宫①在旋转。

当伟大的卡耶塔诺

穿过稻黄色的沙地

服装像苹果一样鲜艳，

丝绸的花边金光闪闪，

在吵吵闹闹的人群中间，

风度翩翩，分外显眼，

他面前纯黑色的公牛，

西班牙在自己的大地上饲养，

就连那一天的下午

都映着黑色的光芒。

如果你能看到他

双腿的动作多么潇洒！

如果你能看到他

---

① 原文中为"黄道十二宫"。

挥舞"卡帕"和"木莱挞"①

那平衡的姿态多么伟大!

无论贝贝-伊约还是谁

都没有他斗得那么优雅。

他杀掉五头公牛;

五头,都闪着绿色和黑色的光华。

在剑的顶端

有五朵花儿开放,

时时刻刻蹭在那猛兽的拱嘴上,

就像大蝴蝶长着金黄的翅膀。

整个下午的斗牛场,

血和火山的气味

在强烈地飘荡。

我总在想着你;

想我伤心的朋友,

我的马里亚娜·皮内达,

多么想和你在一起!

马里亚娜 (激动,站起)

我将永远爱你

就像你爱我一样!

卢 西 娅 (站起身)

---

① "卡帕"是斗牛士挑逗公牛用的花斗篷;"木莱挞"是斗牛士在斗牛时使用的带横杆的红布。

>   我们走吧；如果你继续
>
>   听这位女斗牛士往下讲，
>
>   过一会儿这里就成了斗牛场。

安 帕 萝　你说：现在高兴了吗？

　　　　　有这样的脖子，啊，多么漂亮！

　　　　　（吻马里亚娜的脖子）

　　　　　天生就不该有悲伤。

卢 西 娅　（在窗前）

　　　　　在帕拉潘达地区乌云密集，

　　　　　就要下雨了，不管上帝是否愿意。

安 帕 萝　今年冬天阴雨连绵！

　　　　　我将不能一展容颜！

卢 西 娅　轻浮！

安 帕 萝　马里亚娜，再见！

马里亚娜　姑娘们，再见！

　　　　　［互相亲吻。

安 帕 萝　高兴一点！

马里亚娜　天色已晚，可愿

　　　　　让石竹送你们一段？

安 帕 萝　谢谢！我们很快会再来。

卢 西 娅　别下来，别！

马里亚娜　回头见！

　　　　　［两姊妹下场。

第五场

马里亚娜快速穿过舞台,在一个当年那些金色的大钟上看时间,憧憬着当时和整个世纪最美的诗。探身向玻璃窗,看到傍晚的余晖。

马里亚娜　如果傍晚
　　　　　像一只大鸟一样,
　　　　　多少支冷酷的箭射向它,
　　　　　要射断它的翅膀!
　　　　　浑圆、黑暗的时刻
　　　　　重量落在我的睫毛上。
　　　　　古老启明星的痛苦
　　　　　将我的喉咙阻挡。
　　　　　明亮的星星
　　　　　理应出现在我的窗前
　　　　　为自己缓缓开路
　　　　　沿着寂静的街巷。
　　　　　为了给格拉纳达以光明
　　　　　要消耗多么大的力量!
　　　　　不是在柏树丛中纠缠
　　　　　就是在水底下隐藏。
　　　　　不会来了,今天晚上!

(痛苦地)

可怕而又憧憬的夜晚,

你已从遥远的地方

用长剑将我刺伤!

费尔南多

(在门口)

下午好。

马里亚娜 (吃惊)

谁?

(恢复常态)

费尔南多!

费尔南多　我吓着你了?

马里亚娜　没想到是你

(恢复常态)

你的声音吓了我一跳。

费尔南多　我的妹妹都走了吗?

马里亚娜　刚走。她们忘记了

你要来找她们。

〔费尔南多穿着华丽的时装。注视和说话时满怀激情。

他十八岁。声音不时颤抖,常常不知所措。

费尔南多　我打扰你了吗?

马里亚娜　你坐下。

〔两人落座。

费尔南多　(抒情地)

　　　　　　　我多么喜欢你的家，

　　　　　　　还有这椴梓果的芳香。

　　　　　　　（吸气）

　　　　　　　你的房间多么漂亮……

　　　　　　　像一座充满船只和花环的画廊。

马里亚娜　（打断他）

　　　　　　　街上的人多吗？

　　　　　　　（神情不安）

费尔南多　（微笑）

　　　　　　　你为什么问这？

马里亚娜　（茫然）

　　　　　　　不为什么。

费尔南多　街上的人是很多。

马里亚娜　（不耐烦）

　　　　　　　你说什么？

费尔南多　我走过比巴兰伯拉广场

　　　　　　　看到两三群人

　　　　　　　往斗篷里一缩

　　　　　　　忍受着冷风吹过，

　　　　　　　坚定地观察

　　　　　　　这场风波。

马里亚娜　（急于知道）

　　　　　　　什么风波？

费尔南多　你指的是怀疑什么？

马里亚娜　共济会的事情？

费尔南多　有个上尉叫作……

〔马里亚娜像悬在空中。

我已不记得……自由党，

一个重要的囚犯

从法院的监狱里逃脱。

（看着马里亚娜）

你怎么了？

马里亚娜　我为他祈求上帝。

可知道会不会搜寻他？

费尔南多　在我来这里之前

一队士兵已经出发

奔向赫尼尔河[①]和各座桥头

看能不能找到他，

在通往阿尔布哈拉[②]的路上

很容易将他捉拿。

这是多么悲哀！

马里亚娜　（极痛苦地）

我的上帝呀！

费尔南多　人们在怎样忍耐。

先生们，太过分了。

那个囚犯，已经逃走，

[①] 穿过格拉纳达的一条河。
[②] 格拉纳达省的一个有名山村。

　　　　　　像个幽灵；可佩德罗萨

　　　　　　将找到他的喉咙。

　　　　　　佩德罗萨知道

　　　　　　哪里的血管最粗，

　　　　　　哪里喷出的血最浓。

　　　　　　简直是豺狼！你认识他吗？

马里亚娜　从他到格拉纳达的时候。

费尔南多　（微笑）

　　　　　　马里亚妮塔，你有个凶狠的朋友！

马里亚娜　认识他是我的不幸。

　　　　　　他对我倒是脉脉温情

　　　　　　甚至登门造访

　　　　　　想避免全都不成。

　　　　　　他要进来谁能阻挡？

费尔南多　小心，他可是个老色狼！

马里亚娜　他是个可怕的男人。

费尔南多　多么伟大的刽子手市长。

马里亚娜　我不敢看他！

费尔南多　他非常可怕？

马里亚娜　可怕极了！

　　　　　　昨天下午我去萨卡丁。

　　　　　　路上多么安静，

　　　　　　可突然与他相逢。

　　　　　　他走近我，后面

　　　　　　有两个法院的随从，

　　　　　　在一群吉卜赛人当中。

　　　　　　那种神奇，那份宁静！

　　　　　　他看出我颤抖不停！

　　　　　　〔舞台笼罩在柔和的昏暗中。

费尔南多　当派他来格拉纳达时

　　　　　　国王清楚这里的事情！

马里亚娜　（站起）

　　　　　　天黑了。石竹，点灯！

费尔南多　现在西班牙的河流

　　　　　　已变成长长的锁链，

　　　　　　而不再是河流。

马里亚娜　所以要高高地昂起头。

石　　竹　〔拿着两个烛台上场。

　　　　　　夫人，蜡烛！

马里亚娜　（十分苍白，窥视）

　　　　　　放下！

　　　　　　〔有人大声叫门。

石　　竹　有人叫门！

　　　　　　（放下蜡烛）

费尔南多　（看到马里亚娜手足无措）

　　　　　　马里亚娜！

　　　　　　你为何抖成这样？

马里亚娜　（对石竹，低声叫喊）

快开门,上帝呀,快去!

[石竹离去。马里亚娜在门口伫望,费尔南多站着。

第六场

费尔南多　我心中感到自己会令人厌烦……

马里亚妮塔,你为何这样?

马里亚娜　(痛苦而又不失高雅)

在等候

时间一秒一秒

不可抗拒地延长。

费尔南多　要我下去么?

马里亚娜　一匹马

正从街上走远。你可听见?

费尔南多　正奔向平原。

(停顿)

马里亚娜　石竹已经关上侧门。

费尔南多　会是何人?

马里亚娜　(茫然无措,可知内心的痛苦)

我说不上

(旁白)

连想都不敢想!

石　　竹　(进来)

一封信，夫人。

[马里亚娜贪婪地接过信。

费尔南多 （旁白）

会是谁？

石　　竹 一位骑手给我的。

他一直遮盖到眼睛。

我心里很害怕。

他纵马驰骋。

直奔广场的黑暗中。

费尔南多 我们在这里都有感觉。

马里亚娜 你和他可曾说话？

石　　竹 我们谁也没说。

这种情况下最好是沉默。

[费尔南多用袖子擦礼帽；神色不安。

马里亚娜 （拿着信）

真不想打开！

啊，在这种现实中，谁还会做梦！

主啊！别让我最爱的人丧生！

（将信撕开，阅读）

费尔南多 （对石竹，满怀渴望）

我不清楚。真是莫名其妙！

你知道内幕。发生了什么事情？

石　　竹 我说过了，我不知道。

费尔南多 （谨慎地）

　　　　　　我保持沉默。

　　　　　　不过……

石　　竹　（接着说）

　　　　　　我可怜的堂娜马里亚娜！

马里亚娜　（激动地）过来，石竹，蜡烛！

　　　　　　[石竹跑过来。费尔南多慢慢地将斗篷披在马里亚娜身上。

石　　竹　（对马里亚娜）

　　　　　　上帝保佑我们，我要命的夫人！

费尔南多　（惊惶不安）

　　　　　　请允许……

马里亚娜　（欲保持平静）

　　　　　　你要走吗？

费尔南多　我走了。

　　　　　　我去明星咖啡馆。

马里亚娜　（温柔并乞求地）

　　　　　　请原谅

　　　　　　我这样焦躁不安……

费尔南多　（有尊严地）

　　　　　　你需要什么？

马里亚娜　（克制地）

　　　　　　谢谢……这纯属家庭事宜，

　　　　　　要由我自己处理。

费尔南多　我愿看到你高兴。

　　　　　　我会叫妹妹来你这里，

　　　　　　　但愿我能帮你。

　　　　　　　再见，愿你好好休息。

　　　　　　（和马里亚娜握手）

马里亚娜　　再见。

费尔南多　　（对石竹）

　　　　　　　晚安。

石　　竹　　走好，我送送您。

　　　　　　〔两人下场。

马里亚娜　　（费尔南多一离开，她任凭自己的痛苦宣泄出来）

　　　　　　　佩德罗，我的命根子！可谁又能去？

　　　　　　　苦涩的日子已将我家包围。

　　　　　　　这颗心，会将我带到哪里？

　　　　　　　我连自己的孩子都已忘记。

　　　　　　　过不了多久，就剩我孤身一人！

　　　　　　　我自己也奇怪，对他竟爱得这样深！

　　　　　　　倘若对他说，他会不会理解？

　　　　　　　主啊！为了他肋上[①]的伤痕！

　　　　　　（哭泣）

　　　　　　　为了他碧血上的石竹花，

　　　　　　　请把士兵的黑夜搅浑。

　　　　　　（在一阵冲动中，看到时钟）

　　　　　　　必须这样！我要敢作敢当！

---

① 按照基督徒的说法，女人是男人的肋骨造成的。

　　　　　（跑向门口）

　　　　　费尔南多！

石　　竹　（双手交叉）

　　　　　哎，堂娜马里亚娜，

　　　　　您在怎样失去健康！

　　　　　自从您把美丽的双手

　　　　　放在自由党人的旗帜上，

　　　　　那石榴花的色彩

　　　　　就已不在您的脸上闪光。

马里亚娜　（恢复常态）

　　　　　将门打开，

　　　　　对我的刺绣要尊重和热爱。

石　　竹　（向外走）

　　　　　上帝会说：时间会带来变幻的风云。

　　　　　上帝会说：耐心，耐心！

　　　　　（下场）

马里亚娜　然而我必须冷静，十分冷静

　　　　　尽管我内心充满颤抖和哭声。

第七场

　　费尔南多出现在门口，戴着手套的双手拿着装饰着飘带的高高的礼帽。他跟在石竹后面。

费尔南多 （走近，充满激情）

　　　　　你要什么？

马里亚娜 （坚定地）

　　　　　和你谈一谈。

　　　　　（对石竹）

　　　　　你可以走了。

石　　竹 （走开，克制地）

　　　　　明天见！

　　　　　（茫然地离去，温柔而又伤心地看着自己的女主人）

费尔南多 快说吧。

马里亚娜 你是我的朋友吗？

费尔南多 你为什么问呢，马里亚娜？

　　　　　[马里亚娜坐在一把椅子上，侧对观众，费尔南多在旁边，并非完全面对面，构成一幅当年的古典画面。

　　　　　你知道我一向是你的朋友。

马里亚娜 全心全意？

费尔南多 我是坦诚的！

马里亚娜 但愿如此！

费尔南多 你是在和一位君子说话。

　　　　　（把手放在自己的胸襟上）

马里亚娜 （肯定地）

　　　　　我知道。

费尔南多 你要我做什么？

马里亚娜 或许我要求得太多

　　　　　　　所以不敢直说。

费尔南多　请不要

　　　　　　　将这颗年轻的心煎熬。

　　　　　　　我高兴为你效劳。

马里亚娜　（颤抖）

　　　　　　　费尔南多，要是……

费尔南多　（急切地）

　　　　　　　什么？

马里亚娜　一件危险的事情。

费尔南多　（坚定地）

　　　　　　　我去。

　　　　　　　满怀坚定的信心。

马里亚娜　我不能对你提出任何要求！

　　　　　　　这样做真的不成，

　　　　　　　正如人们所说，在格拉纳达

　　　　　　　我是个疯狂的女性！

费尔南多　（温柔地）

　　　　　　　马里亚妮塔。

马里亚娜　我不能！

费尔南多　那你为什么叫我？你说。

马里亚娜　（一阵悲哀涌上心头）

　　　　　　　因为我充满恐惧，

　　　　　　　怕我一个人死在这里。

费尔南多　你死在这里？

马里亚娜 （温柔而又绝望地）

　　　　　小伙子，我需要

　　　　　你的帮助，为了

　　　　　不停止呼吸。

费尔南多 （满怀激情）

　　　　　我的眼睛注视着你，

　　　　　你不要产生怀疑。

马里亚娜 可我的生命已不在这里，

　　　　　在空中或海上，

　　　　　在我不愿去的地方。

费尔南多 我的血液多么幸福

　　　　　如果能慰藉你的悲伤！

马里亚娜 不；你的血液

　　　　　只会使我的枷锁更重。

　　　　　（坚定地将双手放在胸口以将那封信掏出。费尔南多表现出期待与感动的态度）

　　　　　我相信你的心灵！

　　　　　（掏出书信。迟疑）

　　　　　格拉纳达多么寂静！

　　　　　你看，在阳台的后面

　　　　　有盯着我的眼睛。

费尔南多 （奇怪地）

　　　　　你在说什么？

马里亚娜 他在将

（站起身）

我美丽的眼睛观望，

我全身的皮肤都在拉长。

佩德罗萨，你和我较量？

（突然地）

费尔南多，给你。

阅读和领会，都要仔细。

救救我吧，我怀疑

自己能不能活下去。

[费尔南多拿起信，打开。这时，时钟缓缓地敲了八响。蜡烛黄色和紫色的光使房间深情地颤动。马里亚娜在舞台上踱来踱去并注视着小伙子。费尔南多开始读信，风度翩翩，但有所克制，表情痛苦而又沮丧。停顿，使人能听到时钟的声音，能体会到马里亚娜的痛苦。

费尔南多 （读信，突然惊奇而又伤心地注视着马里亚娜）

"敬爱的马里亚妮塔：

马里亚娜 请不要中断。

一颗心

需要他在信中的要求。

费尔南多 （朗读，沮丧地，尽管表情自然）

"敬爱的马里亚妮塔：感谢你如此谨慎送给我的共济会的修士服，我混在去参加一个死刑犯判决仪式的其他修士中间，今天夜里，我必须化装成走私者，去巴洛尔和卡迪亚尔，以期在那里得到朋友们的消息。在九点之前，我需要你手里的那本护照，找一位绝对可靠的朋友，准备一匹马，在赫尼尔河堤上方等我，以使我能沿河进入深山。佩德罗萨会像他所擅长的那样，缩小包围圈，如果我今晚不启程，就全完了。我现在去年迈的堂路易斯家里，不要让你家里的任何人知道此事。不要做试图来见我的努力，因为肯定有人在监视你。再见，马里亚娜。一切都是为了我们神圣的母亲——自由。上帝会拯救我。再见，马里亚娜。献给你我的拥抱和心灵，你的爱人佩德罗·索托马约尔。"

（痴情地）

马里亚娜！

马里亚娜 （敏捷地，把一只手放到眼睛上）

我已经想象到了！

不过，费尔南多，别做声。

费尔南多 （动人地）

你怎么切断了

我梦寐以求的路径！

[马里亚娜用动作表示抗议。

这不是你的过错，不；

现在我必须帮助

一个我开始仇恨的人，

而爱你的人就是我。

本人从小就爱你

满怀着痛苦的激情。

　　　　　　那时堂佩德罗
　　　　　　还远未赢得你的心。
　　　　　　可是此时此刻
　　　　　　谁使你如此悲戚!
　　　　　　而转变我的感情,
　　　　　　啊,要付出多么大的努力!
马里亚娜　(骄傲地)
　　　　　　要么我自己去!
　　　　　　(卑微地)
　　　　　　我的上帝啊,
　　　　　　必须马上动身!
费尔南多　我将沿着河岸
　　　　　　去找你的情人。
马里亚娜　(骄傲地纠正费尔南多在说"情人"时表现出的胆怯和忧伤)
　　　　　　告诉你多么爱他
　　　　　　我不会脸红。
　　　　　　他的爱在我心中燃烧
　　　　　　一切都放射光明。
　　　　　　他对自由充满热爱,
　　　　　　我的爱比他更浓。
　　　　　　他的话正是我酸楚的真理,
　　　　　　可我却觉得它甘甜如蜜。
　　　　　　即便使白昼与黑夜融为一体
　　　　　　我也在所不惜,

　　　　　　　靠他的精神的光辉
　　　　　　　我照样能生活下去。
　　　　　　　这真正的爱情
　　　　　　　在吞噬我纯朴的心灵
　　　　　　　为了爱,我的脸色
　　　　　　　黄得像迷迭香的花朵。

费尔南多　（坚强地）
　　　　　　　马里亚娜,我让你
　　　　　　　尽情发泄你的怨言。
　　　　　　　但难道你听不见
　　　　　　　我受伤的心声——
　　　　　　　这创伤令我痛苦不堪?

马里亚娜　（平易近人）
　　　　　　　倘若我的心
　　　　　　　像透明的水晶玻璃
　　　　　　　你可以探进身去
　　　　　　　看它在淌着血泪哭泣。

费尔南多　行了！把护照给我!
　　　　　〔马里亚娜敏捷地走向一个柜子。
　　　　　　还有马呢?

马里亚娜　（取出文件）
　　　　　　　在花园里。
　　　　　　　如果你要去
　　　　　　　千万别错过时机。

费尔南多　（迅速而又紧张）

　　　　　　马上就去。

　　　　　　［马里亚娜将文件交给他。

　　　　　　就这些吗？

马里亚娜　（闷闷不乐）

　　　　　　是的。

费尔南多　（将护照收在衣袋内）

　　　　　　好吧！

马里亚娜　朋友，请原谅！

　　　　　　愿主与你同在。

　　　　　　祝福你。

费尔南多　（自然、尊严、温柔，慢慢披上斗篷）

　　　　　　但愿如此。

　　　　　　夜幕已经降临。

　　　　　　没有月光，即使有月光，

　　　　　　河岸浓密的山杨

　　　　　　也会将它遮挡。

　　　　　　再见。

　　　　　　［马里亚娜挥手。

　　　　　　擦干泪水，

　　　　　　不过要牢记在心

　　　　　　任何人对你的爱

　　　　　　也没有我这样深。

　　　　　　我去完成这项使命

　　　　　　是为了解除你的苦痛，
　　　　　　我在扭曲自己
　　　　　　心中深厚的感情。
　　　　　　〔开始退场。
马里亚娜　要躲开看守和士兵……
费尔南多　（温情脉脉地注视着她）
　　　　　　那个地方荒无人迹
　　　　　　我可以放心地前去。
　　　　　　（痛苦并富有讽刺意味地）
　　　　　　你还有什么要说的？
马里亚娜　（茫然、口齿不清）
　　　　　　要小心。
费尔南多　（在门口，戴上礼帽）
　　　　　　我的灵魂已被俘虏；
　　　　　　它会排除一切恐惧。
　　　　　　我已成为爱情的奴隶，
　　　　　　今生难逃这种境遇。
马里亚娜　再见。
　　　　　　（拿起蜡烛）
费尔南多　不用送，马里亚娜。
　　　　　　时间在向前，
　　　　　　我愿先于堂佩德罗
　　　　　　过桥，明天见。
　　　　　　〔二人离去。

第八场

　　空场半秒钟。马里亚娜和费尔南多刚一出门,堂娜安古斯蒂亚斯就拿着一个大烛台出现在正门,秋天的榅桲果散发着清香。

安　　蒂　（手持大烛台进来）
　　　　　　姑娘,你在哪儿?姑娘!
　　　　　　主啊,这是怎么了?
　　　　　　你在什么地方?
马里亚娜　我和费尔南多
　　　　　　出去了……
安　　蒂　（放下烛台）
　　　　　　孩子们发明的
　　　　　　是什么把戏?
　　　　　　你要教训他们一顿。
马里亚娜　他们干什么了?
安　　蒂　马里亚娜,你秘密
　　　　　　绣的那面旗……
马里亚娜　（打断她,郑重地）
　　　　　　你说什么?
安　　蒂　他们在那个旧柜里
　　　　　　找到了它,

　　　　　两个人就在上面

　　　　　装死躺下!

　　　　　丁零当啷,外婆呀,

　　　　　快叫我们的神父

　　　　　拿来小旗子

　　　　　和迷迭香的花。

　　　　　主教们已经来了,

　　　　　口中不住地祈祷"安息吧",

　　　　　他们闭着眼睛

　　　　　一本正经。

　　　　　这是孩子们的把戏,

　　　　　好吧,可我

　　　　　心里着实担惊!

　　　　　那面讨厌的旗帜

　　　　　使我怕得不行!

马里亚娜　(恐惧地)

　　　　　可他们怎么会发现?

　　　　　那面旗藏得很严!

安　蒂　马里亚娜,悲惨的时间

　　　　　降临到这古老的家里,

　　　　　我看它步入了歧途

　　　　　没有男人,无靠无依,

　　　　　四周一片静寂!

　　　　　此外,你……

马里亚娜　（乱了方寸，神色悲哀）

　　　　　　上帝啊！

安　　蒂　马里亚娜，你做了什么？

　　　　　　密探们包围了这里。

马里亚娜　我的心已经发疯，

　　　　　　要做什么我也说不清。

安　　蒂　忘掉它吧，马里亚娜！

马里亚娜　（满怀激情）

　　　　　　将它忘掉，我做不到！

　　　　　　﹝响起孩子们的笑声。

安　　蒂　（做手势，叫马里亚娜别出声）

　　　　　　孩子们。

马里亚娜　我们快去吧。

　　　　　　他们怎么会那样？

安　　蒂　事情就会这样。

　　　　　　马里亚娜，你要为他们着想！

马里亚娜　是，是，你说得对。

　　　　　　你说得对。我没为他们着想！

　　　　　　﹝二人出去。

　　　　　　　　　　　　　　　　幕落下

第二幕

  马里亚娜家的大客厅。色调成灰色。白色和象牙色，宛似一幅古老的石版画。白色家具，皇家风格。深处，有一扇门，挂着深色门帘，两旁有侧门。一张靠壁桌，上面放着玻璃匣子和大束的绸花。房间中心，有一架钢琴和玻璃烛台。晚上，石竹和马里亚娜的孩子们在场上。孩子们穿着当年高雅的童装。石竹坐着，孩子们坐在两旁的矮凳上。环境整洁、朴实，尽管存有一些马里亚娜继承来的豪华家具。

第一场

石　竹　我不讲了。
　　　　（站起身）
男孩儿　（拉着她的衣服）
　　　　再给我们讲一个别的。
石　竹　你把我的衣服扯破了！
女孩儿　（拉着她）
　　　　这衣服不结实。

石　竹　（斥责）

　　　你妈妈买的。

男孩儿　（笑着，拉她的衣服，让她坐下）

　　　石竹！

石　竹　（不得不坐下，也笑了）

　　　孩子们！

女孩儿　讲那个吉卜赛王子的故事。

石　竹　吉卜赛人从来没当过王子。

女孩儿　为什么？

男孩儿　我不想让他们从身边走过，

　　　他们的母亲全是巫婆。

女孩儿　（强有力地）

　　　骗人！

石　竹　（训斥）

　　　丫头！

女孩儿　昨天我还看见两个吉卜赛人

　　　在向皇城门的基督祈祷。

　　　他们有这样的剪刀……

　　　还有四头毛茸茸的小驴……

　　　眼睛向四处瞧……

　　　尾巴不停地摇。

　　　世上哪里能找到！

男孩儿　（一本正经地）

　　　肯定是偷来的。

石　竹　没那么坏也没那么好。懂吗？

〔两个孩子伸出舌头来表示嘲弄。

嘘！

男孩儿　那首刺绣的歌谣？

女孩儿　卢塞纳的公爵！怎么说来着？

男孩儿　橄榄树啊，橄榄树……在刺绣。

（似在回忆）

石　竹　我讲，不过讲完了，

你们马上去睡觉。

男孩儿　好吧。

女孩儿　懂了。

〔石竹画十字，孩子们模仿她，注视着她。

石　竹　"至高无上的三位一体

总是造福于人，

在海上保佑海员，

在山里保佑山民。

在橄榄树绿色

绿色的海岸上……"

女孩儿　（用一只手捂住石竹的嘴，自己接着说）

"有一位刺绣的小姑娘。

娘啊！她在绣什么？"

石　竹　（对女孩儿会背诵感到欣喜）

"白银的绣花针

水晶的绣花绷子，

43

> 她在绣一面旗
> 口中不停地歌唱。
> 为了橄榄树，橄榄树，
> 娘啊，谁会往下讲！"

男孩儿 （继续）

> "来了一位安达卢西亚人，
> 风流潇洒的美男子。"

［马里亚娜出现在舞台深处，身着浅黄衣裙，一种古书的黄色，倾听着谣曲，用表情体现旗帜和死的念头在心中引起的反响。

石　竹 "姑娘啊，绣花姑娘，
> 我的生命啊，别再操劳！
> 因为卢塞纳的公爵
> 在睡觉，就要睡觉。"

女孩儿 小姑娘回答：
> "你说的不是实话：
> 卢塞纳的公爵
> 要去战场厮杀
> 让我绣这面红旗的人
> 恰恰就是他。"

男孩儿 "在科尔多瓦街上
> 人们抬着他去埋葬，
> 躺在珊瑚的棺材里
> 穿着修士的服装。"

女孩儿　（似入梦境）

　　　　"茴芹香和石竹花

　　　　放在棺材上，

　　　　一只老的绿鸟儿

　　　　啾啾地歌唱。"

石　竹　（富于感情地）

　　　　"卢塞纳的公爵啊，

　　　　再也难相逢！

　　　　我所绣的旗

　　　　再也没有用。

　　　　在那橄榄树树梢

　　　　我会注意瞧

　　　　风儿吹过时

　　　　怎把叶儿摇。"

男孩儿　"再见了，漂亮姑娘，

　　　　谷穗和灯芯草的地方，

　　　　我要去塞维里亚，

　　　　在那里我是船长。"

石　竹　"在橄榄树绿色

　　　　绿色的岸旁

　　　　不停地哭啊，哭啊，

　　　　一位黑黝黝的姑娘。"

　　　　〔孩子们做出满意的表情。极有兴致地背着谣曲。

第二场

马里亚娜 （向前走）

　　　　　该躺下睡觉了。

石　　竹 （站起身，对孩子们）

　　　　　你们听见了吗？

女 孩 儿 （吻马里亚娜）

　　　　　妈妈，你带我们去睡。

马里亚娜 女儿，不行。

　　　　　我要给你缝一件斗篷。

男 孩 儿 给我？

石　　竹 （笑着）

　　　　　当然了！

马里亚娜 一顶礼帽

　　　　　带一条绿色和两条橘黄色的飘带。

　　　　　（吻男孩儿）

石　　竹 孩子们，走！

男 孩 儿 （回来）

　　　　　我要像大人那样的，

　　　　　又高又大，知道吗？

马里亚娜 会有的，宝贝儿！

女 孩 儿 回头你要进来；

　　　　　我要在你身边。

　　　　　　　今晚风大，什么也看不见。

马里亚娜　（低声对石竹）

　　　　　　　完了事，到门口去。

石　　竹　很快就好了，孩子们困了。

马里亚娜　叫他们祈祷时别笑！

石　　竹　是的，夫人！

马里亚娜　（在门口）

　　　　　　　一段圣母颂

　　　　　　　两段苦难的圣基督祷文

　　　　　　　好保佑我们。

女 孩 儿　我们背诵

　　　　　　　圣胡安的那一段

　　　　　　　为了保佑行人和海员。

　　　　　［都进屋。停顿。

第三场

马里亚娜　（在门口）

　　　　　　　孩子啊，安静地入梦乡，

　　　　　　　为娘我，绝望又疯狂，

　　　　　　　（慢慢地）

　　　　　　　只觉得胸中血的玫瑰在燃烧，

　　　　　　　以它自己强烈的光芒。

愿你们梦在狂欢节和卡塔赫纳
清爽明亮的花园里
做击鼓传花游戏，
摇荡在碧绿柠檬的枝头上。
孩子啊，我同样睡着，
我也在自己的梦中飞翔，
就像蒲公英轻柔的花伞
不知随风飘向何方。

第四场

堂娜安古斯蒂亚斯出现在门口。

安　蒂　（旁白）
　　　　古老而又诚实的人家，简直疯了！
　　　　（对马里亚娜）
　　　　有人拜访你。
马里亚娜　谁？
安　蒂　堂佩德罗！
　　　　〔马里亚娜跑到门口。
　　　　坐下，孩子！他不是你丈夫！
马里亚娜　你说得对。可我做不到。

第五场

马里亚娜跑到门口时,堂佩德罗迎她而来。他三十六岁。这是一个和气、镇静而又强壮的男子。衣着得体,话语温柔。马里亚娜向他伸出双臂并紧握他的双手。堂娜安古斯蒂亚斯采取一种伤心和保留的态度。停顿。

佩·索托 (热情地)

  谢谢,马里亚娜,谢谢。

马里亚娜 (几乎没说出声)

  我做了该做的事情。

  [在这场中,马里亚娜表现出一种强烈而又深沉的激情。

佩·索托 (对堂娜安古斯蒂亚斯)

  非常感谢,夫人。

安　蒂 (伤心地)

  为什么?晚安。

  (对马里亚娜)

  我走了

  到孩子们那里去。

  (旁白)

  哎,可怜的马里亚妮塔!

  [堂娜安古斯蒂亚斯一离开,堂佩德罗就热情地挽住马里亚娜的腰部。

佩·索托 （满怀激情）

> 你为我所做的，有谁能报答！
> 啊，我多么为它担惊受怕！
> 由于你柔弱的心冒着危险，
> 我已获得了新生的血液，马里亚娜。

马里亚娜 （靠近，颓丧地）

> 佩德罗，如果你死了，我的血还有何用场？
> 难道说没有空气，鸟儿还能飞翔？……
> （小声地）
> 我永远说不出有多么爱你，
> 一到你身边就忘了所有的话语。

佩·索托 你冒着巨大的危险又毫不气馁！

> 置身于歹徒中间，多么孤单！
> 谁能用我的痛苦和我的生命
> 使你从恶人的埋伏中脱离危险，
> 多么漫长啊，深山里
> 没有你在身边的黑夜和白天！

马里亚娜 （将头垂在他的肩上，宛似梦中）

> 就这样！将你的气息呼在我的前额。
> 吹去我的忧伤和苦涩；
> 这忧伤是由于我不知向何处去，
> 这爱的苦涩正在将我的嘴烧灼。
> （停顿。突然离开他并拉着他的双肘）
> 佩德罗，没有人跟踪你吗？没有人看见你进来吗？

佩·索托 （坐下）

没有。你住在静悄悄的街上，

而黑夜又像中了魔一样。

马里亚娜　我心里非常恐慌。

佩·索托　（拉住她一只手）

过来！

马里亚娜　（坐下）

我很害怕他们会料到，

保皇党的恶棍会把你杀掉。

如果你……

（激动地）

我也会死，会死，这你知道。

佩·索托　（激动地）

马里亚妮塔，别怕！亲爱的，我的生命！

别怕！我们的结盟天衣无缝。

你绣的旗帜将在街头飘扬

沐浴着格拉纳达全民的热情。

你和所有人共同渴望的自由

将用银色的巨足踏上艰辛的征程。

倘若不是这样，倘若佩德罗萨……

马里亚娜　（恐惧地）

不要再说下去！

佩·索托　要是他发现我们的团体，我们必死无疑……

马里亚娜　住口！

佩·索托　马里亚娜，没有自由，没有心中

那和谐坚定的光芒，人们会怎样？

你说，如果没有自由，我怎能爱你？

我怎能将这颗坚定的心给你，如果它不属于我的胸膛？

别怕，我已经在农村嘲弄了佩德罗萨，

直到和你一起战胜他——我这样想，

因为你向我献出了你的家、你的手和你的情深意长。

马里亚娜　有件事我说不明白，然而它确实存在！

和你在一起，多么幸福！然而尽管我感到快乐

却有一个严重的焦虑使我愤慨并不知所措；

我觉得窗帘后面有许多人在隐藏，

我觉得我的话在街上清晰地回响。

佩·索托　（痛苦地）

的确是这样！多么可怕的宁静！多么痛苦！

向遥远的每一分钟不停地质疑！

在山区我忍受了没有尽头的秋季！

你得不到一点消息！

马里亚娜　告诉我，你是不是冒了很大的风险？

佩·索托　我几乎被送进法院。

　　　　　［马里亚娜作恐怖状。

但是你送去的护照和马匹救了我

还有那位对我一言不发的奇怪的青年。

马里亚娜　（不安，不愿回忆）

告诉我。

佩·索托　你为什么在打颤?

马里亚娜　（紧张）

说下去,后来呢?

佩·索托　后来

我在阿尔布哈拉游荡。我知道

直布罗陀流行黄热病：去那里绝对不行,

只有隐藏起来等待时机。终于有机可乘!

靠你的帮助终于脱险。马里亚娜啊,我的生命!

自由之神,尽管用鲜血也要呼唤所有的门庭!

马里亚娜　（精神焕发）

我的胜利就是让你坐在身边!

当你不看我时我却能将你的眼睛观看。

当你在我身旁,我会将心中的一切遗忘

我会爱上世上所有的人：

甚至包括佩德罗萨和国王。

对好人和坏人一样。佩德罗,

当两人相爱时,会忘却时间,

只剩你和我,没有黑夜或白天!

佩·索托　（拥抱她）

马里亚妮塔!你的双臂

像两条红色、寂静的河流

缠绕着我战斗的躯体。

马里亚娜　（捧起他的头）

现在我会失去你,失去你的生命。

　　　　　　你就像一个驾着古老木船
　　　　　　永不休止地航行的海员，
　　　　　　作为你的恋人，我窥伺着深不可测、
　　　　　　波涛汹涌的大海，等候
　　　　　　人们将你溺死的躯体带到我身边。

佩·索托　　现在不是胡思乱想的时刻，
　　　　　　要敞开胸膛迎接眼前美好的景色，
　　　　　　一个充满麦穗和羊群的西班牙即将诞生，
　　　　　　人们将快乐地吃着自己的面包，
　　　　　　在我们广阔的永恒
　　　　　　和天际与宁静的激情中。
　　　　　　西班牙在践踏并埋葬自己古老的心灵——
　　　　　　她那在半岛上游动的饱受创伤的心灵，
　　　　　　必须尽快用双手和牙齿拯救她的生命。

马里亚娜　（激情满怀）
　　　　　　我是第一个渴求这样做的人。
　　　　　　我愿自己的阳台向太阳开放，
　　　　　　让大地充满金色花朵的芳香，
　　　　　　为了爱你，并肯定赢得你的爱，
　　　　　　为了无人窥伺我，就像此时此刻一样。
　　　　　　（冲动）
　　　　　　不过我已经做好准备！
　　　　　　（站起）

佩·索托　（热烈地，站起）

我喜欢你这样,

　　　美丽的马里亚妮塔!

　　　朋友们不会拖延,抬起

　　　你勇敢的脸庞

　　　和洁白脖颈上燃烧的眼神

　　　(爱恋地)

　　　它闪烁着光芒。

　　〔外面风雨声。马里亚娜示意堂佩德罗不要出声。

第六场

石　　竹 (走进)

　　　夫人……我觉得有人叫门。

　　　〔堂佩德罗和马里亚娜无动于衷。石竹走向堂佩德罗。

　　　堂佩德罗!

佩·索托 (镇静地)

　　　上帝保佑你!

马里亚娜　你知道来的是谁吗?

石　　竹　是的,夫人,我知道。

马里亚娜　暗号呢?

石　　竹　没忘。

马里亚娜　开门之前

　　　要从观察孔仔细看。

石　　竹　夫人,我会这样做。

马里亚娜　一盏灯火也不要点燃,

　　　　　不过在庭院

　　　　　要备好一支蜡烛,

　　　　　并把花园的窗户关严。

石　　竹　我这就照办。

　　　　　(走下)

马里亚娜　来多少人?

佩·索托　没几个。

　　　　　不过都相关。

马里亚娜　消息呢?

佩·索托　过一会儿就有了。

　　　　　到底是不是起义

　　　　　我们将做决断。

马里亚娜　别出声!

　　　　　(示意堂佩德罗别说话。倾听。外面响着风雨声)

　　　　　已经来了!

佩·索托　(看表)

　　　　　准时!

　　　　　真是卓越的爱国者。

　　　　　坚定的人们!

马里亚娜　愿上帝帮助我们所有的人!

佩·索托　会的!

马里亚娜　应该帮助!

如果看一看这颠倒的乾坤!

［马里亚娜跑着,直到门口并拉开深处巨大的门帘。

进来吧,先生们!

第七场

进来三位同盟者,身着灰色大斗篷;其中一位留着鬓角,马里亚娜和堂佩德罗亲切地接待他们。三位同盟者与他们握手。

马里亚娜 (与同盟者甲握手)

啊,手多凉啊!

同盟者甲 (坦率地)

天气冷如刀!

忘了戴手套,

可这里很好。

马里亚娜 真的在下雨吗?

同盟者丙 (坚定地)

萨卡丁都无法通过了。

［三人脱下斗篷,抖掉雨水。

同盟者乙 (忧伤地)

雨线,宛似晶莹的柳丝,

降落在格拉纳达的屋顶上。

同盟者丙 达乌罗河淌着浑浊的泥浆。

马里亚娜　　有人看见你们吗?
同盟者乙　　没有。我们各自单独地
　　　　　　来到这昏暗大街的街口。
同盟者甲　　有可以做出决断的消息吗?
佩·索托　　今天夜里,靠上帝保佑。
马里亚娜　　小声点。
同盟者甲　　(微笑)
　　　　　　为什么,堂娜马里亚娜?
　　　　　　此时人们都在睡觉。
佩·索托　　相信我们是安全的。
同盟者丙　　你别肯定,
　　　　　　佩德罗萨对我的监视一刻也没放松,
　　　　　　尽管我巧妙地避开了他的跟踪,
　　　　　　他仍在窥伺,而且会知道些风声。
　　　　　　[有人坐着,另一些人站着,构成一幅美丽的画面。
马里亚娜　　昨天他曾来这里。
　　　　　　[三位同盟者显出惊奇的表情。
　　　　　　由于是我的朋友,
　　　　　　我不愿,也不应拒绝他!
　　　　　　他夸奖了我的城市,
　　　　　　说话时,和颜悦色,
　　　　　　但却使劲盯着我……我不明白……
　　　　　　好像他知道什么!
　　　　　　(强调)

　　　　　　他似乎要看穿我的心事。

　　　　　　他整个下午都在这里

　　　　　　一直和我的眼睛顽强地对峙，

　　　　　　他可是干得出来……无论什么事！
佩·索托　他不可能想到……
马里亚娜　我不大放心，告诉你们

　　　　　　是为了更加谨慎。

　　　　　　晚上，当我将窗户关闭

　　　　　　觉得有人在推动玻璃。
佩·索托　（看表）

　　　　　　已经十一点十分。

　　　　　　送信人离这里应该很近。
同盟者丙　（看表）

　　　　　　很快就该到了。
同盟者甲　愿上帝帮忙。

　　　　　　我觉得一刻钟像一个世纪一样！

　　　　　　〔石竹走进来，端着一个托盘，上面放着雕花玻璃的高脚杯和一瓶葡萄酒。将托盘放在单腿圆桌上。马里亚娜与她交谈。
佩·索托　朋友们将为接不到通知而担心。
同盟者甲　都已经知道。无人不晓。

　　　　　　一切都取决于今晚

　　　　　　对我们的通告。
佩·索托　形势严重，但又千载难逢，

只要我们善于将时机利用。
[石竹出去，马里亚娜拉开窗帘。
要研究哪怕是最小的细节，
因为人民会毫不犹豫地响应。
安达卢西亚整个空气中
都充满自由。这个字眼
响彻它所有城市的心灵，
从古老的黄色塔楼
到橄榄树的树丛。
马拉加的海岸
布满坚决要起义的人们：
帕洛的渔民、海员和大多数士绅。
在内尔哈、维莱斯，
人民会跟着我们，
都焦急地等待着消息的来临。
他们来自崇山峻岭和辽阔的大海
因而是最自由的人群。
阿尔赫西拉斯在等待时机，
在格拉纳达，像你们
这样出身的先生都冒着
生命的危险，多么激动人心。
啊，我已经焦急万分！

同盟者丙　　就像所有
真正的自由党人。

马里亚娜 （信服地）

可有人追随你们？

佩·索托 所有的人。

马里亚娜 尽管有这样的恐怖？

佩·索托 （干脆地）

是的。

马里亚娜 没有任何人

去沙龙林荫道

安静地散心，

明星咖啡馆也无人登门。

佩·索托 （热情地）

马里亚娜，你绣的旗帜

将受到费尔南多国王的尊敬，

对卡洛玛尔德[①]的打击着实沉重！

同盟者丙 当他已没有别的道路

就会在自由党人面前屈从，

尽管他装得无依无靠

其实他独断专行。

马里亚娜 费尔南多不是属下的玩偶吗？

同盟者丙 还要耽搁很久吗？

佩·索托 （不安地）

我不知怎么对你说。

---

① 卡洛玛尔德（1773—1842），西班牙专制主义者，受宠于费尔南多七世，但在民间颇有恶名。

同盟者丙　要是他被捕了呢?
同盟者甲　不会的。
　　　　　黑暗和雨水使他很隐蔽,
　　　　　而且他一向警惕。
马里亚娜　现在到了。
佩·索托　我们终于能得到些消息。
　　　　　［众人站起并向门口走去。
同盟者丙　欢迎,如果他带来好消息。
马里亚娜　(激动地,对堂佩德罗)
　　　　　佩德罗,看着我。你要特别在意,
　　　　　我几乎憋死过去。

第八场

　　同盟者丁出现在门口,这是一个强壮的汉子,富裕的农民。穿着当年时兴的服装:头戴天鹅绒尖顶礼帽,缀着丝绸帽穗;上衣肘部、袖口和领口处配有各种颜色的呢料和刺绣。长裤有黑色贴边,用银扣固定,皮裹腿,一侧已打开,看得见大腿。面带温柔而又有男子气的忧伤。所有人物都站在大门旁边。马里亚娜不掩饰自己的忧愁,一会儿看看刚刚到来的人,一会儿又看看堂佩德罗,显出痛苦和探寻的神情。

同盟者丁　先生们,堂娜马里亚娜!

　　　　　　（和马里亚娜握手）

佩·索托　（急不可耐）

　　　　　有消息吗？

同盟者丁　和这天气一样坏！

佩·索托　发生什么事情了？

同盟者甲　（愤怒地）

　　　　　我几乎猜到了。

马里亚娜　（对堂佩德罗）

　　　　　你难过吗？

佩·索托　加的斯的人呢？

同盟者丁　一切都是徒劳。

　　　　　要及早准备好。

　　　　　政府从各处监视我们。

　　　　　起义要往后推迟，

　　　　　否则，拼命或死路一条。

佩·索托　（绝望地）

　　　　　不知该怎么想，因为我身上

　　　　　有一个滴血的创伤。

　　　　　先生们，我不能再等了。

同盟者丙　（坚强地）

　　　　　堂佩德罗，等待时机，我们会胜利。

　　　　　这种形势不会长久地持续下去。

同盟者丁　（坚强地）

　　　　　此时此刻我们只有默不作声。

谁也不愿白白地送命。

佩·索托 （同样坚强地）

我要付出很大的痛苦。

马里亚娜 （愁苦地）

声音再低些。

（踱来踱去）

同盟者丁 整个西班牙都沉默不语，但是活着！

好好收着那面旗！

马里亚娜 我将它转到一位老朋友家里，

在阿尔瓦伊辛，我在颤抖。

或许保存在这里更适宜。

佩·索托 在马拉加怎么样了？

同盟者丁 在马拉加，实在可怕。

贡萨莱斯·莫雷诺的流氓……

发生的事情叫人难以言讲。

〔急切地等待。马里亚娜，坐在沙发上，挨着堂佩德罗，

经过上述的全过程后，热切地听着同盟者丁的讲述。

托里赫斯[①]，高贵的将军，

明净的前额，安达卢西亚的人们，

在那里看到了公爵中的君子

纯银般的心，

---

① 何塞·玛丽亚·托里赫斯（1791—1831），西班牙将军，参与推翻国王统治的斗争，在马拉加海岸登陆后被处决。

在马拉加凶猛的海滩上
他被处以死刑。
人们将他诓骗,
他不幸相信了谎言,
满意地和自己的船队,
靠近了马拉加的海岸。
可叹那高尚的心灵
对恶人竟无防范!
保皇党将他逮捕
当他一踏上沙滩。
巴尔特的子爵,
军中的指挥官,
面对这卑劣行径,
他应将自己的手砍断,
因为它摘下托里赫斯
腰间精美的宝剑,
剑柄上镶嵌着水晶,
用两条彩穗儿装点。
他和他的伙伴被杀
在深深的夜间。
公爵中的君子
纯银般的心。
在米哈斯的土地上
升起了大团的乌云。

　　　　　大风吹动海面

　　　　　船队撤离海岸:

　　　　　匆匆地荡桨,

　　　　　高高地扬帆。

　　　　　行刑的枪声

　　　　　回响在涛声中间,

　　　　　勇敢的骑士

　　　　　和他的同伴,

　　　　　三处伤口流血,

　　　　　死在黄沙滩。

　　　　　死神,尽管是死神,

　　　　　也抹不掉他的笑脸。

　　　　　在所有的船上

　　　　　水手们哭声不断,

　　　　　最美丽的女士们

　　　　　戴孝而又心酸,

　　　　　同样为他哭泣

　　　　　在上面的柠檬园。

佩·索托 （听完谣曲后,站起）

　　　　　困难更坚定了我的信念。

　　　　　先生们,我们要勇往直前。

　　　　　托里赫斯的死进一步

　　　　　激励我继续战斗勇气。

同盟者甲　我也这样考虑。

同盟者丁　然而现在要镇静；

　　　　　会有另外的时机。

同盟者乙　（激动）

　　　　　遥远的时机！

佩·索托　但不会耗尽我的精力。

马里亚娜　（低声，对堂佩德罗）

　　　　　佩德罗，只要我还在呼吸……

同盟者甲　我们走吗？

同盟者丙　没什么可做的了。你说得有理。

同盟者丁　这就是我要告诉你们的，

　　　　　仅此而已。

同盟者甲　应该有乐观主义。

马里亚娜　喝一杯，你们可愿意？

同盟者丁　我们接受

　　　　　因为实属必须。

同盟者甲　完全同意！

　　　　　〔大家起立，拿酒杯。

马里亚娜　（斟满酒杯）

　　　　　雨真大呀！

　　　　　〔外面风雨声大作。

同盟者丙　堂佩德罗难过悲伤！

同盟者丁　和我们大家一样！

佩·索托　的确如此！

　　　　　我们有理由悲伤。

马里亚娜　尽管有残酷的镇压，

　　　　　尽管有理由悲伤……

　　　　　（举起酒杯）

　　　　　然而"站着的水手，躺着的月亮"。

　　　　　地中海上的三桅帆船

　　　　　和船上的人们都这样讲。

　　　　　应该像他们一样，任何时候

　　　　　都要眼观六路，耳听八方！

　　　　　（宛似在梦中）

　　　　　"站着的水手，躺着的月亮"。

佩·索托　（举着酒杯）

　　　　　让我们的家像船一样。

　　　　〔众人饮酒。停顿。传来远处的敲门声。众人手拿着酒杯呆住，极度的寂静。

马里亚娜　风吹开了一扇窗户。

　　　　〔又响起敲门声。

佩·索托　听见了吗，马里亚娜？

马里亚娜　会是谁呢？

　　　　　（满怀忧愁）

　　　　　神圣的上帝呀！

佩·索托　（抚摩地）

　　　　　别怕！你会看到没什么事情。

　　　　〔大家都放下酒杯，惴惴不安。

石　　竹　（进来，几乎喘不过气来）

　　　　　　哎呀，夫人！两个蒙面人，

　　　　　　佩德罗萨跟着他们！

马里亚娜　（喊着，激动地）

　　　　　　佩德罗，走吧！

　　　　　　都走！圣母呀！快走！

佩·索托　（茫然地）

　　　　　　我们走吧！

　　　　　　［石竹撤去酒杯并熄灭蜡烛。

同盟者丁　丢下她是卑鄙的。

马里亚娜　（对堂佩德罗）

　　　　　　你快点吧！

佩·索托　从哪儿走呢？

马里亚娜　（发疯地）

　　　　　　哎呀！从哪儿呢？

石　　竹　他们在叫门！

马里亚娜　（恍然大悟）

　　　　　　从过道的那扇窗户

　　　　　　很容易往下跳！

　　　　　　屋顶离地面不高。

同盟者乙　我们不应该将她

　　　　　　一个人抛下！

佩·索托　（有力地）

　　　　　　可必须这样！

　　　　　　否则，我们在场，他们会怎么想？

马里亚娜　对，对，你马上走。

　　　　　快逃出去！

佩·索托　（激动）

　　　　　再见，马里亚娜！

　　　〔众人从右面的门迅速离去。石竹从临街的一个阳台的缝隙向外张望。马里亚娜在门口说。

马里亚娜　佩德罗，朋友们，大家小心！

　　　　　（关上右面的小门，同盟者们是从那里出去的，拉开门帘。然后，动人地说）

　　　　　石竹，开门！

　　　　　我是一个被系在马尾上的女人。

　　　〔石竹离去。她迅速走到钢琴旁。

　　　　　上帝啊，请不要遗忘

　　　　　你的激情和双手上的创伤！

　　　　　（坐下并开始演唱马努埃尔·加西亚于1808年创作的歌曲《走私者》）

　　　　　我是走私者

　　　　　随心所欲

　　　　　向所有人挑战

　　　　　因为无所畏惧。

　　　　　啊咿！啊咿！

　　　　　啊，小伙子们！啊，姑娘们！

　　　　　谁买我的黑线？

　　　　　我的马疲惫不堪，

我会死于梦幻!

啊咿!

啊,巡逻队来了

已经开始枪战。

啊咿!啊咿!

我的马儿长着白色的脸。

啊咿!

啊,马儿啊,飞快地驰骋。

啊,马儿,我难活命。

啊咿!

[要怀着令人敬重而又绝望的感情演唱,同时倾听着佩德罗萨上楼梯的脚步声。

第九场

深处的帘子拉开,石竹出现,心中恐惧,一手端着有三支蜡烛的烛台,另一只手放在胸前。佩德罗萨是个冷酷的家伙,面色惨白,令人生畏的镇静。话中暗藏讽刺,对周围的一切都仔细观察,却不失礼,令人反感。要避免漫画式的脸谱。佩德罗萨一进来,马里亚娜便停止弹琴,从钢琴旁站起来。沉寂。

马里亚娜 进来。

佩德罗萨 (走向前来)

　　　　　　　夫人，请不要因为我

　　　　　　　而打断您刚才

　　　　　　　正在演奏的小曲儿。

　　　　　　（停顿）

马里亚娜　（想笑）

　　　　　　　黑夜多么凄凉

　　　　　　　所以我要歌唱。

　　　　　　（停顿）

佩德罗萨　看到您的阳台上

　　　　　　　有灯光，我便想登门拜访，

　　　　　　　如果打扰了，请您原谅。

马里亚娜　我对此深表谢意。

佩德罗萨　雨下得多么急！

　　　　　〔停顿。在这一场中同时应有不知不觉的停顿和不折不扣的静默，在此期间，两个人物的心灵在进行绝望的斗争。这是极难掌握火候的场面，切不要让夸张损害内心的激动。这一场应使人觉察到，言外之意远远胜过人物的道白。雨声，适度模拟，声音不要太大，不时可闻，以填充场上的寂静。

马里亚娜　（故意地）

　　　　　　　是不是很晚了？

佩德罗萨　（盯着她，同样故意地）

　　　　　　　是的！很晚。

　　　　　　　法院的钟

　　　　　　　早已敲过十一点。

马里亚娜 （镇静地并指给佩德罗萨一个座位）

  我没听见。

佩德罗萨 （坐下）

  我从老远就已听见。

  现在我将寂静的街道查看，

  雨水冷得刺骨

  还要忍受阿尔罕布拉[①]

  那寒气逼人的黑暗。

马里亚娜 （故意并恢复常态）

  冰冷的空气

  将一根根针

  刺进人们的心和肺里。

佩德罗萨 （对她报以讽刺）

  可不正是如此。

  我在履行艰难的职责，

  而您，高尚的马里亚娜，

  在家里，风吹不着雨打不着，

  在缝花边或绣着别的什么……

  （作回忆状）

  是谁对我说

  您的刺绣非常出色？

马里亚娜 （害怕，但仍保持一定的镇静）

---

① 矗立在格拉纳达东南部的阿拉伯宫殿，曾是伊比利亚半岛摩尔人的王宫。

           难道是罪过？
佩德罗萨　（作否定的手势）

           我们的国王圣上，上帝保佑，

           （屈身）

           在瓦朗赛宫殿①和他的叔王

           堂安东尼奥一起刺绣消遣。

           多么美的活计。
马里亚娜　（含糊不清地）

           我的上帝！
佩德罗萨　对我的拜访感到惊奇？
马里亚娜　（欲微笑）

           不！
佩德罗萨　（严肃地）

           马里亚娜！

           （停顿）

           一位像您这样漂亮的女性

           孤孤单单地生活就不害怕担惊？
马里亚娜　害怕？一点也不！
佩德罗萨　（故意地）

           格拉纳达有那么多

           自由党人和无政府主义者，

           人们不能安定地生活。

---

　①　瓦朗赛是法国中部省份安德尔的城市，西班牙费尔南多七世曾在此居住，并于1813年与拿破仑签约，恢复了他的王位。

　　　　　　（坚定地）

　　　　　　你早晚会懂得！

马里亚娜　（尊严地）

　　　　　　佩德罗萨先生！

　　　　　　我是家里的女主人，其余的事我不管！

佩德罗萨　（微笑）

　　　　　　而我是法官。请原谅，马里亚娜。

　　　　　　因此我要管这些事件。

　　　　　　然而三个月来我在发疯似地寻找

　　　　　　也未能将一个头领捉拿归案……

　　　〔停顿。马里亚娜注意倾听并在玩弄她的一枚戒指，强
　　　　忍着忧虑和愤怒。

佩德罗萨　（似在回忆，冷淡地）

　　　　　　一个叫什么堂佩德罗·索托马约尔的人。

马里亚娜　他可能离开了西班牙。

佩德罗萨　不，我希望他很快就落入我的手心。

　　　〔听到此话，马里亚娜紧张的有点失态，这足以使她手
　　　　中的戒指掉下来，或者是为了避免对话而扔下去的。

马里亚娜　（站起）

　　　　　　我的戒指！

佩德罗萨　掉了？

　　　　　　（有意地）

　　　　　　您要小心。

马里亚娜　（紧张）

75

　　　　　　这是我的结婚戒指,请您别动,
　　　　　　您会踩坏它。
　　　　　　(寻找)
佩德罗萨　　很好。
马里亚娜　　好像
　　　　　　有一只无形的手将它摘下。
佩德罗萨　　请您再镇静些。
　　　　　　(冷漠地)
　　　　　　您瞧。
　　　　　　(指着看到的戒指,往前走)
　　　　　　就在这里!
　　　　　　[马里亚娜先于佩德罗萨俯身去拾;后者站在她身旁,
　　　　　　当马里亚娜站起身时,佩德罗萨搂住她并吻她。
马里亚娜　　(一声喊叫并后退)
　　　　　　佩德罗萨!
　　　　　　[停顿。马里亚娜气得哭起来。
佩德罗萨　　(温柔地)
　　　　　　别叫。
马里亚娜　　圣母啊!
佩德罗萨　　(坐下)
　　　　　　我觉得这哭声已经没用。
　　　　　　马里亚娜,我的夫人,请镇静。
马里亚娜　　(忽然绝望地扑上去并揪住佩德罗萨的脖领)
　　　　　　你对我想些什么?你说!

佩德罗萨 （无动于衷）

　　想得很多。

马里亚娜　我会将它们战胜。你打的什么主意？

　　要知道我对谁也不畏惧。

　　我本来像新生的泉水一样清爽。

　　如果你碰我，我也会将自己弄脏；

　　不过我会保卫自己。请你马上出去！

佩德罗萨　（坚定而又满腔愤怒）

　　安静！

　　（停顿。冷漠）

　　我愿意成为你的朋友。

　　你应该感谢我的来访。

马里亚娜　（凶狠地）

　　难道我能允许您侮辱我？

　　允许您深更半夜闯进我的住处

　　为了……流氓！我弄不清……

　　（抑制住自己）

　　您怎么会要将我断送！

佩德罗萨　（热烈地）

　　正相反！

　　我来救您出火坑。

马里亚娜　（果断地）

　　我不需要！

　　（停顿）

佩德罗萨 （坚定而专横地，带着苦笑走进她）

　　　　马里亚娜！那面旗呢？

马里亚娜 （茫然）

　　　　什么旗？

佩德罗萨 您用这双白净的手绣的那面旗

　　　　（抓住她的手）

　　　　为了反对国王的法律！

马里亚娜 是哪个下流货向您造的谣言？

佩德罗萨 （无动于衷地）

　　　　紫底绿字。

　　　　绣得漂亮！

　　　　在阿尔瓦伊辛，我们搜到了它，

　　　　就像你的生命一样落入我的手掌。

　　　　不过我是你的朋友，你不用慌。

　　　　〔马里亚娜气得喘不过气来。

马里亚娜 （几乎晕倒）

　　　　这是谎言，谎言。

佩德罗萨 我不知道

　　　　有多少同谋犯。

　　　　我希望你对他们的名字不要隐瞒。

　　　　（压低声音，激动地）

　　　　谁也不会知道发生的事情。

　　　　我爱你，我的宝贝儿，你可听见？

　　　　你要么是我的，要么命赴黄泉。

　　　　　　你一向藐视我；不过现在
　　　　　　我能用双手掐住你的脖子，
　　　　　　你会爱我的，因为我能将你的生命保全。
马里亚娜　（在绝望中，温柔而又乞求地拥抱佩德罗萨）
　　　　　　请您怜悯我！如果您有怜悯之情！
　　　　　　放我逃生。我会将对您的记忆
　　　　　　珍藏在我的瞳孔。
　　　　　　佩德罗萨，为了我的孩子们！……
佩德罗萨　（拥抱着她，多情地）
　　　　　　那面旗
　　　　　　不是你绣的，美丽的马里亚娜，
　　　　　　你已经自由了，因为我愿意这样……
　　　　〔当佩德罗萨的嘴唇靠近马里亚娜的嘴唇时，后者拒绝
　　　　　了他，并做出一种野蛮的反应。
马里亚娜　这绝不行！我情愿先牺牲！
　　　　　　这会使我痛苦，但却保持忠诚。
　　　　　　请您出去！
佩德罗萨　（责备她）
　　　　　　马里亚娜！
马里亚娜　马上出去！
佩德罗萨　（冷淡而又谨慎）
　　　　　　很好！我继续将此事处理
　　　　　　您自己断送自己。
马里亚娜　有什么关系！

　　　　　　我亲手绣了那面旗；

　　　　　　就是这双手，请您看仔细！

　　　　　　我认识些非常伟大的志士

　　　　　　他们会在格拉纳达将它升起。

　　　　　　不过我不会说出他们的名字！

佩德罗萨　在暴力下

　　　　　　您会揭发！刑具很可怕，

　　　　　　女人家毕竟是女人家！

　　　　　　您几时愿意就通知我一下！

马里亚娜　胆小鬼！

　　　　　　就是把针刺进心中

　　　　　　我也不会吭一声！

　　　　　　（突如其来地）

　　　　　　佩德罗萨，我就在这里！

佩德罗萨　咱们走着瞧！……

马里亚娜　石竹，掌灯！

　　　　〔石竹进来，恐惧地，双手交叉在胸前。

佩德罗萨　没必要，夫人。

　　　　　　我以法律的名义，逮捕你。

马里亚娜　以什么法律的名义？

佩德罗萨　（冷淡而又郑重地）

　　　　　　晚安！

　　　　　　（离去）

石　　竹　（动人地）

啊，夫人，我的孩子，小石竹花，
我的心肝宝贝！

马里亚娜 （满怀痛苦与恐惧）

伊莎贝尔，我走了，
给我披肩。

石　　竹　您快逃命吧！

［石竹探身到窗外。外面又响起雨声。

马里亚娜　我去堂路易斯家！看好孩子们！

石　　竹　他们已经守住门口！走不了！

马里亚娜　当然。

（指着同盟者们逃离的地方）

从这里！

石　　竹　不行！

［当马里亚娜穿过时，堂娜安古斯蒂亚斯在门口出现。

安　　蒂　马里亚娜！你去哪里？

你的女儿在哭。

她害怕风雨。

马里亚娜　我被捕了！被捕了！石竹！

安　　蒂　（拥抱着她）

马里亚妮塔！

马里亚娜　（扑倒在沙发上）

我现在就开始死了，

［两个女人抱着她。

看着我，哭吧。我现在就开始死了！

幕疾下

第三幕

格拉纳达,圣马利亚·埃希普西亚卡修道院。阿拉伯风格。拱门,柏树,泉水,爱神木。几条凳子和几把皮面旧椅子。幕启时,场上一片寂静。管风琴声响起,远处传来修女的声音。两个初来的修女从深处踮着脚跑来,为了不被人看见,环视四周。她们穿着蓝色服装,头戴白色三角巾。二人十分小心地靠近左面的一扇门并从锁孔向里看。

第一场

年轻修女甲　她干什么呢?

年轻修女乙　(在锁孔处)

　　　　　　小声点!

　　　　　　她在祈祷。

年轻修女甲　躲开!

　　　　　　(自己去看)

　　　　　　多么洁白啊,多么洁白!

　　　　　　她的头在房间的黑暗中

　　　　　　　闪烁着光彩。
年轻修女乙　她的头闪烁着光彩？
　　　　　　　我一点也不明白。
　　　　　　　她是个好心的女子，
　　　　　　　可却要将她杀害。
　　　　　　　你可说得清？
年轻修女甲　我只想
　　　　　　　长时间而又近距离地
　　　　　　　看清她的心灵。
年轻修女乙　多么勇敢的女性！
　　　　　　　当昨天宣判
　　　　　　　她的死刑，她没有
　　　　　　　掩饰自己的笑容。
年轻修女甲　后来在教堂
　　　　　　　我看见她哭了。
　　　　　　　我觉得她的心
　　　　　　　已经提到了喉咙。
　　　　　　　她做了什么事情？
年轻修女乙　绣了一面旗帜。
年轻修女甲　难道刺绣有罪？
年轻修女乙　听说她属于共济会。
年轻修女甲　这是什么组织？
年轻修女乙　是……我也不知道！
年轻修女甲　她为什么被捕？

年轻修女乙　因为她不喜欢国王？
年轻修女甲　还有什么？看得见吗？
年轻修女乙　也不喜欢王后！
年轻修女甲　我同样不喜欢他们。

　　　　　（注视里面）

　　　　　啊，马里亚娜·皮内达！

　　　　　花儿已经开放

　　　　　它们将陪着你去死亡。

　　　　　[修女卡门·波尔哈从舞台深处的门走出。

卡　　门　姑娘们，你们看什么呢？
年轻修女甲　（吃一惊）

　　　　　教友……

卡　　门　你们不害羞嘛？

　　　　　马上去工作间。

　　　　　谁教会你们这坏习惯？

　　　　　我们过一会再谈！

年轻修女甲　告便！
年轻修女乙　告便！

　　　　　[两人离开。当卡门嬷嬷确信她们已走时，同样小心
　　　　　翼翼地走近并从锁孔向里面瞧。

卡　　门　她是无辜的！毫无疑问！

　　　　　坚决不把口开！

　　　　　为什么？我不明白。

　　　　　（一惊）

来了!

（跑下）

第二场

马里亚娜身着光彩夺目的白色服装出场。面色苍白。

马里亚娜　教友！

卡　　门　（转过身）

你想要什么？

马里亚娜　什么也不要！

卡　　门　请说吧，夫人！

马里亚娜　我想……

卡　　门　什么？

马里亚娜　我是不是能永远地

留在这座修道院里。

卡　　门　那我们将是多么高兴！

马里亚娜　我不能！

卡　　门　为什么？

马里亚娜　（微笑）

因为我已经死了。

卡　　门　（吃惊）

堂娜马里亚娜，看在上帝的分上！

马里亚娜 世界靠近我身边,

　　　　　岩石,水,空气,

　　　　　我知道我看不见!

卡　　门 他们将把你赦免!

马里亚娜 (冷静地)

　　　　　让我们等着看!

　　　　　这寂静魔术般地

　　　　　压抑着我。宛似一个

　　　　　香堇菜的屋顶在不断增大,

　　　　　(激动地)

　　　　　可有时又装扮成

　　　　　我头上的长发。

　　　　　啊!多么好的梦啊!

卡　　门 (抓住她的手)

　　　　　马里亚娜!

马里亚娜 我怎么样?

卡　　门 你很好。

马里亚娜 我是一个大逆不道的人,

　　　　　不过我爱的方式

　　　　　会让上帝将我原谅

　　　　　就像他原谅抹大拉①一样。

卡　　门 无论在世外还是世上

---

① 抹大拉是受耶稣感化而改邪归正的妓女。

　　　　　　他都会将你原谅。
马里亚娜　如果你晓得!
　　　　　　教友啊,我的身上
　　　　　　受尽了大地万物的创伤!
卡　　门　上帝就充满爱的创伤,
　　　　　　这些伤口永远也愈合不上。
马里亚娜　受难而死的人会出生,
　　　　　　我知道自己瞎了眼睛!
卡　　门　(为马里亚娜的状况而难过)
　　　　　　一会儿见!您去
　　　　　　参加九日的祈祷吗?
马里亚娜　一如从前。教友,再见!
　　　　　　[卡门下场。

第三场

马里亚娜小心翼翼,迅速地走向深处,阿莱格里托,修道院里的园丁在那里。他总是在笑,笑容温柔而又健康。身着当时的猎装。

阿里托　别着急
　　　　听我对你讲!
马里亚娜　快点,别让人看见!

　　　　　　你去堂路易斯家了吗？

阿 里 托　他们告诉我，救您毫无希望。

　　　　　　想也不要想，

　　　　　　因为所有的人都会死亡，

　　　　　　但是他们将尽力而为。

马里亚娜　（勇敢地）

　　　　　　他们会竭尽所能！对此我很肯定！

　　　　　　阿莱格里托，他们是高尚的人，

　　　　　　我与他们相同，

　　　　　　你没见我很镇静？

阿 里 托　有一种令人恐惧的气氛。

　　　　　　大街上一片寂静。

　　　　　　只有风在吹来吹去，

　　　　　　人们都关在家里。

　　　　　　我只碰见一个小女孩儿

　　　　　　在古老的阿尔凯塞里亚

　　　　　　门口哭泣。

马里亚娜　你相信他们会让

　　　　　　没有过失的人死吗？

阿 里 托　我不知道他们如何考虑。

马里亚娜　其他的呢？

阿 里 托　（茫然失措）

　　　　　　夫人！……

马里亚娜　说下去。

阿 里 托　我不愿意。

　　　　　〔马里亚娜做出一个不耐烦的表示。

　　　　　佩德罗·索托马约尔先生

　　　　　据说已然出了国境。

　　　　　都说他去了英国。

　　　　　堂路易斯知道实情。

　　　　　〔马里亚娜将信将疑而又动人地笑了，因为实际上她知道这是真的。

马里亚娜　对你这样说的人

　　　　　想让我更伤心。

　　　　　阿莱格里托，不要相信！

　　　　　你不信，可是当真？

　　　　　（心中苦闷）

阿 里 托　（茫然）

　　　　　随您怎么想，夫人。

马里亚娜　当堂佩德罗获悉

　　　　　我因为给他绣这面旗

　　　　　而被关在这里

　　　　　他会疯狂地策马奔向此地。

　　　　　如果他们将我问斩

　　　　　他会死在我身边，

　　　　　这是一天夜晚

　　　　　他吻着我的头对我所言。

　　　　　他将像圣乔治①一样到来，
　　　　　在缀满宝石
　　　　　和黑色珍珠的橙色的斗篷上
　　　　　绚丽夺目的花朵随风飘荡。
　　　　　为了不让人看见
　　　　　他将在晨曦中从天而降。
　　　　　他谦逊而又高尚，
　　　　　在清爽的黎明时光，
　　　　　当柠檬园
　　　　　还在黑暗的天空闪亮
　　　　　朝霞宛似三桅的帆船
　　　　　在丝绸和阴影的波涛上荡漾。
　　　　　你怎么知道？我多么高兴！
　　　　　你知道吗？我一点也不惊慌！

阿里托　夫人！
马里亚娜　谁对你说的？
阿里托　堂路易斯。
马里亚娜　他知道判决吗？
阿里托　他说不相信。
马里亚娜　（忧伤地）
　　　　　这可是千真万确。

―――――――――

① 圣乔治是传说中的屠龙骑士，英俊果敢，于303年殉难，每年的四月二十三日是他的纪念日。

阿 里 托　告诉他这么坏的消息
　　　　　使我伤心。
马里亚娜　你要回去!
阿 里 托　随您。
马里亚娜　你回去要告诉他们
　　　　　我非常称心
　　　　　因为我知道一旦需要
　　　　　他们都会来,很多的人。
　　　　　上帝会偿还你的艰辛!
阿 里 托　回头见。
　　　　　(离去)

第四场

马里亚娜　(小声地)
　　　　　我孤孤单单
　　　　　在花园盛开的金合欢
　　　　　下面,死神在将我偷看。
　　　　　(小声地并走向果园)
　　　　　然而我的生命就在这里。
　　　　　我的血在激荡和抖颤
　　　　　宛似一棵珊瑚树
　　　　　在温柔的波涛间。

尽管你的马在岩石上

播下四个月亮

在春天绿色的微风

撒下火光,

跑得更快些！快来找我！

你看我感到

那些骨头和苔藓的指头

就在身边将我的头抚摩。

（走向花园，好像和什么人说话）

你不能进来。不能！

啊，佩德罗！为了你自己，别进来；

但是坐在那泉边

将白色的六弦琴拨弹。

（坐在一个凳子上，用双手支撑着头）

[花园中响起吉他声。

声　　音　在水边，

谁也没有看见，

我的希望已死去。

[舞台深处出现两名修女，后面跟着佩德罗萨。马里亚娜没看她们。

马里亚娜　这一首民谣

说的事情我不想知道。

没有希望的心灵，

让大地将它吞掉！

卡　　门　佩德罗萨先生来了。

马里亚娜　（感到害怕，站起身，似乎在摆脱梦境）

他是谁？

佩德罗萨　夫人！

　　　　　〔马里亚娜吃一惊，不禁尖叫。两个修女开始退场。

马里亚娜　（对二修女）

你们要走吗？

卡　　门　我们要去干活。

　　　　　〔二修女走开。此时场上笼罩着极大的不安。佩德罗萨，冷漠却一本正经，死盯着马里亚娜，而后者，忧伤而又勇敢，接受着他的目光。

第五场

　　佩德罗萨穿一身黑衣，披着斗篷。冷漠的表情显而易见。

马里亚娜　心灵已经告诉我：佩德罗萨。

佩德罗萨　还是那个

一如既往等候您的消息的人。

是时候了。您不觉得吗？

马里亚娜　永远都应该

保持沉默并快乐地生活。

　　　　　〔坐在凳子上。这时，乃至整个这一幕，马里亚娜都有

　　　　　　一种轻微的癫狂，直至最后爆发。

佩德罗萨　您知道判决了吗？

马里亚娜　知道。

佩德罗萨　判得对吗？

马里亚娜　（神采奕奕）

　　　　　我认为那是谎言。

　　　　　对于绞刑来说，我的脖子太短。

　　　　　无法执行。您等着看。

　　　　　况且，它洁白而又美丽。

　　　　　没有人愿将它绞断。

佩德罗萨　（紧接着）

　　　　　马里亚娜！

马里亚娜　（狠狠地）

　　　　　人们已忘记

　　　　　要让我死

　　　　　整个格拉纳达都要死去。

　　　　　而且会有非常伟大的人们

　　　　　来拯救我的生命，

　　　　　因为我是贵族。

　　　　　我是卡拉特拉瓦[①]上尉之女。

[①] 卡拉特拉瓦骑士团是西班牙最古老的军事和宗教集团，1158年由两位修士创立。他们宣称为保卫卡拉特拉瓦城而组成征讨摩尔人的神圣十字军。天主教双王在收复格拉纳达（1492）后，将该骑士团并入皇家军队。

　　　　　请您让我安静。

佩德罗萨　当您和您的伙伴经过时

　　　　　在格拉纳达没有人会探出身影。

　　　　　安达卢西亚人只会说说而已；然后……

马里亚娜　就抛下我孤苦伶仃；

　　　　　那又怎样？会有一个人

　　　　　来和我死在一起，这就够了。

　　　　　不过他是来搭救我的性命！

　　　　　（微笑并有力地呼吸，将双手放在胸前）

佩德罗萨　（突如其来地）

　　　　　我不愿你死，我不愿意！

　　　　　你也不会死，因为你将说出

　　　　　同谋者的信息。我对此坚信不疑。

马里亚娜　（狠狠地）

　　　　　我什么也不会说，不会满足你的愿望，

　　　　　尽管在我的心中

　　　　　再也容不下更多的创伤。

　　　　　对你们的奉承我充耳不闻

　　　　　而且意志坚强。从前我害怕

　　　　　您的目光，现在我和您对面相望

　　　　　（靠近）

　　　　　并和您的眼神较量，

　　　　　您的眼睛注视的地方

　　　　　我在那里将世上的任何力量

　　　　　　都无法使我说出的秘密珍藏。
　　　　　　我勇敢。佩德罗萨，我坚强！
佩德罗萨　很好！
　　　　　（停顿）
　　　　　　您知道，只要我一签字
　　　　　　就能抹去您眼睛的光芒。
　　　　　　用一支笔和一点墨水
　　　　　　就能使您进入漫长的梦乡。
马里亚娜　（高昂地）
　　　　　　为了我的幸福
　　　　　　但愿您别耽搁时光！
佩德罗萨　（冷淡地）
　　　　　　今天下午他们就来。
马里亚娜　（恐惧并察觉）
　　　　　　什么？
佩德罗萨　今天下午，
　　　　　　已经下令你听候处决。
马里亚娜　（愤怒并强烈抗议）
　　　　　　这不行！胆小鬼！在西班牙
　　　　　　谁指挥如此卑鄙的勾当？
　　　　　　我犯了什么罪？为什么杀我？
　　　　　　法庭的公理又在何方？
　　　　　　我将一生最伟大的爱
　　　　　　绣在自由的旗帜上。

　　　　　　难道我因此就该关在这里？

　　　　　　有两只透明的翅膀

　　　　　　就会为寻找自由而飞翔！

　　　　　〔佩德罗萨得意地看到马里亚娜这突然的绝望并向她走去。光线开始呈现黄昏的色调。

佩德罗萨　（离马里亚娜非常近）

　　　　　　快说出来，国王会将你赦免。

　　　　　　马里亚娜，同谋者都是谁？

　　　　　　我知道你和他们有牵连。

　　　　　　每秒钟都在增加你的危险。

　　　　　　在夜幕降临之前

　　　　　　就会有人来押解你。

　　　　　　他们是谁？叫什么名字？别耽搁时间！

　　　　　　不要拿法律当儿戏，

　　　　　　否则会为时太晚。

马里亚娜　（凶狠地）

　　　　　　我不会说！

佩德罗萨　（恶狠狠地，抓住她的双手）

　　　　　　他们是谁？

马里亚娜　现在我更不会开言。

　　　　　（轻蔑地）

　　　　　　放开，佩德罗萨，滚！卡门嬷嬷！

佩德罗萨　（可怕地）

　　　　　　你找死！

[卡门嬷嬷胆战心惊地上场,两个修女在深处幽灵似的交叉走过。

卡　门　怎么了?马里亚娜?

马里亚娜　没怎么。

卡　门　先生,这是不对的……

[佩德罗萨冷漠、镇静而又威严,向修女投去一瞥严厉的目光,并开始退场。

佩德罗萨　下午好。

（对马里亚娜）

如果你有话要说,我将不胜欢欣。

卡　门　先生,她是非常好的人!

佩德罗萨　（高傲地）

我没问你。

[下场,修女卡门随下。

第六场

马里亚娜坐在凳子上,用温柔而又动人的安达卢西亚语调说话。

马里亚娜　那一首歌谣我记得清

诉说它在格拉纳达的橄榄中穿行:

"三桅的小船啊,

真正的海盗!

你的勇气在哪里?

一条两桅的帆船

已经在瞄准你。"

（宛似在梦中，朦胧地）

在大海与繁星之间

我多么喜欢流连

身体靠着海风

长长的栏杆。

（激动而又满腹忧伤地）

佩德罗，带着你的骏马

或是骑着它来，在天黑之前。

但是要快！他们就要来了

要让我离开人间！

一定要快马加鞭！

（哭泣）

"啊，三桅的小船啊，

真正的海盗！

你的勇气在哪里？

一条有名的帆船

已经瞄准了你。"

[两个修女上。

修女甲　要坚强，愿上帝帮助你。

卡　　门　马里亚娜，孩子，你要休息。

（带马里亚娜下）

第七场

　　修道院的铃声响了。背景处出现了几名修女,她们穿过舞台,经过受难圣母前时在胸前画着十字,圣母的心上插着几把匕首,在墙上饮泣,巨大的用纸做成的金色和银色的玫瑰花的拱门遮掩着她。年轻修女甲和乙尤其引人注目。柏树开始染上金色的光芒。

年轻修女甲　什么叫声!你听到了吗?
年轻修女乙　从花园传出;这声响
　　　　　　似乎来自远方
　　　　　　伊内斯,我怕得慌!
年轻修女甲　她会在哪儿呢,马里亚妮塔,
　　　　　　格拉纳达的玫瑰和茉莉花。
年轻修女乙　在等她的未婚夫。
年轻修女甲　她的未婚夫迟迟未到。
　　　　　　如果你看见她在怎样
　　　　　　从窗口一次一次地观瞧!
　　　　　　她说:"如果没有那些山峦,
　　　　　　无论多远也能看见。"
年轻修女乙　她满怀信心地等着他。
年轻修女甲　他不回来看她的不幸!
年轻修女乙　马里亚妮塔将要死亡!

|||家中会有另一道光芒！

年轻修女甲　多少只鸟啊！看到了吗？

　　　　　　布满屋檐下

　　　　　　和花园的枝头上；

　　　　　　我从未见过这么多鸟儿，黎明时

　　　　　　一看到那"蜡烛"就唱呀，唱呀，唱……

年轻修女乙　白云和清风

　　　　　　从枝头的凉爽

　　　　　　唤醒了黎明。

年轻修女甲　为了黎明

　　　　　　每死去一颗星星

　　　　　　就有一支短笛诞生。

年轻修女乙　而她呢？……你可看见？

　　　　　　我觉得当她穿着洁白的衣裙

　　　　　　走过低音部唱诗班

　　　　　　好像已经装殓。

年轻修女甲　多不公道啊！

　　　　　　这个女人肯定受了骗。

年轻修女乙　她的脖子真是美不可言！

年轻修女甲　（本能地将双手放在脖子上）

　　　　　　是的，不过……

年轻修女乙　当她哭的时候

　　　　　　我觉得它好像

　　　　　　要掉在裙子上面。

［修女们走近。

修　女　甲　我们排练《圣母颂》！

年轻修女甲　很好！

年轻修女乙　我毫无兴趣。

修　女　甲　它很美。

［年轻修女甲给其他修女做个手势，都匆匆向舞台深处走去。

年轻修女甲　可是很难！

［马里亚娜从左边的门出场，修女们一见她都悄悄退去。

马里亚娜　（微笑着）

都在将我回避？

年轻修女甲　（颤抖地）

我们去……！

年轻修女乙　（茫然地）

我们要去……我是说……

已经很晚了。

马里亚娜　（以好心的诙谐）

我那么坏吗？

年轻修女甲　（激愤地）

不，夫人，谁说的？

马里亚娜　你知道什么，姑娘？

年轻修女乙　（指年轻修女甲）

什么也不知道！

年轻修女甲　可我们都喜欢您！

（紧张地）

难道您没看出来？

马 里 亚 娜 （苦涩地）

谢谢！

［马里亚娜坐在凳子上，交叉着双手，垂着头，一副神圣的升天姿态。

年轻修女甲　我们走吧！

年轻修女乙　啊，马里亚妮塔！

格拉纳达的玫瑰和茉莉花，

等候着她的情人，

可她的情人却迟迟没有到达！……

马 里 亚 娜　谁曾对我说！……

不过……耐心！

卡　　　门 （进场）

马里亚娜！

一位先生，他带来了

法官的许可证，来拜访您。

马 里 亚 娜 （站起身，精神焕发）

叫他进来！终于，上帝呀！

［修女出去。马里亚娜走向墙上的一面镜子，满怀甜蜜的痴情，整理着发髻和领口花边。

快……我有信心！

这衣服使我太显苍白，

我要更换衣裙。

第八场

　　马里亚娜坐在凳子上,一副爱恋的姿态,背向人们进来的地方。卡门嬷嬷上场。马里亚娜,难以自制,转过身来。在一片寂静中,费尔南多进场,面色苍白。马里亚娜目瞪口呆。

马里亚娜　(绝望地,似乎不愿相信)
　　　　　不!
费尔南多　(伤心地)
　　　　　马里亚娜!你不愿
　　　　　搭理我?请对我说!
马里亚娜　佩德罗,他在哪里?
　　　　　上帝呀!请你们让他进来!
　　　　　他在下面,在门口!
　　　　　他一定在那里!让他上来!
　　　　　你和他一起来的,对吗?
　　　　　你很好。他累了,
　　　　　但马上就会上来。
费尔南多　马里亚娜,我一个人来的。
　　　　　我怎么知道堂佩德罗的事情?
马里亚娜　大家都应该知道,可却无人知道,
　　　　　那么他几时来搭救我的性命?

他几时来死，既然死神在将我窥视？

他来吗？告诉我，费尔南多。时间还够用！

费尔南多 （看到马里亚娜的态度，有力而又绝望）

堂佩德罗不会来，

因为他从来不爱你，马里亚妮塔。

他已经和其他自由党人一起到了英国。

你的老朋友都已经将你抛弃。

只有我年轻的心在陪伴你。

马里亚妮塔！你要看看并记住我多么爱你！

马里亚娜 （激动地）

你为什么这样说？我非常明白，

但从不愿把我的希望说出来。

现在已无关紧要。我的希望已经看到

在我死去时注视着我的佩德罗的眼睛。

我为了他而绣那面旗帜。我为了热爱

他的思想并生活在其中而与他结盟。

我爱他胜过爱我的孩子和我自己。

你对自由的爱是否比

对你的马里亚娜的爱更加忠贞？

因为我将是你所爱慕的自由之神！

费尔南多 我知道你会死去！马里亚娜

过一会儿他们会来带你。保全生命，

说出那些姓名！

为了你的孩子！为了我，我愿意为你献出生命！

马里亚娜　我不愿我的孩子将我蔑视！
　　　　　他们的名字像圆圆的月亮一样光明！
　　　　　我的孩子们的脸上将会有光辉闪耀！
　　　　　无论是岁月还是空气都无法抹掉！
　　　　　如果我告密，在格拉纳达的所有街巷
　　　　　人们说起这名字都会充满恐慌。

费尔南多　（动人而又绝望地）
　　　　　不会！我不愿这样的事情发生！
　　　　　你必须活着！马里亚娜，为了我的爱情！

马里亚娜　（疯狂、痴迷，处在极度的激动与痛苦中）
　　　　　费尔南多，什么是爱情？我不知道什么是爱情！

费尔南多　（靠近）
　　　　　可是谁也没有我这么爱你！
　　　　　如果心灵不与我们为敌，
　　　　　心灵啊，你为什么驾驭着我，既然我不同意？
　　　　　〔费尔南多跪下，马里亚娜将他的头放在自己的胸前。
　　　　　啊，他们都抛弃了你！你说，你爱我并要活下去！

马里亚娜　（推开他）
　　　　　费尔南多，我已经死了！我通过自己
　　　　　抛下的伟大河流听到你的话语。
　　　　　我就像深水上面的星星，
　　　　　就像消失在杨树丛中最后的微风。
　　　　　〔一位修女从深处经过，双手交叉着，满怀忧虑地注视
　　　　　着这一对人。

费尔南多　我不知怎么办！真苦恼！他们就要来找你！
　　　　　谁能为了让你活着而死去！

马里亚娜　死！既无憧憬又无黑暗的梦多么漫长！
　　　　　佩德罗，我愿死去正因为你还活在世上，
　　　　　为了照亮你双眼的纯洁的理想：
　　　　　自由！为了你永不熄灭的高尚的火光，
　　　　　我愿奉献全部生命。振作起来吧，心灵！
　　　　　佩德罗，你看你的爱从我身上带走了什么！
　　　　　我死了你仍要那么爱我，爱得痛不欲生。
　　　　　〔两个修女进来，双手交叉着，同样忧伤的表情，不敢靠近。
　　　　　现在我已不爱你了，因为我变成了阴影。

卡　　门　（进来，几乎喘不过气来）
　　　　　马里亚妮塔！
　　　　　（对费尔南多）
　　　　　先生，请您马上出去！

费尔南多　（忧伤地）
　　　　　别管我！

马里亚娜　走吧！你是谁？我已经不认识任何人！
　　　　　我要安静地休息！
　　　　　〔另一个修女匆匆进来，由于恐惧和激动，几乎喘不过气来。在深处，还有另一个修女极快地穿过，一只手放在前额上。

费尔南多　（激动万分）

再见了，马里亚娜！

马里亚娜　去吧！他们找我来了。

〔两个修女带费尔南多出去。

我觉得世界

就是手中的沙粒。死！可死是什么？

（对修女们）

你们呢，在做什么？我觉得你们多么遥远啊！

卡　　门　（哭着进来）

马里亚娜！

马里亚娜　您为什么哭泣？

卡　　门　他们到下面了，姑娘！

修 女 甲　他们在上楼梯！

最后一场

所有修女都从舞台深处进来。脸上反映出内心痛苦。年轻修女甲和乙站在最前面；修女卡门，尊严而又十分痛苦，站在马里亚娜旁边。整个场面，到最后将呈现出格拉纳达黄昏时壮丽的奇光异彩。玫瑰色和绿色的光线从拱门射入，柏树优雅地调和着颜色，似宝石一般。从屋顶射下一束柔和的橘黄色的光，越来越强烈，直到剧终。

马里亚娜　心灵啊，不要抛弃我！安详！

　　　　　　　只有一只翅膀,你能去何方?
　　　　　　　你同样需要休息,在死亡的后面
　　　　　　　等候我们的是明亮之星漫长的疯狂。
　　　　　　　心灵啊,不要昏厥迷茫!
卡　　　门　高贵的马里亚妮塔,请将人世遗忘!
马里亚娜　我觉得它多么遥远啊!
卡　　　门　他们找你来了!
马里亚娜　可我对这光线的含义多么清楚!
　　　　　　　爱情,爱情,爱情,和永恒的孤独!
　　　　　　　[法官从左边的门进来。
年轻修女甲　是法官!
年轻修女乙　要把她带走!
法　　　官　夫人,听您的安排;
　　　　　　　有一辆轿车在门外。
马里亚娜　非常感谢,卡门嬷嬷,
　　　　　　　我拯救了许多人,他们将为我哭泣。
　　　　　　　别忘了照顾我的儿女。
卡　　　门　愿圣母保佑你!
马里亚娜　我将心献给你们!请给我一束花!
　　　　　　　在最后的时刻,我要将自己打扮。
　　　　　　　我愿感到戒指有力的抚摩
　　　　　　　并将绣着花边的披巾戴在头上面。
　　　　　　　热爱自由,胜过一切,
　　　　　　　而我就是自由本身。我献出自己的血,

　　　　　　　这也是你的血和所有人的血。

　　　　　　　任何人的心灵都不可能买到！

　　　　　　　〔一个修女帮她戴好头巾。马里亚娜呐喊着向舞台深

　　　　　　　　处走去。

　　　　　　　现在我明白了夜莺和树木所说的话。

　　　　　　　人是一个囚徒而无法获得自由。

　　　　　　　高尚的自由！真正的自由啊，

　　　　　　　请为我将你遥远的星点燃。

　　　　　　　再见了！请将眼泪擦干！

　　　　　　　（对法官）

　　　　　　　咱们马上走！

卡　　　门　姑娘啊，再见！

马 里 亚 娜　请将我这痛苦的故事

　　　　　　　告诉过往的孩子们。

卡　　　门　由于你爱得这么深，上帝会给你开门。

　　　　　　　啊，可怜的马里亚妮塔，玫瑰园里的鲜花！

年轻修女甲　（跪着）

　　　　　　　你的眼睛将再也看不见橘黄色的光芒

　　　　　　　照在格拉纳达黄昏的屋顶上。

　　　　　　　〔外面响起遥远的钟声。

修　女　甲　（跪着）

　　　　　　　再也听不见春天的风

　　　　　　　黎明时敲打你的玻璃窗。

年轻修女乙　（跪着并吻马里亚娜衣裙的花边）

　　　　　　五月的石竹！安达卢西亚的玫瑰！
　　　　　　你的情人在高高的栏杆上等你。
卡　　门　马里亚妮塔，这名字多么悲哀多么美丽，
　　　　　　街上的孩子们为你的痛苦惋惜！
马里亚娜　我就是自由，因为这是爱的心愿！
　　　　　　佩德罗！为了自由你才将我抛在一边。
　　　　　　我就是自由，人们令我痛苦！
　　　　　　爱情，爱情，爱情，和永恒的孤独！
　　　　　（离开）
　　　　　［动人而又庄严的钟声在舞台回响，远处传来孩子们合唱的谣曲。马里亚娜倚着修女卡门缓缓离去。修女们一起跪下。一道优美而又迷离的光笼罩舞台。

　　　　　在深处，孩子们在歌唱：
　　　　　啊！格拉纳达的日子多么悲痛
　　　　　连石头也会发出哭声
　　　　　当看到亲爱的马里亚娜
　　　　　死在断头台，只因为不肯招供。
　　　　　［钟声不止。

　　　　　　　　　　　　　　　　　　幕缓缓落下
　　　　　　　　　　　　　　1925年1月8日于格拉纳达

血的婚礼

(三幕七场悲剧)

人　物

母亲

莱奥纳多

新娘

新郎

岳母

新娘之父（父亲）

莱奥纳多之妻（莱妻）

月亮

女仆

死神（乞丐状）

邻居（女）

砍柴人

姑娘们

小伙子们

第一幕

第一场

粉刷成黄色的房间。

新　郎　（进来）
　　　　　母亲。
母　亲　干什么？
新　郎　我走了。
母　亲　去哪儿？
新　郎　葡萄园。
　　　　　（欲走）
母　亲　等一下。
新　郎　你想要什么吗？
母　亲　孩子，午饭。
新　郎　放在那儿吧。我吃葡萄。给我刀子。
母　亲　干什么？
新　郎　（笑着）

摘葡萄。

母　亲　（一边嘟囔一边寻找）

　　　　刀子，刀子……所有刀子连同发明它们的蠢货，没有一个好东西。

新　郎　咱们不谈这个。

母　亲　还有猎枪、手枪、更小的刀子，就连锄头和打谷场的草叉也在其内。

新　郎　好了。

母　亲　凡是能伤人的东西都在其内。一个漂亮的男子汉，嘴像花儿似的，到葡萄园或者到他自己的橄榄园去，因为那是他的，是他的家产……

新　郎　（垂下头）

　　　　您别说了。

母　亲　……可那个人有去无回。就是回来，也是为了叫人给他盖上一片棕榈叶或撒上一把盐，免得肿起来。我真不明白你怎么敢带着刀子，也不明白我怎么能让这蛇一样的东西藏在箱子里。

新　郎　您说完了吗？

母　亲　就是活上一百岁，我也不会说旁的事情。首先，是你父亲，他的香味就像石竹花一样，我只享受了短暂的三年。然后，是你哥哥。一个像手枪或刀子那么小的玩意儿竟能结果一个像公牛一样强壮的人，这难道合理吗？我永远不会沉默的，岁月过去了，可绝望还在刺着我的眼睛甚至我的头发梢儿。

新　郎　（有力地）

咱们有完没有？

母　亲　不。没完。有人能把你父亲给我带回来吗？能把你哥哥带回来吗？尔后呢，是监狱。什么是监狱？在那里吃饭，抽烟，弹奏乐器。可我那两个死人却盖满了野草，不再说话，化作灰尘；两个像水葱儿似的人……杀人犯呢，在牢房里，活生生的，看着青山……

新　郎　难道您想让我把他们杀死吗？

母　亲　不……我说这些，是因为……看到你从那个门出去，我怎能不说呢？因为我不喜欢你带着刀子。因为……我是不愿意让你到田里去。

新　郎　（笑着）

行了！

母　亲　我真想你是个闺女。那样，你现在就不会到小河边去，咱们俩就会一起用毛线绣花边和小狗。

新　郎　（拉住母亲的一只手臂并笑起来）

母亲，我要是带着您去葡萄园呢？

母　亲　一个老太太在葡萄园里能干什么？你想把我埋在葡萄叶子底下吗？

新　郎　（用双手将母亲抱起来）

老太婆，老老太婆，老老老太婆。

母　亲　你父亲倒是带我去。那是健壮的家族。健壮的血统。你爷爷在每个街口都留下个儿子。我喜欢这样。男人，就该生儿子；小麦，就该长麦粒。

新　郎　那么我呢，妈妈？

母　亲　你，你什么？

新　郎　我还得再和您说一次吗？

母　亲　（严肃地）

啊！

新　郎　难道您觉得她不好吗？

母　亲　不。

新　郎　那么？……

母　亲　我自己也不清楚。这么突然，总是让我感到意外。我知道她是个好姑娘。不是吗？温顺，勤劳。自己做面包，自己缝裙子。可我觉得，一说她的名字，就好像有人在我脑门儿上打了一石头。

新　郎　犯傻。

母　亲　不全是犯傻，而是只剩我一个人了。我就只有你了，我不愿你走。

新　郎　可您跟我们在一起呀。

母　亲　不。我不能把你父亲和哥哥丢在这里。我每天早上都得去，我要是走了，费利克斯家要是死了人，杀人犯家要是死了人，他们很容易埋在旁边。这绝不行！哼！这绝不行！我就是用指甲也会把他们抠出来，就是我一个人也能把他们砸烂在墙上。

新　郎　（强有力地）

又来了。

母　亲　对不起。

（停顿）

你们处了多久了？

新　郎　三年了。我早能买那葡萄园了。

母　亲　三年。她有未婚夫，不是吗？

新　郎　我不知道。我想没有。姑娘们对和谁结婚很注意。

母　亲　是的。我谁也不看。只看你父亲，人们把他杀死了，我就只看眼前的墙。一个女人和一个男人，就行了。

新　郎　您知道我的未婚妻是好人。

母　亲　我没怀疑。但不管怎么说，我不知道她母亲是怎样的人，对这一点，我很遗憾。

新　郎　那又怎么样？

母　亲　（看着他）

孩子。

新　郎　什么？

母　亲　我想是这样！你说得对！你想让我什么时候去提亲呢？

新　郎　（高兴地）

星期天，您说行吗？

母　亲　（严肃地）

我把那副铜耳环送给她，那是老年间的，你给她买……

新　郎　您更懂……

母　亲　你给她买几双挑花的袜子，你自己呢，两套衣服……三套！除了你，我什么都没有！

新　郎　我去。明天我就去看她。

母　亲　对，对；看你能不能给我生六个孙子，让我高兴高兴，或者想生多少就生多少，谁让你爹没有叫我生那么多呢。

新　郎　头一个就给您。

母　亲　好，不过要有女孩。我想绣花和做花边，安安静静地。

新　郎　我保证您会喜欢我的新娘子。

母　亲　喜欢。

　　　　（要去吻儿子，有所察觉地）

　　　　咳，你已经长大了，不能吻了。把这些吻给你的妻子吧。

　　　　（停顿，旁白）

　　　　要等她娶过来的时候。

新　郎　我走了。

母　亲　把小磨旁边的那块地好好挖一挖，你总不大注意那块地方。

新　郎　好了！

母　亲　上帝保佑你。

　　　　〔新郎走了。母亲背向门坐着。门口来了一位女邻居，穿深色衣服，戴头巾，进来。

邻　居　你好吗？

母　亲　你看呢？

邻　居　我去买东西，顺便来看你。咱们住得太远了！……

母　亲　我有二十年没往街上头去了。

邻　居　你挺好。

母　亲　你这么以为？

邻　居　什么事情都会发生。两天前，我邻居的儿子被送回来了，两只胳膊都被机器绞断了。

　　　　（坐下）

母　亲　拉菲尔。

邻　居　是。就在那儿。我时常想，你我的儿子，他们睡觉、休息、待的地方更好，因为他们没有变成残废的危险。

母　亲　住嘴。那全是瞎编，可当不了安慰。

邻　居　唉！

母　亲　唉！

　　　　［稍停。

邻　居　（伤心地）

　　　　你儿子呢？

母　亲　出去了。

邻　居　他还是买了那葡萄园！

母　亲　他走运。

邻　居　现在可以成亲了。

母　亲　（似有所察，并将椅子靠近邻居的椅子）

　　　　喂。

邻　居　（作秘密状）

　　　　说吧。

母　亲　你认识我儿子的未婚妻吗？

邻　居　好姑娘！

母　亲　不错，不过……

邻　居　不过没有人真正了解她。她独自和父亲住在那儿，那么老远，离最近的住家也有五十多公里远。不过是挺好的。安于寂寞。

母　亲　她母亲呢？

邻　居　她母亲我倒认识。漂亮、神采奕奕，像个圣徒似的，可我一点儿也不喜欢她。她不爱自己的丈夫。

母　亲　（有力地）

你们对人家的事情知道得可真多！

邻　居　对不起。我不想惹你生气；可这是真的。至于她是不是正派，谁也不会对你讲。没人说过。她那时很骄傲。

母　亲　总是这样！

邻　居　是你问我。

母　亲　因为我希望谁也不认识她们，不管活着的还是死了的。她们就像两棵刺儿菜，虽然谁也不提她们，可到时候还会扎人。

邻　居　你说得对。你儿子是个了不起的人。

母　亲　是了不起。所以我才爱护他。我听说那姑娘早先有过情人。

邻　居　那时她十五岁。对了，两年前那男人和她的堂姐结婚了。没人记得她那段恋爱了。

母　亲　你怎么记得呢？

邻　居　你问我！……

母　亲　每个人都想了解使她痛苦的事情。男方是谁？

邻　居　莱奥纳多。

母　亲　哪个莱奥纳多。

邻　居　费利克斯家的。

母　亲　（站起身）

费利克斯家的！

邻　居　你这女人！莱奥纳多有什么错？出事时他才八岁。

母　亲　是这样……不过我一听见这费利克斯就总是这样。

（咬牙切齿地）

　　　　　一说这费利克斯就会脏了我的嘴，

　　　　　（吐唾沫）

　　　　　我非唾不可，要不我会杀人的。

邻　居　冷静点。这有什么用呢？

母　亲　没一点用。不过你懂。

邻　居　别妨碍你儿子的幸福。什么也别对他说。你已经老了。我，也一样。你我都到了少说话的时候了。

母　亲　我什么也不会对他说。

邻　居　（吻她）

　　　　　别说。

母　亲　（冷静地）

　　　　　事情啊！……

邻　居　我走了，我家的人很快就该从地里回来了。

母　亲　你没看这天有多热吗？

邻　居　给割麦子的人送东西的小孩子们都成了黑人了。喂，再见。

母　亲　再见。

　　　　　（走向左边的门。走到半路停下来并慢慢地画十字）

　　　　　　　　　　　　　　　　　　　　　　幕落下

第二场

　　　　用铜器和常见的鲜花装点、粉刷成玫瑰色的房间。中间放一张铺着桌布的桌子。上午。莱奥纳多的岳母抱着一个婴儿。摇晃着他。他的妻子在另一个角落织袜子。

岳　　母　小宝宝，哦哦哦，
　　　　　大马不愿把水喝。
　　　　　树枝下的水是黑色，
　　　　　停在桥旁便唱歌。
　　　　　小宝宝，谁能说
　　　　　河里的水有什么？
　　　　　它的尾巴长又长，
　　　　　从绿色大厅里流过……

莱　　妻　（低声地）
　　　　　石竹花，快快睡，
　　　　　要不马儿不喝水。

岳　　母　玫瑰花，快快睡，
　　　　　要不马儿要流泪。
　　　　　蹄儿受伤，
　　　　　鬃儿冻僵，
　　　　　两只眼睛里，
　　　　　匕首闪银光。
　　　　　要往河里走，
　　　　　啊，怎么下得去！
　　　　　鲜血在流淌，
　　　　　流得比水急。

莱　妻　石竹花，快快睡，

　　　　要不马儿不喝水。

岳　母　玫瑰花，快快睡，

　　　　要不马儿要流泪。

莱　妻　湿河岸

　　　　不愿碰。

　　　　唇儿热乎乎，

　　　　苍蝇亮晶晶。

　　　　对着峥嵘的山峰，

　　　　一声声嘶鸣。

　　　　静静的河水，

　　　　停在峡谷中。

　　　　高头大马啊，

　　　　不愿把水饮！

　　　　黎明的马儿啊，

　　　　白雪多伤心！

岳　母　你不要过来，

　　　　将窗儿关好，

　　　　用枝条的梦，

　　　　用梦的枝条。

莱　妻　宝宝要睡觉。

岳　母　不哭也不闹。

莱　妻　马儿啊，我的小宝宝，枕头不会少。

岳　母　钢架的摇篮。

莱　　妻　麻布的褥垫。

岳　　母　小宝宝，哦哦哦。

莱　　妻　大马不愿把水喝！

岳　　母　别过来，别进来！

　　　　　快到山上去。

　　　　　灰色的山谷里，

　　　　　有你的小马驹。

莱　　妻　（看着）

　　　　　我的宝宝要睡觉。

岳　　母　我的宝宝要休息。

莱　　妻　（低声地）

　　　　　石竹花，快快睡，

　　　　　要不马儿不喝水。

岳　　母　（起身，声音很小地）

　　　　　玫瑰花，快快睡，

　　　　　要不马儿要流泪。

　　　　〔两人将孩子抱进去。莱奥纳多进来。

莱奥纳多　孩子呢？

莱　　妻　睡着了。

莱奥纳多　昨天孩子不舒服。夜里哭来着。

莱　　妻　（高兴地）

　　　　　今天就像一朵大丽花似的。你呢？去钉掌匠家了吗？

莱奥纳多　就从那儿来。你信吗？两个月来我一直在给马换新掌，可总是掉下来。很明显，是石子儿使它们掉下来的。

莱　　妻　是不是你让马跑得太多了？

莱奥纳多　不是。我几乎没用马。

莱　　妻　昨天邻居们告诉我，她们在平原边上见过你。

莱奥纳多　谁说的？

莱　　妻　采刺山柑的女人们说的。真的，我吃了一惊。是你吗？

莱奥纳多　不是。我去那个旱地方干什么？

莱　　妻　我也这么说。不过，马身上的汗可都湿透了。

莱奥纳多　你看见了？

莱　　妻　没。我妈见了。

莱奥纳多　她和孩子在一起吗？

莱　　妻　是。要杯柠檬水吗？

莱奥纳多　凉凉的。

莱　　妻　你怎么没来吃饭！……

莱奥纳多　我和小麦收购员在一起。他们总是拖延时间。

莱　　妻　（准备冷饮，极温柔地）

　　　　　他们出的价钱高吗？

莱奥纳多　合理。

莱　　妻　我缺条连衣裙，孩子要一顶带带儿的帽子。

莱奥纳多　（站起身）

　　　　　我去看看他。

莱　　妻　小心点，他睡着呢。

岳　　母　（出来）

　　　　　那么是谁让马跑了那么多路呢？它在下边躺着呢，眼睛都陷了坑，好像从天边回来的。

莱奥纳多　（生硬地）

　　　　　我。

岳　　母　对不起，马是你的。

莱　　妻　（怯生生地）

　　　　　他和小麦收购员在一起来着。

岳　　母　对我来说就是死了又怎么样。

　　　　　（稍停）

莱　　妻　冷饮。凉吗？

莱奥纳多　凉。

莱　　妻　知道有人向我堂妹求婚吗？

莱奥纳多　什么时候？

莱　　妻　明天。婚礼在一个月后举行。我希望请我们去。

莱奥纳多　（严肃地）

　　　　　我不知道。

岳　　母　我以为男方的母亲对这门婚事不大满意。

莱奥纳多　或许她是对的。对那姑娘是要谨慎点。

莱　　妻　我可不喜欢你们把一个正派的姑娘往坏里想。

岳　　母　可他这么说是因为他了解她。

　　　　　（有意地）

　　　　　你没见她曾是他三年前的未婚妻吗？

莱奥纳多　可我不要她了。

　　　　　（对他的妻子）

　　　　　你要哭了吗？别烦人！

　　　　　（粗鲁地将她的双手从脸上拿下来）

咱们看看孩子去。

［互相拥抱着进去。做女仆的小姑娘欢快地上场。跑着进来。

女　　仆　太太。

岳　　母　怎么了？

女　　仆　新郎到商店来了，买了店里最好的东西。

岳　　母　他一个人来的？

女　　仆　不，和他母亲来的。他母亲很严肃，高高的。

（模仿）

可真阔气！

岳　　母　他们有钱。

女　　仆　他们买了一些挑花袜子！……嘿，那袜子！女人做梦都想要的袜子！您瞧，这儿有一只燕子，

（指着踝部）

这儿有一条船，

（指着小腿）

这儿有一朵玫瑰。

（指大腿）

岳　　母　丫头！

女　　仆　一朵带着籽儿和梗儿的玫瑰！全是丝的！

岳　　母　两大笔财产要合起来了。

［莱奥纳多和他的妻子上。

女　　仆　我来告诉你们他们买的东西。

莱奥纳多　（有力地）

这与我们无关。

莱　　妻　让她说吧。

岳　　母　莱奥纳多，别这样。

女　　仆　请原谅。

　　　　　（欲哭）

岳　　母　你有什么必要和别人发火？

莱奥纳多　我没征求您的意见。

　　　　　（坐下）

岳　　母　好。

　　　　　（稍停）

莱　　妻　（对莱奥纳多）

　　　　　你怎么了？你心里打的是什么鬼主意？你不能让我这样，蒙在鼓里……

莱奥纳多　别烦人。

莱　　妻　不。我要你看着我。告诉我。

莱奥纳多　别烦我。

　　　　　（站起身）

莱　　妻　去哪儿，亲爱的？

莱奥纳多　（不耐烦）

　　　　　你能不能少说几句？

岳　　母　（用力地，对她的女儿。莱奥纳多的妻子站在那里，一动不动）

　　　　　住嘴！

　　　　　〔莱奥纳多下。

　　　　　孩子！

　　　　　（进去，抱着孩子出来）

>　　蹄儿受伤，
>
>　　鬃儿冻僵，
>
>　　两只眼睛里，
>
>　　匕首闪银光。
>
>　　要往河里去，
>
>　　血流比水急。

莱　　妻　（渐渐醒过来，如入梦境）

>　　石竹花，快快睡，
>
>　　要不马儿不喝水。

岳　　母　玫瑰花，快快睡，

>　　要不马儿要流泪。

莱　　妻　小宝宝，哦哦哦。

岳　　母　大马不愿把水喝。

莱　　妻　（充满激情）

>　　别过来，别进来！
>
>　　请你上山岗！
>
>　　黎明的马儿啊，
>
>　　白雪多悲伤！

岳　　母　（哭着）

>　　我的小宝宝要睡觉……

莱　　妻　（哭着并缓缓靠近）

>　　我的小宝宝要休息……

岳　　母　石竹花，快快睡，

>　　要不马儿不喝水。

莱　妻　（哭着并倚在桌子上）

　　　　玫瑰花，快快睡，

　　　　要不马儿要流泪。

　　　　　　　　　　　　　　　幕落下

第三场

　　新娘居住的窑洞里。窑洞深处有一个用大朵的玫瑰花编织的十字架。门都是圆形的，帘子上镶着玫瑰色的花边和花结儿。墙壁洁白坚硬，墙上有团扇，蓝色的陶罐和小镜子。

女　佣　（极和蔼可亲，一副故作谦卑的样子）

　　　　请进。

　　　　[新郎和他的母亲进屋。母亲身穿黑缎子衣服，戴着镶花边的头巾。新郎，身穿黑灯芯绒衣裤，戴着大的金链。

　　　　请随便坐吧。他们这就来。

　　　　[女佣下场。母亲和儿子坐在那里，一动不动，宛若两尊雕像。长时间的停顿。

母　亲　你带表了吗？

新　郎　带了。

　　　　（掏出表来看）

母　亲　咱们得按时回去。这些人住得太远了！

新　郎　可这里的土地很好。

母　亲　好是好，可太孤单了。四小时的路程，没有一户人家，连棵树也没有。

新　郎　这是旱地。

母　亲　要是你爹，他会种满树木的。

新　郎　不用水？

母　亲　他会找到水的。他和我结婚的那三年，就种了十棵樱桃树。

（回忆）

磨房那儿的三棵胡桃树，整个一个葡萄园，还有一种叫朱庇特的植物，开的花又肥又大，可它干枯了。

〔稍停。

新　郎　（指新娘）

她大概在穿衣服。

〔新娘的父亲上场。老人，满头白发，容光焕发。垂着头。母亲和新郎站起身，他们互相握手，谁也不说话。

父　亲　路上走了很长时间吧？

母　亲　四小时。

（坐下）

父　亲　你是从最远的那条路来的。

母　亲　我已经老了，走不了河边那些坎坷的地方了。

新　郎　她头晕。

（稍停）

父　亲　大麻的收成挺好吧。

新　郎　的确挺好。

父　亲　我年轻时，这地方连针茅也不长。必须整治它，甚至得让它哭鼻子，它才会向我们提供点益处。
母　亲　可现在有出产了。你不用抱怨。我不是向你要什么来了。
父　亲　（微笑着）

你比我富。葡萄园子值一大笔钱。一片葡萄叶就是一枚银币。让我遗憾的是这些地……你明白吗？……没有连在一起。我喜欢连成一整块。我的心里有一根刺，就是我的地中间的那个小果园，就是拿出世界上所有的金子，他们也不肯卖给我。

新　郎　这样的事情总是有的。
父　亲　如果能用二十对牛把你那里的葡萄园拉过来，放在山坡上，该有多高兴啊！……
母　亲　为什么？
父　亲　我的属于她，而你的属于他。就为这个。为了看到它们连成一片，连成一片是件美事！
新　郎　而且可以节省劳力。
母　亲　等我死后，你们卖了那块，在这边买一块。
父　亲　卖，卖！咳！要买，要都买下来。我要是有儿子，就会把这山都买下来，一直到小河边。因为这不是什么好地，可是用双手能让它变成好地，而且没人从这里经过，也就没人偷你的果实，可以放心地睡觉。
母　亲　你知道我干什么来了。
父　亲　知道。
母　亲　怎么样？
父　亲　我觉得挺好，他们谈过了。
母　亲　我儿子能干而且肯干。

父　亲　我女儿也一样。

母　亲　我儿子漂亮。不认识别的女人，他的名声比晒在阳光下的床单还干净。

父　亲　对女儿，我说什么呢。启明星一出，三点钟就起来做早饭。从不说话，像羊毛一样温柔，什么花样儿都会绣，能用牙齿将一根粗绳咬断。

母　亲　上帝保佑您全家。

父　亲　愿上帝保佑。

　　　　［女佣端着两个托盘上场。一个里面放着酒杯，另一个放着甜食。

母　亲　（对儿子）

　　　　你们想什么时候举行婚礼？

新　郎　下星期四。

父　亲　那一天她正好满二十二岁。

母　亲　二十二岁！我大儿子要是活着就二十二岁了。要是没有人发明刀子，他还会那么血气方刚地活着。

父　亲　不必想那个事了。

母　亲　每分钟都在想。我总是憋在心里。

父　亲　那么就星期四了。是吗？

新　郎　是这样。

父　亲　新郎、新娘和咱们坐轿车去教堂，离这儿可远呢，陪同的人乘坐你们带来的车马。

母　亲　就这么办。

　　　　［女佣走过。

父　亲　告诉她可以进来了。

（对母亲）

你要是喜欢她，我就太高兴了。

［新娘上场。双手谦恭地垂着，低着头。

母　亲　走近点。你高兴吗？

新　娘　高兴，夫人。

父　亲　你别这么严肃。归根到底，她将是你的婆婆。

新　娘　我高兴。我说了愿意，是因为我真的愿意。

母　亲　当然。

（端着她的下巴）

看着我。

父　亲　哪儿都像她娘。

母　亲　是吗？多么漂亮的眼神啊！你知道结婚意味着什么吗，孩子？

新　娘　（严肃地）

我知道。

母　亲　一个男人，几个孩子和一堵宽不足两米的墙，这就是一切。

新　郎　难道还需要别的东西吗？

母　亲　不。大家好好生活，就是这样！好好生活！

新　娘　我会尽职。

母　亲　这是给你的礼物。

新　娘　谢谢。

父　亲　不喝点什么吗？

母　亲　我不想。

（对新郎）

你呢?

新　郎　我要点。

　　　　［拿起一块甜食。新娘也拿一块。

父　亲　（对新郎）

　　　　葡萄酒?

母　亲　他尝都不尝。

父　亲　更好!

　　　　［稍停,大家都站在那里。

新　郎　（对新娘）

　　　　我明天来。

新　娘　几点钟?

新　郎　五点。

新　娘　我等你。

新　郎　我一从你身边过就感到别扭,嗓子里就像被堵住了似的。

新　娘　等你成了我的丈夫就不会这样了。

新　郎　我也这么说。

母　亲　咱们走吧。太阳可不等人。

　　　　（对父亲）

　　　　一切都说定了吧?

父　亲　说定了。

母　亲　（对女佣）

　　　　再见,姑娘。

女　佣　愿上帝与你们同去。

　　　　［母亲吻别新娘,然后他们默默离去。

母　亲　（在门口）

　　　　再见，孩子。

　　　　〔新娘挥手回答。

父　亲　我和你们一起去。

　　　　〔三人下场。

女　佣　我多想看看那些礼物呀。

新　娘　（没好气地）

　　　　去。

女　佣　咳，姑娘，给我看看。

新　娘　我不愿意。

女　佣　就看看袜子也行。听说都是挑花的。姑娘！

新　娘　啊，不！

女　佣　上帝啊，好吧，好像你一点儿也不想结婚。

新　娘　（气得咬自己的手）

　　　　啊！

女　佣　姑娘，闺女，你怎么了？你不想丢下这女王的生活？别想那些心酸的事情。有什么缘故吗？一个也没有。咱们看礼物吧。（拿起匣子）

新　娘　（抓住她的两只手腕）

　　　　放下。

女　佣　唉哟，姑娘！

新　娘　我叫你放下。

女　佣　你的力气比男人还大。

新　娘　我没干过男人干的活吗？但愿我是个男人。

女　佣　别这么说!

新　娘　我叫你住嘴。咱们说别的事吧。

　　　　［台上的灯光渐渐消失。长时间的停顿。

女　佣　昨天晚上你没觉得有一匹马吗?

新　娘　几点?

女　佣　三点。

新　娘　可能是一匹离群的马。

女　佣　不对，有人骑着。

新　娘　你怎么知道?

女　佣　因为我看见了。他停在你的窗口。我很奇怪。

新　娘　是不是我的未婚夫? 他有时在这时候从这里过。

女　佣　不是他。

新　娘　你看见那人了?

女　佣　看见了。

新　娘　是谁?

女　佣　是莱奥纳多。

新　娘　（有力地）

　　　　撒谎! 撒谎! 他到这儿来干什么?

女　佣　他来了。

新　娘　住嘴! 你那该死的舌头!

　　　　［响起一匹马的声音。

女　佣　（在窗口）

　　　　你看，探出头来。是他吗?

新　娘　是!

　　　　　　　　　　　　　　　　　　幕疾落

第二幕

第一场

　　新娘家的门厅。大门在舞台深处。夜晚。新娘出场,穿着白色的熨出皱褶的衬裙,上面全是花边和刺绣的图案,还有一件白色紧身背心,双臂裸露在外面。女佣,同样的打扮。

女　　佣　我在这儿给你把头梳好。
新　　娘　这么热,在那里边可不行。
女　　佣　这地方,天亮时都不凉快。
　　　　　[新娘坐在一张矮椅上,对着手里的一面小镜子照着。女佣为她梳头。
新　　娘　我母亲的家乡有很多树。土地很好。
女　　佣　所以她是个快活的人!
新　　娘　可在这里熬死了。
女　　佣　这是命。
新　　娘　就像熬着我们所有的女人一样。墙壁在喷火。唉!别太使劲拉。

女　　佣　我要把这个花给你梳得更好些。我想让它垂到脑门儿上。

〔新娘照镜子。

你多漂亮啊！嘿！

（热情地吻新娘）

新　　娘　（严肃地）

接着梳。

女　　佣　（给新娘梳头）

你真幸福，拥抱一个男人，他会吻你，你会感到他的重量。

新　　娘　住嘴！

女　　佣　最妙的是当你醒来时，觉察到他在你身边，他的气息抚摩着你的肩膀，就像一根夜莺的羽毛一样。

新　　娘　（用力地）

你想不想住嘴？

女　　佣　可是，姑娘！婚礼是什么？婚礼就是这，仅此而已。难道是那些点心？是那些花朵？不。是一张闪光的床，一个男人和一个女人。

新　　娘　用不着说。

女　　佣　那是另一回事。反正特别快活！

新　　娘　或者特别苦恼。

女　　佣　我把橘花给你从这儿戴到这儿，好让花冠在梳好的头发上闪光。

（给新娘试戴一枝橘花）

新　　娘　（照镜子）

拿来。

（拿起橘花，看看它，沮丧地低下头）

女　　佣　怎么回事？

新　　娘　别管我。

女　　佣　这可不是伤心的时候。

（起劲地）

把橘花拿来。

［新娘把橘花扔掉。

姑娘！把花冠扔到地上，你找打呢？抬起头来！难道你不愿结婚？说出来，还来得及反悔。

（站起身）

新　　娘　憋气，胸中有一股闷气。谁没有烦闷的时候呢？

女　　佣　爱你的未婚夫吗？

新　　娘　我爱他。

女　　佣　没错，没错，我敢肯定。

新　　娘　不过，这可是很重要的一步。

女　　佣　应当迈出这一步。

新　　娘　我已经答应了。

女　　佣　我给你戴上花冠。

新　　娘　（坐下）

快点，他们该到了。

女　　佣　他们在路上至少也有两个钟头了。

新　　娘　从这里到教堂有多远？

女　　佣　走河边有二十八公里，要是走大路得加倍。

［新娘站起身，女佣一见便激动起来。

>　　　婚礼的早上
>　　　醒来吧，新娘，
>　　　世界所有的河流
>　　　会把花冠冲走！

新　　娘　（微笑着）
　　　　　　咱们走吧。

女　　佣　（热情地亲吻她并围着她跳起舞来）
>　　　醒来吧
>　　　戴着爱情的绿枝
>　　　锦簇花团。
>　　　醒来吧
>　　　靠着桂树的枝条
>　　　和树干！

　　　　　［响起敲击门环的声音。

新　　娘　开门！可能是第一批客人。
　　　　　（进门）
　　　　　［女佣开门，大吃一惊。

女　　佣　你？
莱奥纳多　是我。早安。
女　　佣　头一个。
莱奥纳多　你们没邀请我吗？
女　　佣　请了。
莱奥纳多　所以我来了。
女　　佣　你妻子呢？

莱奥纳多　我是骑马来的。她还在路上走呢。

女　　佣　你没碰上谁吗?

莱奥纳多　我骑马超过了他们。

女　　佣　跑这么快,你会把那畜生累死的。

莱奥纳多　该死的时候就死吧。

　　　　　[稍停。

女　　佣　请坐。还没人起床呢。

莱奥纳多　新娘呢?

女　　佣　我现在就给她穿衣服去。

莱奥纳多　新娘子!她高兴吧!

女　　佣　(改变话题)

　　　　　孩子呢?

莱奥纳多　什么孩子?

女　　佣　你儿子。

莱奥纳多　(如梦方醒)

　　　　　啊!

女　　佣　带来了吗?

莱奥纳多　没有。

　　　　　[稍停。远方传来歌声。

歌　　声　婚礼的早上

　　　　　醒来吧,新娘!

莱奥纳多　婚礼的早上

　　　　　醒来吧,新娘。

女　　佣　这是他们。还远着呢。

莱奥纳多 （站起身）

　　　　　新娘戴顶大花冠，是吗？不应该这么大。小一点对她更合适。新郎把别在胸前的橘花送来了吗？

新　　娘 （依然穿着衬裙，戴着花冠）

　　　　　送来了。

女　　佣 （用力地）

　　　　　别这样出来！

新　　娘 这有什么？

　　　　　（严肃地）

　　　　　问送没送来橘花，干什么？你有什么企图吗？

莱奥纳多 绝没有。能有什么企图呢？

　　　　　（靠近）

　　　　　你是了解我的，你知道我没有什么企图。告诉我，我曾是你的什么人？打开你的记忆，并让它清清楚楚的。两头牛和一间破草房可几乎什么也不是。这就是那根刺。

新　　娘 你来干什么？

莱奥纳多 看你结婚来了。

新　　娘 我也看见过你结婚！

莱奥纳多 你策划的，你亲手策划的。人们可以杀我，但不能污辱我。而银子呢，那么闪闪发光，可有时候玷污人。

新　　娘 谎话！

莱奥纳多 我不愿说，因为我是个血性男儿，不愿这些山头听见我的声音。

新　　娘 我的声音会更响亮。

女　　佣　别再说这些话了。你不必再提过去的事情。

（看着门口，惴惴不安）

新　　娘　你说得对。我根本不该和你说话。可是你鼓动了我的心灵，居然来看我，来窥伺我的婚礼，并且别有用心地问起橘花来。去你的吧，到门口等你老婆去吧。

莱奥纳多　难道你和我就不能谈谈吗？

女　　佣　（气愤地）

不能，不能谈。

莱奥纳多　结婚之后，我白天黑夜都在想，是谁的错，每当我一想，就会出来一个新的错儿，把另一个错儿吃掉，不过，总是有错儿！

新　　娘　一个男人再加上他的马，很会也很能欺负一个住在荒漠中的姑娘。然而我很骄傲。所以我要结婚。我将和丈夫守在一起，我爱他要胜过一切。

莱奥纳多　骄傲对你不会有一点用处。

（靠近）

新　　娘　你别过来！

莱奥纳多　沉默和煎熬是我们对自己最大的惩罚。骄傲，不见你，使你日夜不眠，对我有什么用呢？毫无用处！只是使我火冒三丈！因为你以为时间能治愈创伤，墙壁能遮住眼睛，可这不是真的，不是真的。当事情发展到中心点的时候，是无人能够挽回的！

新　　娘　（在发抖）

我不能听你的话。我不能听你的声音。它好像使我喝了

　　　　　一瓶茴芹酒并睡在了一个玫瑰花的垫子上。它拖着我，我知道自己要憋死的，可还得跟着走下去。

女　　佣　（拉着莱奥纳多的衣领）

　　　　　你应该马上出去！

莱奥纳多　这是我最后一次和她说话了。你什么也别怕。

新　　娘　我知道，我疯了，我知道我的心都被忍耐折磨烂了，能在这里平静地听着他的话，看着他挥动手臂。

莱奥纳多　我要是不把这些事情告诉你，就无法安静。我已经结了婚。现在你结婚吧。

女　　佣　（对莱奥纳多）

　　　　　她要结婚！

歌　　声　（更近了）

　　　　　婚礼的早上

　　　　　醒来吧，新娘。

新　　娘　醒来吧，新娘！

　　　　　（跑向她的房间）

女　　佣　人已经来了。

　　　　　（对莱奥纳多）

　　　　　你别再靠近她了。

莱奥纳多　你不用担心。

　　　　　（从左边出去）

　　　　　［天开始发亮。姑娘甲进来。

姑　娘　甲　婚礼的早上

　　　　　醒来吧，新娘；

|歌　　声|醒来吧，新娘！|
|女　　佣|（鼓动着欢闹声）|

欢闹在滚滚向前
阳台上都有花冠。

醒来吧
戴着爱情的绿枝
锦簇花团。
醒来吧
靠着挂树的枝条
和树干！

姑娘乙　（进来）

　　　　醒来吧
　　　　长长的秀发，
　　　　雪白的衬衣，
　　　　漆黑的靴子镶银扣
　　　　前额上面是茉莉。

女　　佣　啊，牧羊姑娘，
　　　　月亮露出了脸庞。

姑娘甲　啊，美丽的青年，
　　　　将礼帽丢在了橄榄园！

小伙子甲　（高举礼帽入场）

　　　　醒来吧，新娘，
　　　　娶亲的人来自田野上，
　　　　婚礼多么热闹，

	带着大丽花的托盘
	和香甜的面包。
歌　　声	醒来吧,新娘!
姑 娘 乙	新娘
	戴上了白色的花冠,
	新郎给她系上了金丝线。
女　　佣	经过柚子园
	新娘睡不着。
姑 娘 丙	(入场)
	经过橙子园
	新郎献上了桌布和餐刀。

[三位宾客入场。

小伙子甲	醒来吧,小鸽子!
	黎明已经驱散
	阴影的钟声。
宾　　客	新娘子,多洁白,
	今天是姑娘,
	明天是太太。
姑 娘 甲	黑姑娘,下来吧,
	拖着你的绸尾巴。
宾　　客	黑小妞,下来吧,
	早晨的寒露如雨下。
小伙子甲	醒来吧,夫人,醒来吧,
	空中下的雨,全是柑橘花。

女　　佣　我要为她绣一棵树

　　　　　　充满石榴红的彩带

　　　　　　而每条带子都有一份爱情，

　　　　　　周围是祝福的欢呼声。

歌　　声　醒来吧，新娘。

小伙子甲　婚礼的早上

　　　　　　你多么漂亮；

　　　　　　山中的花儿，

　　　　　　就像司令的娇娘。

父　　亲　（进场）

　　　　　　司令的娇娘

　　　　　　新郎要娶回。

　　　　　　他已带牛来，

　　　　　　为了接宝贝。

姑 娘 丙　新郎

　　　　　　就像黄金的花儿一样。

　　　　　　当他走路时

　　　　　　石竹都聚集在他的脚掌上。

女　　佣　啊，我幸福的姑娘！

小伙子乙　醒来吧，新娘。

女　　佣　啊，我漂亮的姑娘！

姑 娘 甲　娶亲的人们

　　　　　　在窗口叫嚷。

姑 娘 乙　出来吧，新娘。

姑娘甲　出来吧，出来吧！

女　　佣　你听那钟声

　　　　　敲得响不停！

小伙子甲　已经来了！已经出来了！

女　　佣　就像一头公牛，

　　　　　婚礼开始举行！

　　　　　［新娘出场。身穿1900年的黑色套装，臀部拖着长长的裙尾，上面裹着薄薄的绉纱和坚挺的花边。在梳好的探出来的头发上戴着橘花的花冠。吉他齐奏。姑娘们吻新娘。

姑娘丙　你往头发上洒了什么香水？

新　　娘　（笑着）

　　　　　什么也没洒。

姑娘乙　（看新娘的衣服）

　　　　　这布料是哪儿都买不到的。

小伙子甲　新郎来了！

新　　郎　大家好！

姑娘甲　（往他耳朵上戴一朵花）

　　　　　新郎，

　　　　　就像黄金的花儿一样。

姑娘乙　平静安详的神采

　　　　　从眼中闪出来！

　　　　　［新郎向新娘身旁走去。

新　　娘　你怎么穿这双鞋？

新　　郎　这比黑色的喜庆。

莱　　妻　（上场并吻新娘）

　　　　　你好！

　　　　　［大家欢乐地说笑。

莱奥纳多　（似乎为了完成某种任务而来）

　　　　　结婚的早上

　　　　　我们给你戴上花冠。

莱　　妻　为了让头发上的露水

　　　　　使田野快乐喜欢！

母　　亲　（对新娘之父）

　　　　　那两个人也来了？

父　　亲　他们是家里人，今天是谅解的日子！

母　　亲　我可以忍受，但不谅解。

新　　郎　看你戴着花冠真让人高兴！

新　　娘　咱们很快就去教堂！

新　　郎　你急吗？

新　　娘　急，我渴望成为你的妻子，单独和你在一起，只听到你的声音。

新　　郎　这正是我的心愿！

新　　娘　除了你的眼睛，什么也看不见。你那么使劲地拥抱我，就是我死去的母亲召唤我，也不能使我和你分开。

新　　郎　我的胳膊有力气。我要一直拥抱你四十年。

新　　娘　（认真地，挽起他的手臂）

　　　　　永远拥抱我！

父　　亲　我们要走了！收拾马匹车辆！太阳已经出来了。

母　　亲　你们要当心！别碰上坏时辰。

　　　　　[舞台深处的大门打开。人们开始离去。

女　　佣　（哭着）

　　　　　洁白的姑娘！

　　　　　当你离开家庭，

　　　　　要记住你离开的时候，

　　　　　就像一颗星星……

姑 娘 甲　离家去举行婚礼

　　　　　纯洁的身体和衣裳。

　　　　　[人们退场。

姑 娘 乙　你已离开家

　　　　　一直奔教堂！

　　　　　黄沙的路上

　　　　　洋溢着花香！

姑 娘 丙　啊，洁白的姑娘！

女　　佣　昏暗的气氛笼罩

　　　　　在她头巾的花边上。

　　　　　[退场。吉他声、响板声和手鼓声响成一片。只剩下莱奥纳多夫妇。

莱　　妻　咱们走吧。

莱奥纳多　去哪儿？

莱　　妻　去教堂呀，你可别骑马。跟我一起去。

莱奥纳多　坐车？

莱　　妻　还有什么别的？

153

莱奥纳多　我不是坐车的男人。

莱　　妻　我也不是不在丈夫陪伴下去参加婚礼的女人。我受不了了！

莱奥纳多　我也一样！

莱　　妻　你干嘛这样看着我？你每只眼睛里都有一根刺。

莱奥纳多　走吧！

莱　　妻　我不明白这是怎么了。可我想，却又不愿想。有一件事情，我知道。你已经嫌弃我了。可我有了一个儿子。另一个也要出世了。咱们就这样吧。我母亲也是这种命运。不过我不会离开这里的。

　　　　　[外面传来歌声。

歌　　声　离开你的家

　　　　　　一直奔教堂，

　　　　　　要记住你离开的时候

　　　　　　像一颗星星一样！

莱　　妻　（哭着）

　　　　　　要记住你离开的时候

　　　　　　像一颗星星一样！

　　　　　我也是这样离开家的。嘴笑得能把整个田野都装下。

莱奥纳多　（站起身）

　　　　　　咱们走吧。

莱　　妻　但要跟我在一起！

莱奥纳多　好吧。

　　　　　（稍停）

　　　　　　走！

（下场）

歌　　声　离开你的家
　　　　　一直奔教堂，
　　　　　要记住你离开的时候
　　　　　像一颗星星一样。

幕徐徐落下

第二场

新娘窑洞外面。灰、白和蓝的冷色调。巨大的仙人掌丛。阴暗和银色的氛围。一派土黄色的高原景象，一切都很坚硬，宛似民间陶瓷的风韵。

女　　佣　（收拾桌子上的杯、盖和托盘）
　　　　　旋转，
　　　　　风轮在旋转
　　　　　水在流动
　　　　　婚礼已在举行，
　　　　　在白色的栏杆
　　　　　月亮将自己打扮
　　　　　树枝躲到一边。
　　　　　你把桌布铺上！
　　　　　人们在歌唱，

新郎新娘在歌唱
水在流淌,
婚礼已在举行,
白霜闪银光
苦涩的杏仁
甜得像蜜糖。
准备葡萄酒!
美丽的姑娘,
家乡美丽的姑娘,
看水怎样流淌。
你的良辰已到
将裙子提起
在新郎的翅膀下
永别离开家。
新郎是一只雄鸽
胸脯像火炭一样
而田野期待着
血流的声响。
旋转,
风轮在旋转
水在流淌。
你的良辰已到
让水闪银光!

母　　亲（进场）

终于结束了!

父　亲　我们是第一批吗?

女　佣　不。莱奥纳多和他的妻子到了一会儿了。他们跑得像鬼似的。那女人到的时候都快吓死了。他们好像是骑马来的。

父　亲　这家伙是找不自在。不是什么好种。

母　亲　能是什么好种?他们家的种呗。从他曾祖父起,就是凶杀犯,一直是孽种流传,都是耍刀子的货,笑里藏刀的人。

父　亲　咱们不理他!

女　佣　您怎么能不理他呢!

母　亲　我连心尖儿都疼。在他们一家人的脑门儿上,我什么也看不见,只有杀人的手,杀我的人!你看见我了吗?你不觉得我疯了吗?是疯了,因为不能不把我心中非喊出来不可的东西喊出来。我心中藏着一种呐喊,对于我一定要惩治并把他们埋在黑纱里的人来说,这种呐喊随时会冲出来。可人们把我带到死人的身边,还要保持沉默。而后呢,人们便评头品足。

(摘掉披巾)

父　亲　今天不是你回忆那些事情的日子。

母　亲　一和别人谈话,我就得说。今天更得说。因为今天家里就剩下我一个人了。

父　亲　等着有人会陪伴你。

母　亲　那是我的希望:孙子们。

(坐下)

父　亲　我希望他们生许多孩子。这块土地需要不花钱的劳动力。对那些杂草、刺儿菜和那些不知从哪儿出来的乱石，要打一场持久的战争。这些劳动力应当是主人的臂膀，他们修整、治理，让种子发芽。要有许多儿子。

母　亲　还要个女儿！男孩子随风走！他们不得不摆弄武器。女孩子从不到街上去。

父　亲　（快活地）

我相信他们都会有。

母　亲　我儿子会满足她的。他的身体很好。本来他爹跟我就能生好多儿子。

父　亲　我恨不得这就是一天的事。我希望他们马上就有两三个儿子。

母　亲　可不是这么回事。需要很长时间。所以看见地上流的血才那么可怕。血流一分钟，就得消耗我们好多年。当我去看儿子时，他已经倒在街上。我的双手沾满了血，我是用舌头舔净的。因为那是我的血。你不懂那是怎么回事。我真想把那浸透鲜血的土放在水晶和黄玉的基体匣里。

父　亲　现在你等着好了。我女儿很丰满，你儿子很强壮。

母　亲　我正是这么想的。

（站起身）

父　亲　准备好小麦的托盘。

女　佣　准备好了。

莱　妻　（上场）

愿一切顺利！

母　亲　谢谢。

莱奥纳多　举行庆祝活动吗？

父　　亲　没什么。大家没时间。

女　　佣　已经到了！

　　　　　［客人成群结伙欢乐地进来。新郎新娘挽臂上场。莱奥纳多走开。

新　　郎　哪个婚礼也没有这么多人。

新　　娘　（阴郁地）

　　　　　没有。

父　　亲　真是气派。

母　　亲　都是全家一起来的。

新　　郎　有的人从没离开过家。

母　　亲　你父亲播下了许多种子，现在轮到你收获了。

新　　郎　有的表兄弟我都不认识。

母　　亲　都是海边的人。

新　　郎　（快乐地）

　　　　　他们对马感到害怕。

母　　亲　（对新娘）

　　　　　你想什么呢？

新　　娘　没想什么。

母　　亲　祝福词是很有分量的。

　　　　　［吉他声响起。

新　　娘　像铅一样。

母　　亲　（有力地）

　　　　　可不该那么重。你该像鸽子一样轻。

新　　娘　今天晚上您留在这儿吗?

母　　亲　不行,我的家里没人。

新　　娘　您应该留下!

父　　亲　(对母亲)

你看他们跳的舞,海滨地区的舞蹈。

[莱奥纳多出场并坐下。他的妻子,跟在他后面,一副紧张的样子。

母　　亲　那是我丈夫的堂兄弟。跳起舞来像石头一样硬。

父　　亲　看到他们,我很高兴。这个家起了多大的变化呀!

(离去)

新　　郎　(对新娘)

那橘花你喜欢吗?

新　　娘　(目不转睛地注视他)

喜欢。

新　　郎　都是蜡质的。永远不会坏,我愿看到你带在所有的衣服上。

新　　娘　没必要。

[莱奥纳多从右边下场。

姑娘甲　咱们给她把别针取下来。

新　　娘　(对新郎)

我马上就回来。

莱　　妻　愿你幸福地和我堂妹在一起。

新　　郎　我相信会的。

莱　　妻　两个人生活在这里;永远不用出去,在这里建房子。但愿我也能住在这么远的地方!

新　　郎　你们为什么不买地呢？山地便宜，孩子们可以更好地成长。

莱　　妻　我们没钱。再说离我们太远！

新　　郎　你丈夫是干活的好手。

莱　　妻　不错，可他喜欢满天飞。这山望着那山高。不是个安分的人。

女　　佣　你们不喝点什么吗？我给你包几个酒心儿面包圈去，送给你母亲，她很喜欢。

新　　郎　给她包上三打吧。

莱　　妻　不，不。有半打就足够了。

新　　郎　一天是一天呀。

莱　　妻　（对女佣）

　　　　　莱奥纳多呢？

女　　佣　我没见他。

新　　郎　应当和那些人在一起吧。

莱　　妻　我看看去！

　　　　　（走开）

女　　佣　那舞真好看。

新　　郎　你不跳舞吗？

女　　佣　没人请我跳。

　　　　　〔两个姑娘从远处走过；在这场中，远处总是人来人往，气氛热烈。

新　　郎　（高兴地）

　　　　　那个舞的名字叫"不理会"。像你这样健壮的老太太比姑娘们跳得更好。

女　　佣　怎么，你向我献殷勤吗，孩子？你们这一家子呀！汉子

161

中的汉子！我小时候见过你爷爷的婚礼。那副样子！就像是一座山似的。

新　　郎　我的块头没那么大。

女　　佣　可眼睛闪着同样的光。我们姑娘呢？

新　　郎　摘面纱呢。

女　　佣　啊！你看，因为你们不会睡觉，半夜时，我给你们准备了火腿肉和几大杯陈年葡萄酒。在柜橱的下边。说不定你们会需要的。

新　　郎　（微笑着）

我半夜不吃东西。

女　　佣　（狡猾地）

如果你不吃，新娘子吃。

（离去）

小伙子甲　（进场）

你得和我们一起喝酒！

新　　郎　我等着新娘呢。

小伙子乙　天亮时她就回来了！

小伙子甲　那是迷人的时候！

小伙子乙　等一会儿。

新　　郎　咱们走。

[三人出去。热闹非凡。新娘出场。对面跑出来两个姑娘，与她相遇。

姑娘甲　你把第一根别针给了谁？是我还是她？

新　　娘　我记不得了。

姑娘甲　你就是在这儿给我的。

姑娘乙　是在神坛前面给我的。

新　　娘　（心神不定，内心斗争激烈）

　　　　　我什么也不知道。

姑娘甲　因为我愿你……

新　　娘　（打断她的话）

　　　　　对我无关紧要，我有许多事情要想。

姑娘乙　请原谅。

　　　　　[莱奥纳多在背景中走过。

新　　娘　（看见莱奥纳多）

　　　　　这是让人心神不安的时刻。

姑娘甲　我们一点儿也不明白！

新　　娘　轮到你们的时候，你们就明白了。要迈出这几步是很难的。

姑娘甲　你不高兴了？

新　　娘　没有。请你们原谅。

姑娘乙　原谅什么？不过两根别针，都是为了结婚戴的，不是吗？

新　　娘　两根都是。

姑娘甲　现在，一个要比另一个先结婚了。

新　　娘　你们那么想结婚？

姑娘乙　（害羞地）

　　　　　想。

新　　娘　为什么呢？

姑娘甲　因为……

　　　　　（拥抱姑娘乙）

〔两个姑娘跑开。新郎上，慢慢地，从后面拥抱新娘。

新　　娘　放开！

新　　郎　你还怕我吗？

新　　娘　啊，是你。

新　　郎　还能是谁呢？

（停顿）

要么是你父亲，要么是我。

新　　娘　真是这样！

新　　郎　现在你父亲不会这么使劲儿拥抱你了。

新　　娘　（忧郁地）

当然了！

新　　郎　因为他上了年纪。

（用力拥抱新娘，有点粗鲁）

新　　娘　（冷漠地）

放开我！

新　　郎　为什么？

（放开）

新　　娘　因为……人们……会看见。

〔女佣从背景中穿过，但没看新郎新娘。

新　　郎　那又怎么样？这已经是神圣的了。

新　　娘　不错，不过放开我……过一会儿。

新　　郎　你怎么了？你好像吓着了！

新　　娘　我没怎么。你别走。

〔莱奥纳多的妻子出场。

莱　　妻　我不想打断你们……

新　　郎　说吧。

莱　　妻　我丈夫从这儿过了吗?

新　　郎　没有。

莱　　妻　因为我没找到他,而且马也不在马棚里了。

新　　郎　(快乐地)

　　　　　准是遛马去了。

　　　　　[莱妻不安地走了。女佣出来。

女　　佣　你们对这样多的祝贺还不满足吗?

新　　郎　我想结束了。新娘有点累了!

女　　佣　这是怎么回事,姑娘?

新　　娘　我的太阳穴像挨了一下子似的!

女　　佣　山里的新娘子应该很壮。

　　　　　(对新郎)

　　　　　只有你能治她的病,因为她是你的。

　　　　　(跑着离开)

新　　郎　(拥抱新娘)

　　　　　我们去跳一会儿舞吧。

　　　　　(吻她)

新　　娘　(苦闷地)

　　　　　不,我要去床上躺一会儿。

新　　郎　我陪你。

新　　娘　不行!当着大家的面?人家会怎么说呢?让我安静一会儿。

新　　郎　随你便吧!不过晚上你可别这样!

新　　娘　（在门里）

　　　　　晚上我就好了。

新　　郎　这正是我的愿望。

　　　　　[母亲出场。

母　　亲　孩子。

新　　郎　您到哪儿去了?

母　　亲　在整个那些吵吵嚷嚷的地方,你高兴吗?

新　　郎　高兴。

母　　亲　你妻子呢?

新　　郎　她歇一会儿。对新娘子来说真是坏日子!

母　　亲　坏日子?唯一的好日子。对我来说,就好像是一笔家产。

　　　　　[女佣进场并向新娘的房间走去。

　　　　　是土地的界标和树木的栽培。

新　　郎　您要走吗?

母　　亲　是,我得在自己的家里。

新　　郎　您一个人。

母　　亲　一个人,不。我的头脑里充满了事物、人和搏斗。

新　　郎　可已经不再是搏斗的搏斗。

　　　　　[女佣很快地出场;又跑着在背景中消失。

母　　亲　只要一个人活着,就要搏斗。

新　　郎　我永远听您的!

母　　亲　对你的妻子要尽量温柔,如果发现她不痛快或者犯脾气,就抚摸她,让她觉得有点疼,使劲儿拥抱她,咬她一下,然后再轻轻地吻她。别让她不高兴,但要让她感到你是个男子汉,是主人,是指挥者。我这是从你爹那儿学来的。因为你没有这种本领,所以我得教给你。

新　　郎　我永远照您的话去做。

父　　亲　（进来）

　　　　　我女儿呢?

新　　郎　在里边。

姑 娘 甲　新郎新娘快来呀,我们要跳转圈舞了!

小伙子甲　（对新郎）

　　　　　你要领头儿。

父　　亲　（出去）

　　　　　不在这里!

新　　郎　不在?

父　　亲　可能到平台去了。

新　　郎　我去看看。

　　　　　（进去）

　　　　　〔欢闹声和吉他声起。

姑 娘 甲　已经开始了。

　　　　　（出去）

新　　郎　（出来）

　　　　　不在。

母　　亲　（不安地）

　　　　　不在?

父　　亲　她会到哪儿去呢?

女　　佣　（进来）

姑娘呢，她在哪儿？

母　　亲　（严肃地）

我们不知道。

［新郎出来。三位宾客进去。

父　　亲　（认真地）

会不会在跳舞呢？

女　　佣　不在那里。

父　　亲　（气冲冲地）

那儿人多着呢，看看去！

女　　佣　我看过了。

父　　亲　（痛苦地）

那可在哪儿呢？

新　　郎　（进来）

没有。哪儿也没有。

母　　亲　（对父亲）

这是怎么回事？你女儿在哪儿？

［莱奥纳多的妻子进来。

莱　　妻　他们逃走了。逃走了。她和莱奥纳多。骑着马。两人拥抱着，像一颗贼星似的。

父　　亲　不会！我女儿，不会！

母　　亲　你女儿，会的！坏娘留下的苗儿。那小子呢，他也一样，他。不过，她已经是我儿子的妻子了！

新　　郎　（进来）

我们追去！谁有马？

母　　亲　谁的马在这里,谁有马?我把一切都给他,我的眼睛,甚至我的舌头……

人　　声　这儿有一匹。

母　　亲　(对儿子)

去吧!追去!

(与两个男青年一同离开)

不,你别去。那些家伙动不动就杀人,而且会……不过去吧,快,我跟在你后面!

父　　亲　不会是她。也许跳河了吧。

母　　亲　诚实、纯洁的姑娘才会跳河呢,那个女人,不会。不过她已经是我儿子的妻子。誓不两立。现在是誓不两立。

［众人进来。

我的家和你的家。大家都离开这儿。把鞋上的尘土抖干净。一同帮我儿子去。

［众人分成两伙。

因为他有人:从海滨来的他的表兄弟和所有从内地来的人。离开这儿!到各条路上去。流血的时刻又到了。誓不两立。你和你的人,我和我的人。靠后站!靠后站!

幕落下

第三幕

第一场

　　树林。夜晚。潮湿粗大的树干。气氛昏暗。小提琴齐奏。三个砍柴人上。

砍柴人甲　找到他们了吗？
砍柴人乙　没有，但是在到处找呢。
砍柴人丙　就快找到了。
砍柴人乙　嘘……
砍柴人丙　怎么？
砍柴人乙　好像在从各条道路同时包抄。
砍柴人甲　月亮一出来就看得见他们了。
砍柴人乙　应当放他们走。
砍柴人甲　世界很大。大家都能在世界上生活。
砍柴人丙　可是会把他们杀死。
砍柴人乙　应该顺其自然：他们逃得对。
砍柴人甲　一个早就在欺骗另一个，归根到底，血更厉害。

砍柴人丙　血？

砍柴人甲　要走血的道路。

砍柴人乙　不过大地会把见到光明的血喝掉。

砍柴人甲　那又怎么样？宁可流着鲜血死去也不带着腐烂的血活着。

砍柴人丙　别说了。

砍柴人甲　怎么？你听到什么了？

砍柴人丙　我听到蟋蟀、青蛙，还有黑夜的埋伏。

砍柴人甲　可没听见马的声音。

砍柴人丙　没听见。

砍柴人甲　现在他正亲她呢。

砍柴人乙　姑娘的身子是给他的，而他的身子也是给那姑娘的。

砍柴人丙　人家在寻找他们，而且会把他们杀掉。

砍柴人甲　但是那时他们的血液已经混在一起了，就像是两个空坛子，两条干涸的小溪似的。

砍柴人乙　天上的云很多，月亮很可能不出来。

砍柴人丙　不管有没有月亮，新郎都会找到他们的。我见他去的。就像一颗愤怒的星星。脸色铁青。就像他们家族的命运。

砍柴人甲　死在大街上的家族。

砍柴人乙　就是！

砍柴人丙　你相信他们会冲出包围吗？

砍柴人乙　很难，方圆一百里都有刀子和猎枪。

砍柴人丙　他骑着一匹好马。

砍柴人乙　可是他带着个女人。

砍柴人甲　我们快到了。

砍柴人乙　一棵有四十根枝条的树,我们很快就砍下来。
砍柴人丙　现在月亮出来了。咱们快点吧。
　　　　〔左侧射出一线光亮。
砍柴人甲　啊,月亮出来了!
　　　　大叶中间的月亮!
砍柴人乙　充满茉莉的血浆!
砍柴人甲　啊,孤单的月亮!
　　　　绿叶中间的月亮!
砍柴人乙　新娘脸上的银光。
砍柴人丙　啊,讨厌的月亮!
　　　　让爱情在昏暗的枝条后躲藏。
砍柴人甲　啊,悲伤的月亮!
　　　　让爱情在暗昏的枝条后躲藏!
　　　　〔砍柴人离开。月亮从左边的光亮中出来。月亮是个年轻的樵夫,白皙的脸庞。舞台笼罩在生动的蓝色光辉之中。
月　　亮　我是河中圆圆的天鹅,
　　　　大教堂的眼睛,
　　　　树叶上微弱的黎明;
　　　　他们无法逃生!
　　　　谁在隐藏?谁在
　　　　山谷的草丛中哭泣?
　　　　月亮将一把刀子
　　　　抛在空中,
　　　　铅的埋伏

要化作血的伤痛。
让我进来！我从
墙壁和玻璃窗而来，寒冷如冰！
我要在那里暖暖身体
请打开瓦楞和心胸！
我很冷！我沿着山峦和街巷
我梦游的金属的灰烬
寻觅火的巅峰。
可是白雪却将我
带在晶莹的脊背上，
池塘又将我，
浸在残酷的冷水中。
然而今夜我的面颊
将染上鲜红的血，
在空气宽大的脚上
聚集着灯芯草草丛。
既不能藏匿也没有阴影，
要让他们无法逃生！
为了能够暖暖身体
我要进入一个人的心胸：
那是一颗为了我的心灵！
滚烫的！流淌在
我胸部的山中，
让我进去，啊，让我进去！

（对树枝）

我不喜欢阴影重重。

我的光线无孔不入，

让昏暗的树干出现光明的响声，

为了今夜我的面颊

染上鲜红的血，

在空气宽大的脚上

聚集着灯芯草草丛。

谁在藏匿？我说的是外面！

不行！他们将不能逃生！

我要让背上

闪耀着一种宝石的火红。

〔月亮在树干中间消失，舞台重又笼罩在昏暗的光线中。一老妇出扬，身披深绿色薄薄的衣服，赤脚，满脸皱纹，几乎看不清面孔，这个人物在人物表中未出现[①]。

叫花婆　月亮要走，他们临近。

他们过不了此地。

树干的细语与河水的流淌

将扼杀叫喊声放荡地飞翔。

就在此处，顷刻之间。我已经疲倦。

打开箱子，白色的线

在卧室的地上

---

① 这里的老妇即下面的叫花婆，亦即人物表中的死神。

等候将脖子受伤的沉重的尸体裹缠。

鸟儿也不要醒来，

微风用裙裾将呻吟收拢。

从黑色的树冠上和它们一起逃亡

或者在白色的淤泥上将它们埋葬。

月亮啊，月亮！

（不耐烦她）

月亮啊，月亮！

〔月亮出来，光线变强。

月　　亮　他们已经靠近。

有的从峡谷，有的从河道。

我去照亮石头。你有什么需要？

叫 花 婆　什么也不需要。

月　　亮　冷酷的风，两面带刃，徐徐吹来。

叫 花 婆　照亮坎肩并将纽扣吹开，

然后刀子便知道刺向何方。

月　　亮　但要拖延很久才会死亡。

让鲜血在我的指间轻轻作响。

你看我一条条灰烬的

山谷已经醒来

将这激流的源泉期待！

叫 花 婆　咱们不能让他们渡过小溪。别出声！

月　　亮　他们来了！

（下场）

［舞台变暗。

叫 花 婆　快！多多地发光。你听见了吗？他们逃不掉！

［新郎和小伙子甲进场。叫花婆坐下并用披巾蒙住自己。

新　　郎　在这一带。

小伙子甲　你找不到他们。

新　　郎　（强有力地）

我就找得到他们！

小伙子甲　我认为他们从别的路走了。

新　　郎　不会，刚才我听到了马跑的声音。

小伙子甲　那是别的马。

新　　郎　（认真地）

听着。世界上只有一匹马，就是这匹。你明白了吗？你要跟着我，就别吭声。

小伙子甲　因为我想……

新　　郎　住嘴。我肯定会在这儿找到他们。你看见这只手臂了吗？这并不是我的手臂。这是我哥哥的、我父亲以及我死去的全家人的手臂。它力大无穷，只要愿意，就能把这棵树连根拔起。咱们赶快走，我觉得全家人都在咬牙，使我连气都出不来了。

叫 花 婆　（抱怨地）

唉！

小伙子甲　听见了吗？

新　　郎　到那里去转一圈。

小伙子甲　这简直是在狩猎。

新　　　郎　是狩猎。世上最大的狩猎。

〔小伙子走下。新郎迅速地向左边走去并与叫花婆（死神）相遇。

叫 花 婆　唉！

新　　　郎　你怎么了？

叫 花 婆　我冷。

新　　　郎　你要到哪里去？

叫 花 婆　（总是像叫花子那样抱怨）

到那很远的地方……

新　　　郎　你从哪里来呢？

叫 花 婆　从那儿，很远的地方。

新　　　郎　你看见一男一女骑在一匹马上跑了吗？

叫 花 婆　（醒悟过来）

等一下……

（打量新郎）

漂亮的小伙儿。

（站起身）

可要是睡着了就会更加漂亮。

新　　　郎　告诉我，你说，看见了吗？

叫 花 婆　等等……多宽的脊背呀！你怎么就不喜欢躺在脊背上却喜欢站在那么小的脚掌上走呢？

新　　　郎　（盛气凌人地）

我跟你说的是看见他们没有！他们从这儿过去了吗？

叫 花 婆　（有力地）

没从这儿过；不过正离开那山包，你没听见吗？

新　　郎　没有。

叫花婆　你认识路吗？

新　　郎　不管认不认识，我都要去！

叫花婆　我陪你去。这一带我熟悉。

新　　郎　（不耐烦）

可倒走呀！从哪里？

叫花婆　（做作地）

从那里！

〔速下。两把表现树林的小提琴声奏起。砍柴人回来。
肩上扛着斧头。在树干中间缓缓走过。

砍柴人甲　啊，出来的死神！

硕大叶片的死神。

砍柴人乙　不要让鲜血喷涌！

砍柴人甲　啊，孤单的死神。

枯干叶片的死神。

砍柴人丙　不要用花朵将婚礼遮笼！

砍柴人乙　啊，可悲的死神！

将绿色的枝条留给爱情！

砍柴人甲　啊，可恶的死神！

将绿色的枝条留给爱情！

〔砍柴人边说边离开。莱奥纳多和新娘上。

莱奥纳多　住口！

新　　娘　我自己走，从这里起。走吧！我要你回去！

莱奥纳多　我叫你住口！

新　　娘　你要用牙齿

　　　　　　用双手，要千方百计

　　　　　　将这条金属的锁链

　　　　　　从我诚实的脖颈上摘去，

　　　　　　让我待在家乡的角落里。

　　　　　　如果你不想杀死我

　　　　　　像杀死一条小小的毒蛇，

　　　　　　就把猎枪的枪管

　　　　　　放进我新娘的手里。

　　　　　　啊，多么难过！我的心头

　　　　　　燃烧着多么强烈的火：

　　　　　　舌头上全是玻璃

　　　　　　碴儿，有口难说！

莱奥纳多　我们已跨出这一步，不要再说！

　　　　　　因为他们紧追不舍，

　　　　　　我一定要你跟着我。

新　　娘　这可是你的逼迫！

莱奥纳多　逼迫？下楼梯时，谁是第一个？

新　　娘　是我。

莱奥纳多　是谁给马

　　　　　　换上了新的笼头？

新　　娘　是我。的确是我。

莱奥纳多　又是谁

　　　　　　亲手为我带上了马刺?
新　　娘　是属于你的这一双手,
　　　　　　因为一见到你
　　　　　　它们就想把蓝色的枝条
　　　　　　和你血管的细语打破。
　　　　　　我爱你!我爱你!走开吧!
　　　　　　如果他将你杀死,
　　　　　　我会用带紫罗兰
　　　　　　花边的裹尸布将你包裹。
　　　　　　啊,多么难过,我心头
　　　　　　燃烧着多么强烈的火!
莱奥纳多　舌头上全是玻璃碴儿,
　　　　　　我有口难说!
　　　　　　因为想忘记
　　　　　　所以在你我之间
　　　　　　筑起一道墙壁。
　　　　　　真的。你记得吗
　　　　　　每当我远远地看见你
　　　　　　眼前便扬起沙粒。
　　　　　　可我骑的马儿
　　　　　　却向你家门口走去。
　　　　　　白银的簪子
　　　　　　使我的血变成黑色,
　　　　　　我的梦中

　　　　　　便充满野草的肌体。
　　　　　　我没有过错，
　　　　　　过错来自大地
　　　　　　还有你的胸脯和发辫
　　　　　　洋溢的那股气息。
新　　娘　啊，多么无理！我并不愿意
　　　　　　与你同用餐，共枕席，
　　　　　　却又没有一分钟
　　　　　　不愿与你在一起，
　　　　　　因为你拖我，我便去，
　　　　　　你叫我返回
　　　　　　我便像一根草屑儿
　　　　　　在空中跟随着你。
　　　　　　我已戴上花冠
　　　　　　正在举行婚礼
　　　　　　却抛弃了一个诚实的汉子
　　　　　　和他的全家。
　　　　　　惩罚将落在你的头上
　　　　　　这岂是我的心意。
　　　　　　让我独自留下！你快逃离！
　　　　　　没有人会保护你。
莱奥纳多　清晨的鸟儿
　　　　　　为了树木而丧命。
　　　　　　黑夜渐渐消亡

　　　　　　在岩石的尖顶。
　　　　　　咱们去黑暗的角落,
　　　　　　只要能永远爱你
　　　　　　无论是人还是投向我们的毒药
　　　　　　对我都无足轻重。
　　　　　　(用力拥抱她)
　　新　　娘　(动情地)
　　　　　　我将睡在你的脚旁
　　　　　　等候你梦中所想。
　　　　　　赤裸着身躯,注视着田野,
　　　　　　宛似一条狗儿,
　　　　　　因为我就是这样!看着你,
　　　　　　你的英姿使我化作火光。
　　莱奥纳多　火光与火光一起燃烧。
　　　　　　同一个小小的火焰
　　　　　　将两个麦穗一起烧掉。
　　　　　　我们走吧!
　　新　　娘　你把我带往何处?
　　莱奥纳多　到这些包围我们的人
　　　　　　不能去的地方。
　　　　　　到我能好好看你的地方!
　　新　　娘　(讥讽地)
　　　　　　把我带到一个一个的庙会上,
　　　　　　诚实女人的悲痛忧伤,

　　　　　　让大家都看见我,

　　　　　　婚礼的床单

　　　　　　像旗帜迎风飘扬。

莱奥纳多　我也愿将你放开

　　　　　　如果我像大家一样想。

　　　　　　可是我要和你同去一个地方。

　　　　　　迈出这一步。试一试。你也一样。

　　　　　　月亮的钉子已将我的腰

　　　　　　和你的臀钉在同一根木桩上。

　　　　　　[整个场面动人心魄,充满激情。

新　　娘　你逃走吧!

　　　　　　我该当死在此地,

　　　　　　双脚浸在水里,

　　　　　　头巾刺着荆棘。

　　　　　　放荡的女人、姑娘,

　　　　　　树叶会为我哭泣。

莱奥纳多　住口,他们已经上来了。

新　　娘　你走吧!

莱奥纳多　安静!他们会发现我们。你先走。我说,咱们走吧!

新　　娘　咱俩一起走!

莱奥纳多　(拥抱着她)

　　　　　　随你!

　　　　　　要使我们分离,除非

　　　　　　我已断气。

新　　娘　我也停止呼吸。

　　　　　　［两人拥抱着离开。"月亮"缓缓而出。舞台上出现一道强烈的蓝色的光。两把小提琴奏响。突然有两声长长的令人心碎的叫声，提琴声中断。随着第二声叫喊，叫花婆出场，背向观众。张开披巾站在中央，宛似一只巨翅大鸟。"月亮"停住。幕在一片寂静中落下。

最后一场

　　带拱形窗户的白色房间，墙壁厚实。左右都有白色的楼梯。远处是高大的拱门和同样颜色的墙壁。地面也是闪闪发亮的白色。这朴实无华的房间具有教堂的永垂不朽的韵味。没有灰色，没有阴影，也没有远景的明确的体现。两个身穿深蓝色服装的姑娘在用红色的线桄绕线。

姑娘甲　线桄儿，线桄儿，
　　　　你要做什么？
姑娘乙　衣裙的茉莉，
　　　　纸张的水晶。
　　　　十点钟已死，
　　　　四点钟才生。
　　　　羊毛纺成的线，
　　　　束缚你双脚的锁链。

             同时是一个绳结儿，
             将苦涩的桂枝纠缠。

女孩儿　（唱着）
             你去参加婚礼了吗？
姑娘甲　没有。
女孩儿　我也没去！
             葡萄藤下出了什么事情？
             橄榄枝下出了什么事情？
             怎么谁都没有回来？
             你去参加婚礼了吗？
姑娘乙　我们说了没有去参加。
女孩儿　（边走边说）
             我也没去！
姑娘乙　线桄儿，线桄儿，
             你想唱什么？
姑娘甲　蜂蜡的伤口，
             爱神木的悲痛。
             清晨入梦，
             夜晚清醒。
女孩儿　（在门口）
             线与火石相遇，
             青山放它过去。
             奔跑，奔跑，
             一刀终于切下面包。

　　　　　（走开）

姑娘乙　线桄儿，线桄儿，
　　　　你想说什么？

姑娘甲　新郎身穿洋红，
　　　　情夫一言不发。
　　　　在沉默不语的河岸
　　　　我见他们躺下。
　　　　（停下来，看着线桄儿）

女孩儿　（探身到门口）
　　　　跑啊，跑啊，跑啊，
　　　　线儿已到此地。
　　　　我觉得他们来了，
　　　　浑身全是泥。
　　　　象牙似的拳头，
　　　　直挺挺的身躯！

［离开。莱奥纳多的妻子和岳母出场，闷闷不乐。

姑娘甲　来了吗？

岳　母　（生硬地）
　　　　我们不知道。

姑娘乙　你们说婚礼怎么样？

姑娘甲　告诉我。

岳　母　（干巴巴地）
　　　　没什么。

莱　妻　我想回去看个究竟。

岳　母　（强有力地）

　　　　　你，回家去。

　　　　　勇敢、孤独地待在那里。

　　　　　去衰老，去哭泣。

　　　　　但是家门要紧闭。

　　　　　无论活的死的，永不许进去。

　　　　　我们将窗户钉牢，

　　　　　让黑夜和雨水

　　　　　落在苦涩的草地。

莱　妻　会出什么事呢？

岳　母　这无足轻重。

　　　　　你将那面纱往脸上蒙。

　　　　　你的儿子属于你

　　　　　其余等于零。

　　　　　在床上，将一个灰烬的十字架

　　　　　放在他搁枕头的地方。

　　　　〔母女俩离开。

叫花婆　（在门口）

　　　　　姑娘们，给块面包。

女孩儿　去！

　　　　〔姑娘们凑在一起。

叫花婆　为什么？

女孩儿　因为你在呻吟；去！

姑娘甲　丫头！

叫花婆　我能要你的眼睛。一群

　　　　鸟儿跟着我：你想要一只吗？

女孩儿　我想走！

姑娘乙　（对叫花婆）

　　　　别理她！

姑娘甲　你是从小溪的路上来吗？

叫花婆　我是从那里来。

姑娘甲　（胆怯地）

　　　　我能问问你吗？

叫花婆　我看见了他们；很快就来到；

　　　　两股激流汹涌

　　　　终于在巨石中间平静，

　　　　两条汉子在马蹄下，

　　　　在黑夜的英姿中丧命。

　　　　（欢愉地）

　　　　丧命，是的，丧命。

姑娘甲　住口，老婆子，住口！

叫花婆　眼睛是破碎的花，

　　　　牙是坚硬的雪块儿两把。

　　　　两个人一起倒下，新娘回来

　　　　鲜血染红了裙子和头发。

　　　　毛毯儿盖在他们的身上

　　　　高高的小伙儿将他们抬上肩膀。

　　　　如此而已；就是这样。天理该当。

污秽的沙子，盖在黄金的花朵上。

〔走开。姑娘们低下头，有节奏地离去。

姑娘甲　污秽的沙子。

姑娘乙　盖在黄金的花朵上。

从小溪带回来两个新郎。

一个黑黝黝。

另一个也同样。

是什么阴影的夜莺

飞翔和呻吟在黄金的花朵上！

〔走开。舞台上无人。母亲和一个女邻居出场。后者在哭泣。

母　亲　别哭！

邻　居　我忍不住。

母　亲　别哭，我说了。

（在门口）

这里没人吗？

（双手摸前额）

我儿子应该回答。可我儿子已变成一把干枯的花。我儿子已化作群山背后一个听不到的声音。

（愤怒地，对邻居）

你能不哭吗？我不愿这个家里有哭声。你们的眼泪只是眼睛里的泪水，可当我一个人的时候，我的泪水来自脚底，来自我的根，比血还要烫。

邻　居　到我家来吧，你别待在这里。

母　亲　这里，我就想待在这里，安安静静的。全都死了。我在半夜时睡觉，再也不怕猎枪和刀子了。其他的母亲，被雨声惊醒，就会探出窗外，看看儿子的面孔。我，不用了。我让自己的梦，化作一只寒冷的象牙的鸽子，将带霜的山茶花送到墓地去。不，不是墓地，是大地的铺，是接纳他们的床，是上天为他们摆下的床。

［一位黑衣女子进场，向右走去并跪下。对邻居。

母　亲　不要捂着脸。我们要过几天可怕的日子。我不想看见任何人。只有大地和我。只有我的哭声和我。还有这四面墙。唉！唉！

　　　　（痛苦地坐下）

邻　居　你自己珍重。

母　亲　（将头发向后甩）

　　　　我要冷静。

　　　　（坐下）

　　　　因为邻居们要来，而我不愿她们看我这么可怜。可怜巴巴的！连一个可以亲吻的儿子都没有的女人。

［新娘出场。没戴橘花，披一条黑披巾。

邻　居　（看见新娘，气愤地）

　　　　你去哪儿？

新　娘　我到这儿来了。

母　亲　（对邻居）

　　　　谁呀？

邻　居　你不认识她？

母　亲　所以我才问是谁。因为我不能认识她，否则我会咬住她的脖子。毒蛇！

（怒不可遏地走向新娘，停住。对邻居）

看见了吗？她在那儿，在哭，而我很平静，没有挖她的眼睛。我不明白。难道我不爱自己的儿子？可是他的名誉呢？他的名誉在哪里呢？

（殴打新娘，新娘倒在地上）

邻　居　看在上帝的分上！

（欲拉开她们）

新　娘　让她打吧；我来就是为了让她把我打死，让他们把我一起带走。

（对母亲）

别用手；用铁钩子，用镰刀，使劲儿打，直到它们碎在我的骨头里。让她打吧！我要让她知道我是干净的，或许我疯了，人们可以把我埋掉，可是没有任何一个男人见过我洁白的胸脯。

母　亲　住口，住口，那与我有什么相干？

新　娘　因为我跟另一个男人去了，我去了！

（苦恼地）

要是你也会去的，我是一个燃烧着的女人，里里外外都充满了创伤，你的儿子是一点水，我对它的期待是儿女、土地和健康；可那另一个男人是一条浑浊的河，充满树枝，带着灯芯草的细语和哼哼唧唧的歌声从我身旁流过。我和你的儿子一起跑着，他像一个水的小孩儿，冷冰冰的，而那一个男人给我送来一百只鸟儿，它们使我无法动弹，将寒霜降在我这个可怜人的伤口上，我这个枯萎的女人，这个被火抚摩的女人。我不愿意，你们清楚！我不愿意，听清楚！我不愿意你儿子是我的归宿，我没有骗他，可那另一个男人的手臂就像大海的冲击，就像骡子甩头一样地拖着我，他会永远地拖着我，永远地，永远地，即使你儿子的所有的子孙都抓住我的头发！

〔一位邻居进来。

母　亲　她没有错，我也没有！

（嘲讽地）

那么谁有错呢？轻浮、娇嫩、睡不好觉的女人才会丢掉橘花的花冠去守着一块被另一个女人焐热的床呢！

新　娘　住口，住口！报复我吧，我就在这儿！你看我的脖子是软的；比在你的果园里剪掉一朵大丽花还省事。不过不行！我是忠贞的，就像刚出生的女孩儿一样。我也是坚强的，我可以叫你看看。你点起火。咱们把手伸进去；你为你的儿子，我为我的身子。肯定是你先撤出来。

〔另一位邻居进来。

母　亲　可你的贞洁与我有什么相干呢？你的死与我有什么相干呢？这一切的一切与我有什么相干呢？我只想祝福麦苗，因为我的儿子都在下面；祝福雨水，因为它润湿死人的面孔。求上帝保佑，让我们在一起安息。

〔又进来一个邻居。

新　娘　让我和你一起哭吧。

母　亲　哭吧，可是在门口。

[女孩儿进来。新娘待在门口。母亲，在舞台中央。莱妻进场并走向左边。

莱　妻　他曾是漂亮的骑手，
　　　　现在是一堆雪团。
　　　　他曾纵马奔驰
　　　　在庙会、山峦
　　　　和女人的手臂之间。
　　　　现在黑夜的苔藓
　　　　为他戴上了王冠。

母　亲　你母亲的葵花，
　　　　大地的明镜。
　　　　愿人们将苦涩
　　　　夹竹桃的十字架
　　　　放在你的胸前；
　　　　闪光的绸缎
　　　　是遮盖你的床单；
　　　　让流水化作哭泣
　　　　在你宁静的双手之间。

莱　妻　啊，四个小伙子的肩膀
　　　　是多么疲倦！

新　娘　啊，将死神抬到这里，
　　　　四个英俊的青年！

母　亲　邻居们。

女孩儿　（在门口）

　　　　　已经把他们抬来了。
母　亲　就是这样。
　　　　　十字架，十字架。
女人们　温柔的十字架，
　　　　　温柔的钉，
　　　　　耶稣，耶稣，
　　　　　温柔的名。
新　娘　愿十字架保佑死者和生者。
母　亲　邻居们，在一个特殊的日子
　　　　　下午两三点之间，
　　　　　两个男子汉，
　　　　　为了爱情，只用一把刀子，
　　　　　一把小小的刀子，
　　　　　就都命丧黄泉。
　　　　　用一把刀子，一把小小的刀子，
　　　　　握在手中，只露出一点点，
　　　　　扎开一个小口儿
　　　　　并停在惊恐的肌体里边，
　　　　　喊声深深的根
　　　　　在那里抖颤。
新　娘　一把刀子，
　　　　　一把小小的刀子，
　　　　　握在手中，只露出一点点，
　　　　　像一条鱼儿，没有河流和鳞片，

　　　　　在一个特殊的日子
　　　　　下午两三点之间，
　　　　　两条坚强的汉子
　　　　　就是这把刀子
　　　　　使他们离开人间。
母　亲　握在手中，只露出一点点，
　　　　　扎开一个小口儿
　　　　　并停在惊恐的肌体里边，
　　　　　喊声深深的根
　　　　　在那里抖颤。
　　　　［女邻居们跪在地上，哭泣。

　　　　　　　　　　　　　　　　幕落下
　　　　　　　　　　　　　　　　全剧终

叶尔玛

(三幕六场悲剧)

人　物

叶尔玛　　　　　　　雌性（面具）
马丽亚　　　　　　　小姑子甲
老妇（异教徒）　　　小姑子乙
老妇甲
老妇乙
多洛雷斯　　　　　　女人甲
洗衣妇甲　　　　　　女人乙
洗衣妇乙　　　　　　男孩
洗衣妇丙　　　　　　胡安
洗衣妇丁　　　　　　维克托
洗衣妇戊　　　　　　雄性（面具）
洗衣妇己　　　　　　男人甲
姑娘甲　　　　　　　男人乙
姑娘乙　　　　　　　男人丙

第一幕

第一场

　　幕启时,叶尔玛正在睡觉,脚旁放着一个针线筐箩。一束梦幻般的奇异光线笼罩着舞台。放牧人踮着脚出场,注视着叶尔玛。他领着一个身穿白色衣服的男孩儿。时钟打点。当牧人离去时,光线变成春天欢快的晨曦。叶尔玛醒来。

歌　声 （幕内）
　　　　哦,哦,哦,
　　　　田野上
　　　　盖小房
　　　　咱们往里藏。
叶尔玛　胡安,听见了吗？胡安。
胡　安　我走了。
叶尔玛　是时候了。
胡　安　牲口过去了吗？
叶尔玛　过去了。

胡　安　回头见。

　　　　　（欲走）

叶尔玛　不喝杯牛奶？

胡　安　干嘛喝牛奶？

叶尔玛　你干的活儿重，身体受不了。

胡　安　人要是干巴瘦，就会像钢一样结实。

叶尔玛　可你不，我们结婚的时候，你不这样，现在你的脸白白的，好像没有晒过太阳似的。我喜欢你到河里去游泳，喜欢你在我们的房子漏雨时爬到屋顶上去。我们结婚都二十四个月了，可你却越来越苦闷，越来越消瘦，好像是在往回缩似的。

胡　安　你有完没有？

叶尔玛　（站起身）

　　　　你别以为这是坏事。要是我病了，我就喜欢你照顾我。"我的妻子生病了，我把这只羊羔宰了，给她好好地炖一锅肉。我的妻子生病了，我留下这只肥母鸡，给她压压咳嗽，我把这张羊皮给她拿去，叫她在下雪天盖盖脚防寒。"我就喜欢这样。所以我照顾你。

胡　安　那我谢谢你。

叶尔玛　可你不让我照顾你。

胡　安　因为我没事儿。那全是你的猜测。我干的活很多。我会一年比一年老的。

叶尔玛　一年比一年……你我一年一年在这里生活下去……

胡　安　（微笑）

　　　　当然了，而且是平平安安的。农活儿都很顺利，没有费钱的孩子。
叶尔玛　我们没有孩子……胡安！
胡　安　说吧。
叶尔玛　难道我不爱你吗？
胡　安　你爱我。
叶尔玛　我认识不少怕得发抖的姑娘，她们在与丈夫同床之前，哭哭啼啼。我第一次和你睡觉的时候哭过吗？当我掀开那亚麻布的盖头时，我没有唱歌吗？我没有对你说"这些衣服的苹果味真香吗？"
胡　安　你说了！
叶尔玛　由于我和妈妈分别时没有难过，她都哭了。的确是这样，谁结婚时也没有我那么高兴，可是……
胡　安　住口。我没工夫听你没时没刻地……
叶尔玛　不。你别跟我重复别人说的话。我亲眼看见不会是那样……不停地落在石头上的雨水会使石头软化并生出草芥来的，尽管人们说这些草芥一点用也没有。"它们一点用也没有"，可我却清清楚楚地看见它们摇动着黄色的花朵。
胡　安　这要等待！
叶尔玛　对，我愿意等。

　　　　（主动地拥抱并亲吻她的丈夫）

胡　安　如果你需要什么，就告诉我，我给你带来。你知道我不喜欢你出去。

叶尔玛　我从不出去。

胡　安　你在这里比在哪儿都好。

叶尔玛　是的。

胡　安　街道是闲人的天地。

叶尔玛　(忧郁地)

　　　　当然。

〔丈夫走了,叶尔玛走向针线笸箩,用手摸摸肚子,举起双臂伸了个姿态优美的懒腰,坐下缝纫。

亲爱的孩子,你从哪里来?

来自寒冷的山顶。

亲爱的孩子,你需要什么?

柔软的布料把衣缝。

(纫针)

让树枝儿向着太阳挥舞,

让泉水向着周围飞腾!

(好像和一个孩子讲话)

狗儿在院子里吠,

风儿在树梢上鸣,

牛儿向着牧人叫,

月亮将我的头发拢。

孩子,从那么远的地方,你在要什么?

你胸中有洁白的山峰。

让树枝儿向太阳挥舞!

让泉水向周围飞腾!

（缝纫）

为了你，我肝肠欲断，

孩子呀，我将讲给你听。

腰部使我多么疼痛，

你的第一个摇篮用它做成！

你的肌体几时散发茉莉的幽香

孩子呀，你几时才能降生？

（停顿）

让树枝儿向太阳挥舞！

让泉水向周围飞腾！

［叶尔玛唱着，马丽亚带着一卷衣服进门。

你从哪儿来？

马丽亚 从商店。

叶尔玛 这么早就从商店来？

马丽亚 我喜欢等着商店开门，你不知我买了什么吧？

叶尔玛 买了早饭用的咖啡、糖和面包。

马丽亚 不对。我买了花边、三轴儿线、做缨子的彩色带子和毛线。是我丈夫的钱，他亲自给我的。

叶尔玛 你要做一件上衣。

马丽亚 不，难道……知道吗？

叶尔玛 什么？

马丽亚 因为我已经有了！

（低下头）

［叶尔玛站起身，敬重地望着她。

叶尔玛　才五个月就有了！
马丽亚　是的。
叶尔玛　你有感觉了吗？
马丽亚　当然。
叶尔玛　（好奇地）

　　　　有什么感觉？
马丽亚　不知道。闷得慌。
叶尔玛　闷得慌。

　　　　（抓住她）

　　　　不过……什么时候有的？告诉我。你没有留心吧？
马丽亚　是，没留心……
叶尔玛　你想唱歌了，是吗？要是我，就唱。你……告诉我……
马丽亚　别问了。你从没拿过一只活生生的、缩成一团的鸟儿吧？
叶尔玛　拿过。
马丽亚　就是那种感觉……不过不是在手里，而是在血液里。
叶尔玛　多美呀！

　　　　（出神地望着她）
马丽亚　我都不知怎么好了。什么也不懂。
叶尔玛　不懂什么？
马丽亚　不懂我该做什么。我去问我母亲。
叶尔玛　问她做什么？她老了，记不得这些事情了。别走动太多，吸气时要轻轻地吸，就像嘴里含着一朵玫瑰花似的。
马丽亚　喂，听说往后他会用小腿轻轻地踢你。
叶尔玛　那时候就更爱他了，就该说"我的儿子"了。

马丽亚　不管怎么说,我害羞。

叶尔玛　你丈夫怎么说?

马丽亚　什么也没说。

叶尔玛　他很爱你吗?

马丽亚　他不对我讲,不过他总在我身边,他的眼睛就像两片绿叶儿一样抖动。叶尔玛,他知道你……?

叶尔玛　怎么知道的?

马丽亚　不晓得。不过我们结婚的那天晚上,他用嘴亲着我的脸,不停地跟我说这件事,使我觉得我的孩子就像是他从耳朵给我塞进来的一只闪光的小鸽子。

叶尔玛　真幸福!

马丽亚　对这件事,你比我懂得还多。

叶尔玛　可有什么用呢?

马丽亚　真的!那是为什么呢?在和你同时结婚的人中,你是唯一的。

叶尔玛　是的。当然还有时间。艾莱娜拖了三年,其余年纪更大的,我母亲那一辈的,时间更长,不过像我这样的人,两年零二十天,等得太久了。我想这样毁掉自己是不行的,好多天夜里,我光着脚出来踩在院子里的地上,我也不知为什么。这样下去,我会垮掉的。

马丽亚　过来吧,瞧你说话的样子,像个老太婆。我在说什么呀!谁也不能抱怨这些事情。我母亲的一个妹妹十四岁就有了,要是你看见那小宝贝儿多漂亮!

叶尔玛　(*渴望知道*)

　　　　他都干什么呢?

马丽亚　哭起来像牛犊儿似的,那劲头儿就像一千只蝉一块叫,往我们身上撒尿,拽我们的辫子,才四个月就把我们的脸抓得花瓜似的。

叶尔玛　(笑)

可不疼。

马丽亚　我跟你说……

叶尔玛　咳!我见过姐姐给她的孩子喂奶,胸脯全是一道儿一道儿的,很疼,不过那是一种新鲜的疼,舒心的疼,身体需要的疼。

马丽亚　听人说养儿育女使人受罪。

叶尔玛　瞎说!只有懦弱的母亲,怨天尤人的母亲,才这么说。为什么生儿育女?有个儿子并不是有一朵玫瑰花。为了看着他们长大,我们就得受苦。我想我们要费掉一半的心血。但这是高尚的、健康的、美好的。每个女人都有供养四五个孩子的血,如果没有这些孩子,血液就会变成毒液,就像我要发生的那样。

马丽亚　我不知道我有的是什么。

叶尔玛　我总听人说生头胎时女人是害怕的。

马丽亚　(胆怯地)

走着瞧吧……因为你缝纫的技术高明……

叶尔玛　(拿起那一捆衣物)

拿来。我给你裁两套小衣服。这个呢?

马丽亚　这是尿布。

叶尔玛　好。

（坐下）

马丽亚　那就……回头见。

（走近叶尔玛，后者用双手亲切地抚摩她的肚子）

叶尔玛　别在石子儿路上跑。

马丽亚　再见。

（吻她，离去）

叶尔玛　再见！

（表情如开始时那样。拿起剪刀，开始裁剪）

［维克托出场。

再见！维克托。

维克托　（深沉、坚定、严肃）

胡安呢？

叶尔玛　在田里。

维克托　你在缝什么呢？

叶尔玛　裁几块尿布。

维克托　（微笑）

行啊！

叶尔玛　（笑）

我要给尿布绣上花边。

维克托　要是女孩儿，让她叫你的名字。

叶尔玛　（颤抖地）

什么？……

维克托　我为你高兴。

叶尔玛　（差点背过气去）

不……不是为我。是给马丽亚的孩子做的。

维克托　好吧，那么就看看她的榜样能不能使你受到鼓舞。这个家需要一个男孩儿。

叶尔玛　（苦恼地）

需要！

维克托　那么，就干吧，告诉你丈夫少想点农活儿。他想攒钱，而且会攒下的，可他死后留给谁呢？我放羊去了。告诉胡安把他向我买的那两只羊赶过来，至于另外那件事，让他好好钻一钻！

〔微笑着走开。

叶尔玛　（满怀激情地）

啊！好好钻一钻！

为了你，我肝肠欲断，

孩子呀，我将讲给你听。

腰部使我多么疼痛，

你的第一个摇篮用它做成！

你的肌体几时散发茉莉的幽香！

孩子呀，你几时才能降生？

（叶尔玛若有所思地站起身来，走到维克托待过的地方，深深地呼吸，好像在吸山里的空气，然后走到房间的另一端，似乎在找什么，重新坐下，又拿起针线笸箩。开始缝纫，目不转睛地注视着某一点）

　　　　　　　　　　　　　　　　　　　　　幕落

第二场

　　田野。叶尔玛出来。挎着一个篮子。老妇出来。

叶尔玛　早晨好。

老　妇　漂亮的姑娘,早晨好。去哪儿?

叶尔玛　我刚给我丈夫送饭回来,他在橄榄林里干活。

老　妇　结婚很长时间了吗?

叶尔玛　三年了。

老　妇　有孩子吗?

叶尔玛　没有。

老　妇　啊!就会有的。

叶尔玛　(渴望地)

　　　　您这么以为?

老　妇　为什么不呢?

　　　　(坐下)

　　　　我也是给我丈夫送饭回来。他老了。还得干活,我有九个儿子,像九个太阳似的,可因为一个女儿也没有,我这不还得顾了这头顾那头嘛。

叶尔玛　您住在河那边。

老　妇　是。在磨坊那儿。你是哪一家的?

叶尔玛　我是放牧人恩里克的女儿。

老　妇　啊！放牧人恩里克。我认识他。好人。起床，流汗，吃几片面包，就这样过了一辈子。什么也不玩，什么嗜好也没有，庙会是别人的事。沉默寡言的人。我本来可以跟你的一个叔叔结婚。可没那码子事！我是个撩着裙子过日子的女人，哪儿有切好的香瓜、节日活动和甜饼我就照直往哪儿去。我有好多次在清晨从门口探出身去，以为听见了飘来飘去的十二弦琴的声音，其实是风。

（笑）

你会笑我。我有两个丈夫，十四个儿子，死了五个，可我并不难过，还想多活些年呢。我就这么说。无花果树，多么长久！房屋，多么长久！只有我们，不值钱的女人，随便什么事就能把我们毁掉。

叶尔玛　我想问您一件事。

老　妇　说吧。

（看着她）

我已经知道你要和我说什么了。这些事情是不能说出来的。

（站起身）

叶尔玛　（阻止她）

为什么不？您的话给了我信心。我早就想和一个老太太谈谈。因为我想知道。对，您会告诉我……

老　妇　什么？

叶尔玛　（低声地）

您知道。我为什么不生育呢？难道我全部的生命力就只是为照管家禽和给我的小窗户装上熨好的窗帘吗？不。您一

　　　　　定要告诉我该做什么，我什么事情都肯做，哪怕是让我把针扎进眼睛里最娇嫩的地方。
老　妇　我？我什么也不知道。我嘴巴朝上，开始唱歌。孩子就像流水似的来了。哎，谁能说你的身材不漂亮呢？你在街这头一迈步，就连街那头的马都会撒欢儿。哎！姑娘，饶了我吧，别逼我说。我有许多想法不愿说出来。
叶尔玛　为什么？我和丈夫不说别的事！
老　妇　喂，你喜欢自己的丈夫吗？
叶尔玛　什么？
老　妇　你喜不喜欢他？你愿不愿意和他在一起？……
叶尔玛　不知道。
老　妇　当他靠近你的时候，你不颤抖吗？当他的嘴唇靠近时，你没有梦一样的感觉吗？告诉我。
叶尔玛　没有。我从没有这样的感觉。
老　妇　从来没有？跳舞的时候也没有？
叶尔玛　（回忆）

　　　　　也许……有一回……维克托……
老　妇　说下去。
叶尔玛　他搂着我的腰，我什么也没说，因为我没法说。还有一回，也是维克托，我那年十四岁，他是个大小伙子，他抱着我，跳过一条水渠，我颤得直打牙。可那是因为我害羞。
老　妇　而和你丈夫……
叶尔玛　我丈夫是另一回事。父亲把他给了我，我就接受了，高高兴兴地。这完全属实。从我给他做新娘的第一天起，我想

　　　　　的就是……孩子……我从他的眼睛里看着自己。是的，那是为了看很小的、很好支配的我，好像我就是自己的女儿。
老　妇　和我恰恰相反。或许是因为如此你才没有按时生育。男人们必须惹人爱，姑娘。他们要打开我们的辫子，用他们的嘴喂我们水喝。世界就是这样。
叶尔玛　你的是这样，而我的，不。我考虑许多事情，许多，我确信我想的那些事情要我儿子来实现。就是为了他，我才把自己献给了丈夫，还要继续献给他，只是为了看看儿子会不会降生，而从来都不是为了自己快活。
老　妇　结果是怀不上！
叶尔玛　不，不是怀不上，是怀满了怨恨。告诉我，是我的错吗？难道就是为了找男人而找男人吗？他把你放在床上，让你用悲伤的眼睛望着天花板，然后转过身就睡，那么这时候，你会怎么想呢？我一定得想着他呢，还是想着从我的心中生出来的那个闪光的东西？我不知道，请你发发善心，告诉我！

　　　　　（跪下）

老　妇　哎，盛开的花朵，你真是个美人，饶了我吧！别逼着我说。我不想再说了。这有关名誉，我不能诋毁任何人的名誉。你会晓得的。无论如何，你不该这么天真。
叶尔玛　（伤心地）
　　　　　对于像我这样的在农村长大的姑娘，所有的门都是关着的。话语、表情会变得模棱两可，因为据说所有这些事情都是不该知道的。你也一样，你也不肯开口，也像个学究儿似的，无所不知，却任凭人家渴得要死，也不告诉人家。
老　妇　要是另一个冷静的女人，我会对她说的。可你不行。我是老人了，我知道自己在说什么。
叶尔玛　那么，让上帝保护我吧。
老　妇　上帝，不。我从来不喜欢上帝。你们什么时候才能发现上帝不存在呢？应该成为保护者的是男人。
叶尔玛　可你为什么对我说这个呢，为什么？
老　妇　（走动）

不过应该有上帝，哪怕很小很小，好对那些使农村的欢乐化为泡影的孽根劣种天打雷劈。
叶尔玛　我不明白你想对我说什么。
老　妇　好了，我懂。你别难过。要坚定地等待。你还年轻。你想让我做什么呢？

（离开）

［两个姑娘出场。
姑娘甲　我们到处都碰到人。
叶尔玛　男人们在橄榄林干活，得给他们送饭。只有老人待在家里。
姑娘乙　你回村吗？
叶尔玛　我要往那儿走。
姑娘甲　我得快走。我出来时，孩子睡着了，家里没人。
叶尔玛　快走吧，女人。不能撇下孩子们。你家有猪吗？
姑娘甲　没有。不过你说得对。我得快走。
叶尔玛　哎呀。事儿就是这么出的。你肯定把他锁在屋里了。
姑娘甲　当然了。

叶尔玛　是的，不过你们还不明白小孩子的情况。我们觉得是最不会出事的东西都会要他们的命的。一根针，一口水。

姑娘甲　说得对。我得跑着回去。问题是我没想这么多。

叶尔玛　哎呀！

姑娘乙　你要是有四五个孩子，就不会这么说了。

叶尔玛　为什么？即使有四十个也一样。

姑娘乙　不管怎么说，你我都没有孩子，我们可以更自在些。

叶尔玛　我，不。

姑娘乙　我，是。图什么呢！可我妈呢，正相反，为了叫我生孩子，一天到晚让我吃草药，十月份还要领我去求神，听说只要心诚，有求必应。我母亲去，我可不去。

叶尔玛　那你为什么结婚呢？

姑娘乙　因为他们要我结。大家都结。如果这样下去，就只有小姑娘是单身女人了。好了，另外呢……其实一个女人，在上教堂之前，早就结婚了。可是老太太们在这些事情上总是很固执。我十九岁了，既不爱做饭也不爱洗衣服。这下子好了，一天到晚都得干那些不喜欢干的事情。为了什么呢？我丈夫有什么必要非当我丈夫不可呢？因为我们谈恋爱时早就干着现在所干的事了。老人们真蠢。

叶尔玛　住口！别这么说。

姑娘乙　你也许会说我疯了，疯了！疯了，

（笑）

我可以告诉你，我在生活中学到的唯一的一件事：所有的人都关在家里，做自己不喜欢做的事情。在大街上有多

　　　　　好。我要到小河边去了,爬上去敲钟,喝一杯茴芹冷饮。
叶尔玛　你还是个女孩子。
姑娘乙　当然了,可我不是疯子。
　　　　　(笑)
叶尔玛　你母亲是住在村里最高的那个门里吗?
姑娘乙　是。
叶尔玛　最边儿上那座房子?
姑娘乙　是。
叶尔玛　她叫什么名字?
姑娘乙　多洛雷斯。为什么问这个?
叶尔玛　不为什么。
姑娘乙　你大概要打听什么事情。
叶尔玛　不知道……说说而已。
姑娘乙　你知道……你瞧,我要给丈夫送饭去了。
　　　　　(笑)
　　　　　这非去不可的。不能叫情人,真遗憾,是吗?
　　　　　(笑)
　　　　　疯子走了!
　　　　　(欢乐地笑着走了)
　　　　　再见!
维克托　(唱)
　　　　　放牧人,为何独自安眠?
　　　　　放牧人,为何独自安眠?
　　　　　在我的羊毛床垫

　　　　　　你会睡得更甜。
　　　　　　放牧人，为何独自安眠？
叶尔玛　（倾听）
维克托　（唱）
　　　　　　放牧人，为何独自安眠？
　　　　　　在我的羊毛床垫
　　　　　　你会睡得更甜。
　　　　　　放牧人，你深色岩石的床垫，
　　　　　　放牧人，还有寒霜的衬衫，
　　　　　　冬天灰色的灯芯草
　　　　　　堆在你黑夜的床上边。
　　　　　　放牧人，栎树长出了针刺，放牧人，在你的枕头下面，
　　　　　　放牧人，如果你听到女人的声音，
　　　　　　那是流水嘶哑的语言。
　　　　　　放牧人啊，放牧人，
　　　　　　高山想要你做什么？
　　　　　　苦涩野草的高山，
　　　　　　什么样的孩子在杀害你？
　　　　　　金雀花上的针尖！
　　　　〔叶尔玛欲走开，与上场的维克托相遇。
　　　　　（欢快）
　　　　　　美人儿，去哪儿？
叶尔玛　是你在唱吗？
维克托　是我。

叶尔玛　真好！我从没听你唱过。

维克托　没有吗？

叶尔玛　嗓子真豁亮。好像嘴里充满一股水流。

维克托　我快活。

叶尔玛　是的。

维克托　就像你伤心那样。

叶尔玛　不是我伤心，是事出有因。

维克托　你丈夫比你更伤心。

叶尔玛　他，是的。他是性格冷漠的人。

维克托　从来就这样。

（停顿）

［叶尔玛坐下。

你送饭来了？

叶尔玛　是的。

（瞧着他。停顿）

你这儿怎么了？

（指着他的脸）

维克托　哪儿？

叶尔玛　（站起身并靠近维克托）

这儿……脸蛋儿这儿，好像是块烧伤。

维克托　没什么。

叶尔玛　我觉得是烧伤。

维克托　可能是太阳……叶尔玛也许是……

［停顿。格外寂静，两个人物的矛盾在毫无表情中开始。

217

叶尔玛 （颤抖地）

听见了吗？

维克托 什么？

叶尔玛 你没听见有人哭吗？

维克托 （倾听）

没有。

叶尔玛 我觉得有个孩子在哭。

维克托 是吗？

叶尔玛 很近。哭得快憋死了。

维克托 这一带总有好多孩子来偷水果。

叶尔玛 不。这是个婴儿的哭声。

（停顿）

维克托 我什么也没听见。

叶尔玛 大概是我的幻觉。

〔目不转睛地注视着维克托，后者也注视着她，目光慢慢地移开，似乎有些担心。胡安出场。

胡 安 你还在这里干什么？

叶尔玛 说话。

维克托 你好。

（走开）

胡 安 你应该待在家里。

叶尔玛 我散散心。

胡 安 我不明白你拿什么散心呢？

叶尔玛 我听鸟叫了。

胡　安　好了。这样别人就有得说了。

叶尔玛　（有力地）

　　　　胡安,你想哪儿去了?

胡　安　我不是指你说的,我是指别人说的。

叶尔玛　那关我什么事!

胡　安　别胡说!女人这样是很糟糕的。

叶尔玛　但愿我真是个女人。

胡　安　咱们别争了,回家去吧。

　　　　（停顿）

叶尔玛　好吧。我等你吗?

胡　安　不用。我整夜都要浇水。水来得很少,一直到太阳出来,都是我的水,我得防着偷水的人。你躺下睡吧。

叶尔玛　（痛苦不堪）

　　　　我去睡觉!

　　　　（下场）

　　　　　　　　　　　　　　　　　　　　幕落

第二幕

第一场

　　幕启时有歌声。女人们在村子的河边洗衣服。洗衣妇们处在不同的层次上。她们在唱歌。

歌　　声　我为你洗腰带
　　　　　在寒冷的小溪,
　　　　　你的笑声
　　　　　像热情的茉莉。

洗衣妇甲　我不喜欢说话。
洗衣妇丙　可大家都在说。
洗衣妇丁　说说没什么不好。
洗衣妇戊　谁想要贞操,谁就能得到。
洗衣妇丁　种一棵百里香,我看着它成长。想要名誉的人,行为要高尚。
　　　　　〔一起笑。
洗衣妇戊　人家都这么说。

洗衣妇甲　可谁也无从知道。

洗衣妇丁　那丈夫真的让两个妹妹和他们一起住去了吗？

洗衣妇戊　她们是老姑娘吗？

洗衣妇丁　是。她们本来负责看教堂，现在看嫂子了。要是我，可不能和她们住在一起。

洗衣妇甲　为什么？

洗衣妇丁　可怕。她们像突然从坟墓上长出来的大片的叶子，脸上涂着蜡。关在家里。我想她们是用灯油做饭。

洗衣妇丙　她们已经在家里？

洗衣妇丁　从昨天起。那男人又下地了。

洗衣妇甲　能说说出了什么事吗？

洗衣妇戊　前天夜里，尽管很冷，她却是坐在门槛上度过的。

洗衣妇甲　可为什么呢？

洗衣妇丁　她很难待在家里。

洗衣妇戊　这些不生育的女人就是这样：本来可以绣花边或者做蜜饯苹果，可她们却喜欢到屋顶上去，要么就光着脚到河滩去。

洗衣妇甲　你凭什么说这种话？她没有儿女，可这不是她的过错。

洗衣妇丁　想要，就能生。问题是贪舒适、图快活的懒女人可不愿意弄松了肚皮。

　　　　　［众人笑。

洗衣妇丙　她们涂脂抹粉，佩戴着夹竹桃去找野汉子。

洗衣妇戊　再也没有比这更真实的了！

洗衣妇甲　不过，你们见过她和别的男人在一起吗？

洗衣妇丁　我们没见过，可人家见过。

洗衣妇甲　总是人家！

洗衣妇戊　听说有两回。

洗衣妇乙　他们在干什么？

洗衣妇丁　在说话。

洗衣妇甲　说话又不是罪过。

洗衣妇丁　世上有一种东西，就是眼神。我母亲说的。女人看玫瑰花和看一个男人的大腿，那不是一回事。她就看着他。

洗衣妇甲　看谁？

洗衣妇丁　看一个男人，听见了吗？自己打听吧，难道让我大声地说出来吗？

（笑声）

她不看他，是因为只有她一个人，因为他不在眼前，但这个人的形象却在她的眼睛里。

洗衣妇甲　这是谎话！

洗衣妇戊　她丈夫呢？

洗衣妇丙　她丈夫像个聋子似的。一动不动，活像太阳底下的蜥蜴。

［众人笑。

洗衣妇甲　要是他们有孩子，就全解决了。

洗衣妇乙　这全是那些不肯认命的人才有的问题。

洗衣妇丁　在那个家里，每过一小时就是向地狱靠近一步。她和两个小姑子，一声不吭，整天价在粉刷墙壁，擦拭铜器，用哈气擦玻璃，给地板上油，可那住房越是发亮，里面就燃烧得越厉害。

洗衣妇甲　男人的错，就是他，一个男人不生儿子，就要照顾好女人。
洗衣妇丁　女人的错，因为她的舌头硬得像一块火石。
洗衣妇甲　什么鬼附在你身上了，让你说出这样的话？
洗衣妇丁　谁允许你来教训我？
洗衣妇乙　别吵了！
洗衣妇甲　我真想用做袜子的针，刺穿那些散布流言蜚语的舌头。
洗衣妇乙　住口！
洗衣妇丁　我要堵死那些虚伪女人的心。
洗衣妇乙　安静！你没见她的小姑子们过来了吗？

　　　　　（窃窃私语）

　　　　　〔叶尔玛的两个小姑子上场。身穿黑色丧服。在寂静中开始洗衣服。铃声起。

洗衣妇甲　牧羊人走了吗？
洗衣妇丙　走了，现在羊群全出去了。
洗衣妇丁　（吸气）

　　　　　我喜欢绵羊的气味。

洗衣妇丙　是吗？
洗衣妇丁　怎么不是？一个女人发出的气味。我真喜欢冬天从河里带来的红色泥巴的气味。

洗衣妇丙　怪毛病！
洗衣妇戊　（看着）

　　　　　羊群都走了。

洗衣妇丁　羊群泛滥。卷走了一切。绿色的麦苗要是有头脑，看见它们过来，一定会发抖的。

洗衣妇丙　你瞧它们跑得多快！多大一伙妖魔呀！
洗衣妇甲　全走了，一群不少。
洗衣妇丁　看看……不……少一群，是的，少一群。
洗衣妇戊　哪一群？
洗衣妇丁　维克托的那群。

　　　　　[两个小姑子直起身，张望。

歌　　声　我为你洗腰带

　　　　　在寒冷的小溪。

　　　　　你的笑容

　　　　　像热情的茉莉。

　　　　　我愿生活在

　　　　　那茉莉薄薄的雪花里。

洗衣妇甲　啊，结了婚而不生育的妇女！

　　　　　啊，乳房像沙丘的妇女！

洗衣妇戊　告诉我你的丈夫

　　　　　是不是将种子收藏

　　　　　以便让水流

　　　　　为了你的衬衣歌唱。

洗衣妇丁　你的衬衣

　　　　　是白银和风的船儿

　　　　　沿着河岸开航。

洗衣妇甲　我来这里洗涤

　　　　　我宝贝儿的衣裳

　　　　　为了它像水一样

　　　　　　像水晶般透亮。
洗衣妇乙　我的丈夫下山
　　　　　到这里来用餐。
　　　　　他给我一朵玫瑰
　　　　　我却要以一还三。
洗衣妇戊　我的丈夫从平地
　　　　　到这里来充饥。
　　　　　他献给我和风
　　　　　我还给他爱意。
洗衣妇丁　我的丈夫乘风
　　　　　到这里来安眠。
　　　　　我把紫罗兰送他
　　　　　他用同样的花报还。
洗衣妇甲　当夏日将农夫的血液烤干
　　　　　应该使花儿与花儿相连。
洗衣妇丁　当冬天颤抖着来敲门户
　　　　　要打开不能入梦的鸟儿的腹部。
洗衣妇甲　要在床单上呻吟。
洗衣妇丁　而且还要歌唱！
洗衣妇戊　当男人给我们带来面包
　　　　　并把王冠戴上。
洗衣妇丁　因为手臂已经交叉。
洗衣妇乙　因为光线已使我们的喉咙嘶哑。
洗衣妇丁　因为花枝儿已经变甜。

洗衣妇甲　风儿已经笼罩群山。

洗衣妇己　（在激流上方出现）

　　　　　为了让一个孩子

　　　　　将黎明冷静的玻璃冶炼。

洗衣妇甲　我们的躯体具有珊瑚愤怒的枝头。

洗衣妇乙　为了在海面上

　　　　　出现水手荡桨。

洗衣妇甲　一个小小的孩子，孩子。

洗衣妇乙　鸽子张开了嘴和翅膀。

洗衣妇丙　一个呻吟的孩子，一个儿子。

洗衣妇丁　男人们在前进，

　　　　　像受伤的鹿一样。

洗衣妇戊　快乐，快乐，快乐，

　　　　　衬衣下圆圆的肚子！

洗衣妇乙　快乐，快乐，快乐，

　　　　　肚脐儿，金盏花娇嫩的花萼！

洗衣妇甲　可是那婚后不育的妇女！

　　　　　啊，她的乳房就像沙地！

洗衣妇丙　让她闪光！

洗衣妇乙　让她奔跑！

洗衣妇戊　再闪光！

洗衣妇甲　让她歌唱！

洗衣妇乙　让她躲藏！

洗衣妇甲　再歌唱。

洗衣妇己　我儿子带来黎明在他的围嘴儿上。

众洗衣妇　（齐唱）

  我为你洗腰带

  在寒冷的小溪。

  你的笑容

  像热情的茉莉。

  哈，哈，哈！

  （有节奏地抖动并捶打衣服）

幕落

第二场

叶尔玛的家。傍晚。胡安坐着。两个小姑子站着。

胡　　安　你说她刚刚出去了？

〔年长的妹妹点点头。

她大概在泉边。可你们知道我不喜欢她单独出去。

（停顿）

你可以去摆桌子。

〔年幼的妹妹退场。

我好不容易挣来吃的面包。

（对他妹妹）

昨天，我连一个苹果都吃不上，为什么对工作还抱那么大的幻想？我厌烦了。

（用手捂一下脸。停顿）

她没来……你们中的一个应当和她一起出去，因为只有这样，你们才配在我的桌子上吃饭，才配喝我的葡萄酒。我的生活在田里，可我的名誉在这里。我的名誉也就是你们的名誉。

〔妹妹低下头。

你别把我的话当作坏事。

〔叶尔玛提着两个水罐进来，站在门口。

你从泉边来？

叶尔玛　为了吃饭时有凉水喝。

〔另一个妹妹出场。

地怎么样？

胡　安　昨天我给树木剪了枝。

〔叶尔玛放下水罐。停顿。

叶尔玛　你留在这儿吗？

胡　安　我得去照料牲口。你知道这是男主人的活儿。

叶尔玛　我清楚。用不着重复。

胡　安　每个男人都有自己的生活。

叶尔玛　每个女人也有自己的生活。我没有要求你留下。我在这儿应有尽有。你的妹妹们精心照看着我。我在吃着新鲜的面包、鲜奶酪和烤羊羔，你的牲畜在山上吃着带露水的牧草。我想你可以安安静静地生活。

胡　安　人要安静地生活就得放心才行。

叶尔玛　你不放心吗?

胡　安　不。

叶尔玛　胡思乱想。

胡　安　难道你不了解我的为人吗? 羊在圈里, 女人在家里。你出去得太多了! 你没听见我总是对你这么讲吗?

叶尔玛　不错。女人在家里。当家不是坟墓的时候。当椅子会打破, 床单会用坏的时候。可这里, 不是这样。每天晚上, 当我躺下时, 会看到我的床更新了, 更亮了, 好像是刚刚从城里运来的。

胡　安　你自己知道我的抱怨不是没有理由的。我的警惕事出有因!

叶尔玛　警惕, 警惕什么? 我没有任何触犯你的地方。我顺从地活着, 将苦水咽在自己的肚子里。我的日子一天比一天坏。咱们谁也不说。我会尽量好好地戴着自己的十字架, 不过你什么也别问。如果我能一下子变成老太婆, 嘴巴像一朵凋谢的花儿一样, 我会向你微笑并和你共同生活。现在呢, 现在请你让我独自烦恼好了。

胡　安　你说话的方式, 使我无法理解你。我什么也没有剥夺你的。我叫人到周围的村子去寻找你喜欢的东西。我有我的缺点, 可我愿意和你平静、和睦地相处。我愿意在外面睡觉, 同时想着你也在睡觉。

叶尔玛　可我没有睡, 我睡不着。

胡　安　难道你缺少什么吗? 你说, 你回答!

叶尔玛　（故意地注视着丈夫）

是的, 我缺。

（停顿）

胡　　安　总是这样。已经五年多了。我几乎把这忘掉了。

叶尔玛　可我不是你。男人们有另外的生活：牲畜、树木、聊天，而我们女人只有生孩子，养孩子。

胡　　安　人并不是都一样。你为什么不领一个你弟弟的孩子呢？我不反对。

叶尔玛　我不愿照料别人的孩子。我觉得一抱起别人的孩子，我的手臂就会冻僵。

胡　　安　这个毛病会使你发疯的，不考虑应该做的事情，硬是把脑袋往石头上撞。

叶尔玛　不体面的事情才是你所说的石头，因为它本该是一只盛着鲜花和水果的篮子。

胡　　安　和你在一起只让人不安宁、不平静。退一万步说，你总该忍耐吧。

叶尔玛　我到这间房子里来并不是为了忍耐。当我蒙上头巾不再张嘴，当我的手被结结实实地捆起来躺在棺材里，只有到那时候我才会忍耐。

胡　　安　那么，你想做什么？

叶尔玛　我想喝水，可是既没有杯子也没有水，我想上山，可是没有脚，我想绣自己的裙子，可是找不到线。

胡　　安　这是因为你不是一个真正的女人，你所寻求的是使一个没有意志的男人破产。

叶尔玛　我不知道我是什么人。你让我走一走，让我轻松一下吧。我根本不需要你。

胡　　安　我不喜欢别人戳我脊梁骨。所以我愿意每个人都关在家里。

［第一个妹妹慢慢地出来，走近饭橱。

叶尔玛　和别人讲话不是罪过。

胡　安　但可以让人觉得是罪过。

［第二个妹妹出来，走向水罐，并灌满一坛水。

（压低声音）

我没有能力管这些事情。当别人和你说话，请你闭上嘴巴并想一想你是一个结了婚的人。

叶尔玛　（惊奇地）

结了婚的！

胡　安　家庭要有名誉，而名誉是大家共同承担的责任。

［那个妹妹拿着水坛慢慢地出去。

可它在同样的血管里却既暗淡又微弱。

［另一个妹妹拿着大盘子出场，几乎像参加宗教游行。

停顿。

请原谅。

［叶尔玛看着丈夫，后者抬起头，与她的目光相遇。

尽管按照你看着我的样子，我不该说"请原谅"，而应该强迫你，关着你，因为正是为此我才做丈夫。

［两个妹妹出现在门口。

叶尔玛　我求你不要说了。把这个问题放下吧。

（停顿）

胡　安　咱们吃饭吧。

［两个妹妹进来。

听见了吗？

叶尔玛 （温柔地）

　　　你和妹妹们吃吧。我还不饿呢。

胡　安　随你便。

　　　（进去）

叶尔玛 （似乎在做梦）

　　　啊，多么痛苦的草地！

　　　啊，竟然将美事关在外面的门庭！

　　　我请求一个使我受苦的儿子，而天空

　　　却献给我沉睡月亮的大丽花丛。

　　　两眼温馨乳汁的泉

　　　我丰满肌体的两匹骏马的脉搏

　　　在将我苦闷的枝头摇动。

　　　啊，衣裙下盲目的乳房！

　　　像两只鸽子，失去了洁白，失去了眼睛！

　　　啊，受欺凌的血液多么痛苦！

　　　让成群的马蜂蜇我的脖颈！

　　　可是亲爱的孩子，你一定要来，

　　　因为水产盐，树结果，

　　　娇儿怀在我们的腹内

　　　如同甜蜜的雨水孕育在云中。

　　　（望着门口）

　　　马丽亚！为什么那么急匆匆地从我的门前过去？

马丽亚 （抱着一个婴儿进来）

　　　当我抱着孩子的时候，我让他

……你总是哭！……

叶尔玛　你说得对。

（抱过孩子，坐下）

马丽亚　你的妒忌使我痛苦。

叶尔玛　不是妒忌，是贫乏。

马丽亚　别抱怨。

叶尔玛　看到你和别的女人，怀里都是一朵一朵的花儿，而我在这么美的环境中却毫无用处，怎么叫我不妒忌呢！

马丽亚　可你有别的东西。你要是听我的话，就会幸福的。

叶尔玛　农村妇女不生孩子就像一把带刺的灌木，毫无用处甚至可恶，尽管我这废物是上帝丢下来的。

〔马丽亚做了一个要抱孩子的手势。

给你，他跟你更高兴。我不该有一双做母亲的手。

马丽亚　你为什么这么说呢？

叶尔玛　（站起）

因为我厌烦了。因为我对有一双手却不能用它们干应该干的事情厌烦了。因为我在受侮辱，受侮辱而且被贬到了最低的程度，看到小麦发芽，泉水不停地喷涌，绵羊生出几百只羊羔，还有母狗，似乎整个田野都站起来向我显示它的娇嫩的、贪睡的孩子，可我却感到这里挨了两锤子，而不是我儿子的吮吸。

马丽亚　你说的这些，我不喜欢。

叶尔玛　女人们一有了孩子，就不会再为我们这些没有孩子的女人着想了。你们踏实了，无忧无虑了，就像在水里游泳的人，根本不知道什么叫渴。

马丽亚　我不想总对你重复同样的话。

叶尔玛　我的欲望越来越大，希望越来越小。

马丽亚　糟糕。

叶尔玛　我最终只好认为我就是自己的儿子。有好多个夜晚，我下去喂牛，而从前我不这样，因为哪个女人也不这样做，当我从昏暗的屋檐下走过时，我觉得自己的脚步声就像男人的一样。

马丽亚　每个人都有自己的道理。

叶尔玛　尽管如此，他还爱我。你看清我怎样生活了吧！

马丽亚　你的小姑子们呢？

叶尔玛　有时我和她们说话，她们把我看成死人，没有裹尸布的死人。

马丽亚　你丈夫呢？

叶尔玛　三个人对付我一个。

马丽亚　他们是怎么想的？

叶尔玛　胡猜乱想。认为我是不安分的人。他们以为我会喜欢别的男人，可他们不知道，即使我真的喜欢，对我的家族来说，首要的是名誉。他们是我面前的石头。可他们不知道，如果我愿意，可以化作溪水，把他们冲走。

〔一个小姑子进来，拿走一个面包。

马丽亚　不管怎么说，我想你丈夫还是爱你的。

叶尔玛　他给我面包吃，给我房子住。

马丽亚　你多么苦，多么痛苦啊！不过别忘了我们主的创伤。

〔众人在门口。

叶尔玛 （看着孩子）

　　　　醒了吗？

马丽亚　很快就该唱起来了。

叶尔玛　眼睛和你的一样，你知道吗？

　　　　［孩子哭。

　　　　他的眼睛和你的一模一样！

　　　　［叶尔玛轻轻地推马丽亚一下，后者悄悄地走了。叶尔玛走向门口，她丈夫正进来。

姑娘乙　嘘！

叶尔玛　（转过身）

　　　　怎么了？

姑娘乙　我等你出来呢。我母亲在等你。

叶尔玛　她一个人？

姑娘乙　还有两个邻居。

叶尔玛　告诉她等一会儿。

姑娘乙　可你去不去呢？你不怕吗？

叶尔玛　我去。

姑娘乙　在那儿！

叶尔玛　不管晚不晚，叫她们等我！

　　　　［维克托进来。

维克托　胡安在吗？

叶尔玛　在。

姑娘乙　（默契）

　　　　那么，回头我把那件上衣送来。

叶尔玛　随你便。

　　　　〔姑娘乙下场。

　　　　请坐。

维克托　我这样挺好。

叶尔玛　（呼叫）

　　　　胡安！

维克托　我是来告别的。

叶尔玛　（轻轻一颤，又恢复平静）

　　　　和你兄弟们一起走吗？

维克托　这是我父亲的主意。

叶尔玛　他已经上年纪了吧。

维克托　是，很老了。

　　　　（停顿）

叶尔玛　换换地方挺好。

维克托　田都是一样的。

叶尔玛　不。要是我，会去很远的地方。

维克托　都一样。同样的绵羊，同样的羊毛。

叶尔玛　对男人来说，是的；可我们女人就不同。我从没听哪个男人在吃东西时说：这些苹果真好。你们总是我行我素，无所顾忌。对于我，我就会说，这些井里的水，我已经喝够了。

维克托　可能是这样。

　　　　〔舞台笼罩在淡淡的阴影中。

叶尔玛　维克托。

维克托　说吧。

叶尔玛　你为什么要走呢？这里的人喜欢你。

维克托　我的表现不坏。

（停顿）

叶尔玛　你的表现很好。你是大小伙子时，有一回你抱过我，记得吗？谁也不知道会发生什么事情。

维克托　一切都变了。

叶尔玛　有些事没有变。有些关在墙后面的事情不会改变，因为没有人听得见。

维克托　是这样。

〔第二个妹妹出场，缓缓地向门口走去，站在那里，傍晚的余晖照耀着她。

叶尔玛　可一旦它们冲出去并喊叫起来，就会响遍世界。

维克托　不会有进展的。水渠在原地，羊群在圈里，月亮在空中，男人握着犁。

叶尔玛　得不到老人们的教诲，真是遗憾！

〔响起放牧人悠长而又伤感的螺号声。

维克托　羊群。

胡　安　（出场）

你已经上路了吗？

维克托　我想在天亮前走过港口。

胡　安　你对我有什么不满意的地方吗？

维克托　不。你付的钱不少。

胡　安　（对叶尔玛）

我买了他的羊群。

叶尔玛　是吗?

维克托　(对叶尔玛)

　　　　羊群是你的了。

叶尔玛　我不知道。

胡　安　(满意地)

　　　　是这样。

维克托　你丈夫会看到在他的庄园里到处是羊。

叶尔玛　寻求果实的劳动者,就会得到它。

　　　　[站在门口的妹妹进来。

胡　安　我们已经没有地方放那么多羊了。

叶尔玛　(闷闷不乐地)

　　　　地方大着呢。

胡　安　我们可以一起走到河边。

维克托　祝这个家有最大的幸福。

　　　　(把手伸向叶尔玛)

叶尔玛　借你的吉言!祝你健康!

　　　　[维克托给她让路,叶尔玛一个难以觉察的动作使他转过身来。

维克托　你说什么了吗?

叶尔玛　(严肃地)

　　　　我说,祝你健康。

维克托　谢谢。

　　　　[他们走了。叶尔玛伤心地留在那里,看着维克托握过的手。叶尔玛迅速地向左边走去,并拿起一条大披巾。

姑娘乙　咱们走吧。

　　　　（不声不响地,将披巾给她围在头上）

叶尔玛　咱们走。

　　　　[她们悄悄地离开。舞台上几乎一片昏暗。第一个妹妹手持油灯上场。剧场不应有任何光线,只有自然光。她向舞台的尽头走去,寻找叶尔玛。传来赶羊群的螺号声。

小姑子甲　（低声地）

　　　　叶尔玛!

　　　　[胡安的第二个妹妹出来。两个人互相看了一眼,一起向门口走去。

小姑子乙　（声音较高）

　　　　叶尔玛!

小姑子甲　（走向门口并以一种蛮横的声音）

　　　　叶尔玛!

　　　　[传来放牧人的海螺号和牛角号声。台上一片漆黑。

幕落

第三幕

第一场

神婆多洛雷斯的家。黎明。叶尔玛和多洛雷斯及两个老妇一起过来。

多洛雷斯 你是勇敢的。
老妇甲 世界上什么也没有欲望的力量大。
老妇乙 可那坟墓太黑了。
多洛雷斯 我在那里为求子的女人祷告已经好多次了,她们都很害怕。只有你是例外。
叶尔玛 我是为了有个结果而来的。我相信你不是骗子。
多洛雷斯 不是。我要是撒过谎,就让我的舌头爬满蚂蚁,就像死人的嘴那样。上次我为一个女叫花祈祷,她不生育的时间比你还长呢,肚子使她变得温柔了,那个漂亮劲儿,一下子就在河下边生了个双胞胎,由于来不及回家,她就用一块尿布把他们带来,叫我料理。
叶尔玛 她能从河那儿走过来?

多洛雷斯　过来了。鞋子和衬裙上沾满了血……脸上可是闪着光呢。

叶尔玛　　她什么事也没有吗？

多洛雷斯　能有什么事呢？上帝就是上帝。

叶尔玛　　当然，上帝就是上帝。她什么事也不会有。只要抓住孩子，用活水把他们洗干净。动物舔它们的幼崽，是吗？我的孩子不会使我恶心的。我想，刚刚分娩的女人，心里好像被照得亮堂堂的，孩子一连几个小时睡在她们身上，倾听那温馨乳汁的涓涓细流，她们的乳房里充满了汁液，叫孩子吮吸、玩耍，直到他们不想吃了，直到他们挪开了脑袋："再吃一点儿吧，孩子……"他们的脸蛋儿和胸脯儿上全是点点滴滴的白色的乳汁。

多洛雷斯　现在你将有一个儿子了。我可以向你保证。

叶尔玛　　我会有的，因为我必须得有。否则我就不明白这个世界。有时候，当我确信"绝不会，绝不会……"的时候，就会有一股火浪从两脚涌上来，我会觉得万物皆空，街上的行人、公牛和石头，都好像棉花似的。我寻思："它们在这儿有什么意义呢？"

老妇甲　　一个结了婚的女人想孩子是好事，可既然没有，想他们干什么呢？在这个世界上最重要的是过日子。我不是批评你。你看见了我是怎样为这些祈祷出力的。可是你拿什么吉星、拿什么幸福、拿什么金交椅给你的儿子呢？

叶尔玛　　我不想明天，只想今天。你已经老了，你把一切都看得像一本读过的书似的。我想，我只有渴望，没有自由。我想自己的怀里有一个儿子，那样我睡得踏实。请你听清楚，而且不用吃惊；即使我明知道日后我的儿子会折磨我，会仇恨我，而且会揪着我的头发满街上走，我也会欢迎他的出生的，因为为一个用匕首刺伤我们的活人哭泣比为那个成年累月地压在我们心上的幽灵哭泣要好得多。

老妇甲　你还太年轻，还不懂得听人劝告。不过在等待上帝恩赐的同时，你应该在丈夫的爱情里寻求庇护。

叶尔玛　啊！你的手指可是触到我肌体上最深的痛处了！

多洛雷斯　你丈夫是好人。

叶尔玛　（站起）

是好人！是好人！那又怎么样？但愿他是坏人。可他不是。他沿路放羊，晚上数钱。当他跟我睡的时候，他尽了自己的义务，可我觉得他的腰是凉的，好像是个死人的尸体。而我呢，尽管我一向讨厌狂热的女人，可在那个时候也愿意像座火山似的。

多洛雷斯　叶尔玛！

叶尔玛　我不是结了婚的下流女人，可我知道孩子是男人和女人共同生出来的。唉，要是我一个人能生就好了！

多洛雷斯　你要想想你丈夫也在难过。

叶尔玛　他不难过。因为他不想要孩子。

老妇甲　别这么说！

叶尔玛　我能从他的眼神上看出来，由于他不想要，所以不让我生。我不爱他，不爱他，可他是我唯一的救星。为了名誉和家族。我唯一的救星。

老妇甲　（害怕地）

|||天就要亮了。你该回家了。
多洛雷斯　羊群最先出来，别让他们看见你独自一个人。
叶 尔 玛　我需要这种发泄。这些祷告，我要重复几次？
多洛雷斯　月桂经要念两遍，中午要诵圣安娜经。你发现自己怀孕时，把那袋子小麦给我送来，你答应过的。
老 妇 甲　山顶上已经发亮了。你走吧。
多洛雷斯　马上就开大门了，你要从水渠边绕着过去。
叶 尔 玛　（气馁地）

我真不知道为什么到这儿来！

多洛雷斯　你后悔了？
叶 尔 玛　不。
多洛雷斯　（惶惑地）

要是你害怕，我送你到街口。

老 妇 甲　（不安地）

你到家时，天就亮了。

〔人声。

多洛雷斯　别说了！

（倾听）

老 妇 甲　没人。上帝保佑。

〔叶尔玛走向门口，这时有人叫她。三个女人都愣住了。

多洛雷斯　谁？
人　　声　我。
叶 尔 玛　开门。

〔多洛雷斯犹豫不决。

叶尔玛　开还是不开?

〔有人窃窃私语。胡安和两个小姑子出场。

小姑子乙　她在这儿。

叶尔玛　我在这儿

胡　　安　你在这个地方干什么?如果我大声叫嚷,会把全村人都叫起来,看看我家的名声,因为你是我的女人。

叶尔玛　要是你大声叫嚷,我也会大声叫嚷,叫大家甚至连死人都起来,看看我浑身的清白。

胡　　安　不,不能那样!除了这个,我什么都能忍受。你欺骗我,蒙蔽我,我是种地的汉子,没你那么多鬼主意。

多洛雷斯　胡安!

胡　　安　你们,什么也别说!

多洛雷斯　(有力地)

你女人没干任何坏事。

胡　　安　从举行婚礼的那天起,她就一直在干。看我的时候,两只眼睛像针一样,整夜整夜地不睡觉,睁着眼睛在我身旁,弄得卧室里全是可恶的长吁短叹。

叶尔玛　住口!

胡　　安　我忍无可忍了。因为只有铁打的人才能看着身边的女人把手指戳进他的心里,看着她深更半夜地走出家门,去找什么?你说!找什么?街上没有可采的花。到处是雄性动物。

叶尔玛　我不许你再说一个字。一个字也不行。你和你的人以为,你们是唯一维护名誉的人,可你不知道,我的家族从没有任何见不得人的事情。来吧。你过来,闻闻我的衣服,你过来!看看能不能闻出不是你的气味,不是你身上发出的气味。你可以在广场中央把我的衣服剥光,你可以往我身上吐唾沫。你可以为所欲为,因为我是你的女人,但是,你不能把男人的名字加在我的胸脯上。

胡　　安　做这种事的人不是我,而是你和你的行动,村里人对此已经开始说长道短了。已经开始清清楚楚地议论此事。我一走近人群,大家就不吭声了,哪怕我去称面粉,大家也不吭声,就连夜晚在田里,当我醒来时,我觉得连树枝都不做声了。

叶尔玛　我不知道为什么会刮起使小麦倒下去的龌龊的风,你看,是不是小麦不好!

胡　　安　我不知一个女人不在家里,时刻在外面找什么。

叶尔玛　（在冲动中,拥抱她的丈夫）
我找你。我在找你,我日夜找的就是你,因为我没有呼吸的地方。我所渴求的正是你的血液和你的保护。

胡　　安　躲开我!

叶尔玛　别让我离开,跟我在一起。

胡　　安　去!

叶尔玛　你看我独自一人。就像月亮在天空中寻找自己。你瞧着我!
（注视着他）

胡　　安　（看她,并粗暴地把她推开）
放开我!

多洛雷斯　胡安!

［叶尔玛倒在地上。

叶尔玛 （高声地）

我去找我的石竹花，却撞在墙上。啊！啊！我就该在这堵墙上碰得头破血流。

胡　安　住口。我们走。

叶尔玛 （叫喊）

我的父亲太可恶了，因为他把能生一百个儿子的血液给了我！我的血液太可恶了，因为它在四处碰壁地寻找他们！

胡　安　我说了，住口！

多洛雷斯　来人了！小声点！

叶尔玛　没关系。至少要让我说话，现在我可要走向深渊的最底层了。

（站起）

至少让这美好的充满空间的声音从我的身体中解脱出来。

［人声。

多洛雷斯　他们过这边来了。

胡　安　肃静。

叶尔玛　对！对！肃静。别担心。

胡　安　我们走吧。快！

叶尔玛　行了！行了！我自己着急是没有用的！用头脑来爱是一回事……

胡　安　住口。

叶尔玛 （低声地）

用头脑来爱是一回事，而身体则是另一回事，可恶的是身体!它不让我们这样做。这是命中注定而我不会赤手空拳地和大海去搏斗。好了!让我的嘴沉默吧!

(下场)

幕落

第二场

深山中,一座神殿的周围。近景,一些车轮、毯子,构成一个简陋的商店,叶尔玛在那里。女人们带着供品走进神殿。第一幕中的欢乐老妇人在舞台上。幕内歌声起:

当你是闺女,

无缘识尊容。

待到结婚后,

与你会相逢。

午夜黑茫茫

钟声正敲响,

我在庙会上

会让你脱光。

老　妇　(嘲讽地)

你们喝过圣水了吗?

女人甲　喝过了。

老　妇　现在,看看那个人。

女人乙　我们相信他。

老　　妇　你们来向圣徒求子，可到庙会来的光棍汉却越来越多。这是怎么回事？

（笑）

女 人 甲　既然你不相信，到这里来干什么？

老　　妇　来瞧瞧。为了来瞧瞧，我都要发疯了。还要照顾我的儿子。去年为了争一个不生育的媳妇，有两个男人丧了命，我想看着点。即使我什么也不为，至少是因为我想来。

女 人 甲　愿上帝宽恕你！

〔人们进来。

老　　妇　（讥讽地）

还是宽恕你吧。

（离去）

姑 娘 甲　来了吗？

马 丽 亚　车就在这儿。我费了好大的劲儿，她们才来的。她已经在椅子上坐了一个月了。我怕她。我有个念头，我也不知道是个什么念头，反正是个坏念头。

姑 娘 甲　我是和姐姐一起来的。她来了八年了，毫无结果。

马 丽 亚　该有孩子的就会有。

姑 娘 乙　我也这么说。

〔人声。

马 丽 亚　我从来不喜欢这个庙会。咱们到场院去吧，人都在那里。

姑 娘 甲　去年，天黑的时候，一些小伙子揪我姐姐的乳房。

马丽亚　方圆四里瓜①之内，到处是难听话。

姑娘甲　在神殿后面，我看见有四十多桶葡萄酒。

马丽亚　成群的光棍汉像河水似的涌下山来了。

　　　　［走开。人声嘈杂。叶尔玛和六个去教堂的女人进场。

　　　　她们赤脚行走，拿着有花纹的大蜡烛。天色渐暗。

叶尔玛　主啊，让玫瑰开花

　　　　别把花给我抛在阴影下。

女人乙　在她枯萎的肌体上

　　　　让黄色的玫瑰开放。

叶尔玛　在你女仆的肚子里面

　　　　是大地昏暗的火焰。

众女人合　主啊，让玫瑰开花

　　　　别把花给我抛在阴影下。

　　　　（众女人跪下）

叶尔玛　天上有花园

　　　　种满欢乐的玫瑰，

　　　　在玫瑰花丛中

　　　　有一朵神奇的花。

　　　　好像黎明的光线，

　　　　天使守护着她，

　　　　翅膀恰似风暴，

　　　　眼睛宛如闪电。

---

① legua，即西班牙里（里程单位，合5572.7米）。

　　　　　在她叶片的周围
　　　　　乳汁温馨的细流
　　　　　将平静星星的脸庞
　　　　　打湿并玩耍。
　　　　　主啊！让你的玫瑰开放
　　　　　在枯萎的肌体上。
　　　　[众女人起来。

女 人 乙　主啊，用你的手来平和
　　　　　她面颊上的烈火。

叶 尔 玛　在你神圣的庙会
　　　　　请听她的忏悔。
　　　　　尽管我的肌体布满针刺
　　　　　请绽开你的玫瑰。
　　　　　主啊，让玫瑰开花，
　　　　　别把花给我抛在阴影下。
　　　　　在我枯萎的肌体上，
　　　　　神奇的玫瑰开放。

　　　　[众人进去。姑娘们从左边跑着出来，手上拿着长长的飘带。另外三个姑娘从右边跑着出来，望着身后。舞台上，人声和马匹的铃铛声越来越响。在更高的层面上，出现七个姑娘，她们向左面挥舞着飘带。嘈杂声更高，两个头戴民间面具的人物进场。一个代表雄性，一个象征雌性。他们戴着很大的假面具。雄性的拿着一只牛角。一点儿也不粗野，相反却很优美，并具有

纯朴的乡土气息。雌性的挥舞一串大铃铛。舞台深处充满了人群，他们一边叫喊一边对舞蹈发表评论。夜已深。

孩 子 们　魔鬼和他的老婆！魔鬼和他的老婆！

雌　　性　在山区的河水里
　　　　　伤心的妻子在沐浴。
　　　　　水中一只只的蜗牛
　　　　　爬上她的躯体。
　　　　　岸上的沙粒
　　　　　和山间的风
　　　　　使她的笑容燃烧
　　　　　使她的脊背颤动。
　　　　　啊，姑娘的裸体
　　　　　沐浴在水中！

男　　孩　啊，她满腹怨言！

男 人 甲　啊，清风与河水
　　　　　使爱情凋残！

男 人 乙　在等谁，快开言！

男 人 甲　在等谁，快开言！

男 人 乙　唉，肚儿已干瘪，
　　　　　脸色更难看！

雌　　性　庙会明亮的夜晚
　　　　　那时我会直言。
　　　　　待到庙会的夜晚

　　　　　我会撕破裙边。
男　　孩　夜晚顷刻来到。
　　　　　啊,黑夜正在降临!
　　　　　请看山中的溪水
　　　　　变得多么浑!
　　　　　[吉他声响起。
雄　　性　(站起并挥舞牛角)
　　　　　啊,多么洁白,伤心的妇人!
　　　　　啊,在花丛中,牢骚满腹!
　　　　　一旦那汉子将斗篷铺开
　　　　　你将会变成虞美人和石竹
　　　　　(走近)
　　　　　如果你来庙会
　　　　　乞求腹中儿男,
　　　　　别穿黑色丧服
　　　　　换上透明绸衫。
　　　　　只身到墙后面
　　　　　无花果密林里边,
　　　　　承受我泥土之躯,
　　　　　直至黎明白色的呼唤。
　　　　　啊,一片光辉灿烂!
　　　　　啊,一片光辉灿烂!
　　　　　啊,妇人颤成一团!
雌　　性　啊,爱情为她戴上

>
> 王冠和花环,
>
> 金灿灿的投枪
>
> 刺进她的胸间!
>
> 七次呻吟,
>
> 九次站起,
>
> 十五次会合,
>
> 甜橙与茉莉。

男 人 丙　给她一牛角!

男 人 乙　玫瑰与舞蹈!

男 人 甲　妇人啊,抖得不得了!

　　　　　雄性在庙会上面

　　　　　男人说了算。

　　　　　丈夫是公牛。

　　　　　堂堂男子汉

　　　　　逛庙的花朵们,

　　　　　都讨他喜欢。

男　　孩　给她吹口气!

男 人 乙　给她一树干!

雄　　性　请来看火焰

　　　　　她沐浴其间!

男 人 甲　像灯芯草一样弯曲。

雄　　性　像花朵一样疲倦。

男 人 们　姑娘们,请到另一边!

雄　　性　将舞蹈点燃

还有俊媳妇

闪光的身段。

〔人们拍着手掌欢笑地跳舞。唱歌。

天上有花园

玫瑰多喜欢,

一朵神奇的花

开在园中间。

〔两个姑娘叫喊着重又走过。老妇欢乐地进场。

老　　妇　看然后是不是让我们睡觉。不过然后就该是她了。

〔叶尔玛进场。

你!

〔叶尔玛无精打采,不说话。

告诉我,你来干什么?

叶 尔 玛　不晓得。

老　　妇　你不相信你丈夫了?

〔叶尔玛显得疲惫不堪,一种固执的念头使她头昏脑涨。

叶 尔 玛　在那儿。

老　　妇　干什么呢?

叶 尔 玛　喝酒呢。

(停顿。用双手捂着前额)

唉!

老　　妇　唉,唉,少来点叹息,多来点朝气!从前我什么也没对你说,现在是时候了。

叶 尔 玛　你要和我说什么我不知道的事情来着!

老　　妇　已经不能不说了。这是明摆着的事儿。问题在你丈夫身上。听见了吗？要不然，我把自己的双手剁掉。无论是他父亲，他祖父，还是他曾祖父，都不像男子汉。他们都是唾沫做的，软胎货。可你们家的人就不同。你在方圆一百里瓜内，到处都有兄弟姐妹或表兄弟、表姐妹。你看多么倒霉的事儿落在了你这美人儿的身上。

叶尔玛　倒霉。一坑的毒液浇在了麦穗上。

老　　妇　可是你有两只脚，可以离开你的家。

叶尔玛　离开我的家？

老　　妇　我在庙会一见到你，心里就扑通一跳。女人们到这里是另找男人来的。而创造奇迹的却是圣徒。我儿子在神堂后面坐着等你。我的家需要一个女人。跟他去吧，咱们三个人一起过日子。我的儿子，可有血性。像我一样。如果你去我的家，那里现在还有摇篮气味呢。你褥子的灰儿就会变成养儿育女的面包和食盐。他人对你无关紧要。至于你丈夫，我家有的是胆量和武器，叫他连那条街也不敢过。

叶尔玛　住嘴！住嘴！没那回事！我绝不会那么做！我不会去的。你以为我会去找另一个男人吗？我的名誉往哪儿摆？水不会倒流，月亮也不会在中午出来。去你的吧！我会继续走我的路。你认真地想过我会委身于另一个男人吗？让我像一个奴婢一样去要求本来属于我的东西吗？你要知道我是什么人，永远别再跟我讲这种话。我不会去找。

老　　妇　当一个人口渴的时候，就会感谢水的。

叶尔玛　我是一片干渴的田野，那里容得下一千对耕牛犁地，可你给我的却是一小杯井水。我的痛苦已经不在肉体上。

老　　妇　（强有力地）

那么就这样下去吧。这可是你愿意的。就像旱地里扎手、干枯的刺儿菜一样。

叶尔玛　干枯，是的，我知道！干枯！用不着你来数落我。你别像小孩子似的，拿奄奄一息的小动物寻开心。从我结婚的时候起，我就在掂量这句话，不过这是我第一次听人说起它，第一次有人当面对我说。我第一次看到这是真的。

老　　妇　你用不着可怜我，一点不用。我会为我儿子去找别的女人。

〔离去。远处传来香客们合唱的歌声。叶尔玛向马车走去，她丈夫从车后面出来。

叶尔玛　你一直在那儿？

胡　　安　在。

叶尔玛　监视？

胡　　安　是的。

叶尔玛　听见了？

胡　　安　听见了。

叶尔玛　怎么样？别理我，到唱歌的地方去吧。

（坐在毯子上）

胡　　安　也该我说说了。

叶尔玛　说吧！

胡　　安　该我发发怨气了。

叶尔玛　为什么？

胡　　安　我的苦在嗓子里。

叶尔玛　我的苦在骨子里。

胡　　安　已经到了忍受这无休无止的痛苦的最后时候了，这完全是由于不明不白的生活以外的事情造成的，是由悬在半空中的事情造成的。

叶尔玛　（吃惊而又动情地）

你说是生活以外的？你说是悬在半空中的？

胡　　安　由于那些根本没发生的事情，你我都无可奈何的事情。

叶尔玛　（强烈地）

说下去！说下去！

胡　　安　由于那些对我来说，无关紧要的事情。听见了吗，对我无关紧要。我必须向你说明白。对我来说，重要的是手中的东西。看得见的东西。

叶尔玛　（跪着欠起身来，绝望地）

是这样，就是这样。这就是我一直想从你嘴里听到的……当事实在心里的时候，人并不觉得，可当它表现出来并举起手臂的时候，它便会变得很大而且会大喊大叫！对他无关紧要！我已经听见了！

胡　　安　（靠近）

你想想，应该如此。听我说。

（抱她，欠起身）

许多女人要是过你这样的生活，会觉得幸福的。没有孩子，生活更加甜蜜。没有孩子，我很幸福。我们没有任何过错。

叶尔玛　那么你在我身上寻求什么呢?

胡　　安　你本人。

叶尔玛　(冲动地)

原来如此! 你寻求的是房子、平静和一个女人。然而仅此而已。我说的是真的吗?

胡　　安　是真的。像所有的男人一样。

叶尔玛　别的呢? 你的儿子呢?

胡　　安　(强烈地)

你没听见对我无关紧要吗? 不要再问我了! 我是不是必须在你的耳边大叫你才听得见,看看你会不会从此安静下来!

叶尔玛　当你看见我想要孩子的时候,你就从来没有想过他吗?

胡　　安　从没想过。

　　　　　[两个人坐在地上。

叶尔玛　我不能等着他吗?

胡　　安　不能。

叶尔玛　你也不能吗?

胡　　安　我也不能。忍耐吧!

叶尔玛　枯萎!

胡　　安　平静地生活吧。一个人和另一个人,温柔地,愉快地。拥抱我!

叶尔玛　(抱住他)

你在寻找什么?

胡　　安　我在寻找你。你在月光下很漂亮。

叶尔玛　你寻找我就像你想吃一只雌鸽一样。

胡　　安　吻我……就这样。

叶尔玛　不，绝不。

[叶尔玛叫了一声并掐住丈夫的喉咙。后者向后倒下。她掐住他的喉咙直至将他掐死。响起庙会的歌声。

枯萎，枯萎，但是踏实。现在是的，我真的知道他了。而我剩下一个人了。

（站起身）

[人们开始到来。

我要去休息了，不会突然惊醒了，用不着查看我的血液是否在预示另一个人血液的到来了。我的身体永不会生育了。你们想知道什么？你们别靠近，因为我杀死了自己的儿子，我亲手杀死了我的儿子！

[背景中的一伙人赶到。响起庙会的歌声。

幕落

全剧终

贝纳尔达·阿尔瓦之家

（西班牙乡村妇女剧目）

人　物

贝纳尔达（60岁）

马利亚·何塞法（贝纳尔达之母，80岁）

安古斯蒂娅（贝纳尔达之女，39岁）

马格达莱娜（贝纳尔达之女，30岁）

阿梅丽娅（贝纳尔达之女，27岁）

马蒂里奥（贝纳尔达之女，24岁）

阿黛拉（贝纳尔达之女，20岁）

蓬西娅（女仆，60岁）

女仆（50岁）

普路登西娅（50岁）

女乞丐

妇女甲

妇女乙

妇女丙

妇女丁

小姑娘

送葬妇女多名

作者提示：这三幕的场景应具有纪实性。

第一幕

贝纳尔达家极洁白的寝室。很厚的墙壁。门上都挂着麻布的门帘,下垂流苏。藤椅。以神话中国王或仙女令人难以置信的场景为题材的绘画。时值夏令。阴暗的寂静笼罩着舞台。幕起时台上无人。响起教堂的钟声。女仆上。

女　　仆　这钟声都敲到我太阳穴里去了。

蓬 西 娅　(吃着香肠和面包,上)

　　　　　当当当地响了两个多钟头了。各村的神父都来了。现在教堂很漂亮,念头一遍悼亡经,马格达莱娜就晕过去了。

女　　仆　如今她更孤单了。

蓬 西 娅　只有她喜欢父亲。唉!谢天谢地,让我们肃静一会儿!我吃东西来了。

女　　仆　要是让贝纳尔达看见!……

蓬 西 娅　她想让咱们都饿死,好像她什么也不吃似的。指手画脚!发号施令!不过她烦着呢!我把香肠缸给她打开了。

女　　仆　(伤心而又渴望地)

　　　　　蓬西娅,你为什么不给我女儿留一点?

蓬 西 娅　进来,你拿点鹰嘴豆走。今天没人查。

人　　声 （屋内）

　　　　　贝纳尔达！

蓬 西 娅　老太婆。门关好了吗？

女　　仆　上了两道锁。

蓬 西 娅　可你还应该上上闩。她的五个手指就像五把改锥似的。

人　　声　贝纳尔达！

蓬 西 娅 （高声地）

　　　　　来了！

　　　　　（对女仆）

　　　　　都擦干净。要是不擦得锃亮，贝纳尔达会把我剩下的几根头发揪光的。

女　　仆　什么女人呀！

蓬 西 娅　她是周围所有人的暴君。她会坐在你心尖上，看着你怎样在一年内死去，脸上会永远挂着那可恶的冷笑。擦净，把陶器擦干净！

女　　仆　我的手都擦出血来了。

蓬 西 娅　她，最干净；最体面；最高贵。她可怜的丈夫可以好好休息了！

　　　　　［钟声停止。

女　　仆　他们的亲戚都来了吗？

蓬 西 娅　她的全来了。她丈夫的亲戚都恨她。他们来看过遗体并对她画了十字。

女　　仆　椅子够用了吗？

蓬 西 娅　有富余。她愿让他们坐在地上。自从贝纳尔达的父亲

　　　　　　去世，人们就没进过这些房间。她不愿让他们看到自己当家做主。真可恶！

女　　　仆　可她对你挺好。

蓬　西　娅　我给她洗了三十年床单，吃了她三十年剩饭；夜里她咳嗽时看着她；白天整天整天地从门缝里监视邻居们的行动，然后向她汇报。两个人之间没有任何隐私，然而真是可恶！恨不得让她眼睛里长疔！

女　　　仆　老太婆！

蓬　西　娅　可我是条好狗，让我叫时我才叫，只有她嗾我时我才咬那些乞丐的脚后跟；我的儿子都给她种地，有两个已经结了婚，早晚有一天我会厌烦的。

女　　　仆　那一天……

蓬　西　娅　那一天我要把她关在一间屋子里，啐她一年。"贝纳尔达，为了这个，为了那个，为了另一个。"直到她像一条被孩子们折腾的四脚蛇，她和她全家都该当如此。当然，我不羡慕她的生活。她只剩下五个女儿，五个丑闺女。除了老大，安古斯蒂娅，是第一个丈夫的，她有钱，剩下的几个，有许多绣的花边，有许多线织的衬衣，可是遗产却只有葡萄和面包。

女　　　仆　可我倒想有呢。

蓬　西　娅　咱们有自己的一双手和真理的大地上的一个坑。

女　　　仆　这是咱们这些一无所有的女人们唯一的土地。

蓬　西　娅　（在食橱旁）

　　　　　　这块玻璃有几个斑点。

女　　仆　用肥皂和抹布都擦不掉。

　　　　　［钟声响起。

蓬　西　娅　最后一遍悼亡经。我要去听听。我特别喜欢教区神父的吟唱。从"我们的圣父"就提高嗓门儿，就像一个坛子渐渐装满水一样，结束时自然会像鸡叫一样；不过听着还是挺带劲儿。如今没有人像先前的童恰皮诺斯教士那样了。在为我母亲做弥撒时，"愿她升天，"他唱道。声音震得墙壁嗡嗡乱响，等到他说"阿门"的时候，就像教堂里进来了一条狼。

　　　　　（模仿教士）

　　　　　阿门——门——门——门——恩！

　　　　　（咳嗽起来）

女　　仆　你会把嗓子眼儿弄坏的。

蓬　西　娅　别的眼儿早就弄坏了。

　　　　　（笑着出去）

　　　　　［女仆擦洗，响起钟声。

女　　仆　（唱着）

　　　　　叮当，叮当，叮叮当。上帝已把他原谅！

女　乞　丐　（领着一个女孩）

　　　　　赞美上帝！

女　　仆　叮当，叮叮当。等我们好多年！叮当，叮叮当。

女　乞　丐　（用力并有些生气地）

　　　　　赞美上帝！

女　　仆　（愤怒地）

没完了!

女乞丐　我是来要剩饭的。

[钟声停。

女　仆　从门口出去,到街上去吧。今天的剩饭归我了。

女乞丐　老太太,你有人给你挣。我和女儿独自生活。

女　仆　狗都是独自生活,它们照样活着。

女乞丐　人们总是给我的。

女　仆　走。谁叫你们进来的!你们已经把地给我踩脏了。

(她们离开,女仆擦地)

油漆地板,柜橱,立柱,钢丝床,我们这些住在茅屋里的女人,只有一个盘子,一把勺子,就得忍气吞声地干。但愿有朝一日,我们连一个人都别剩。

[钟声又起。

对,对,敲吧!让那镶金边的棺材到来并盖上丝巾把它抬走吧!到时候你会和我一样的!忍着吧!安东尼奥·马利亚·贝纳维德斯,穿上你的呢子礼服和高筒皮靴,忍着吧!你不能再在牲口棚的门后撩我的衬裙了!

[从舞台深处,身着丧服的女人开始一对一对地上场。她们围着巨大的头巾,身穿黑裙,手拿黑扇。她们缓缓走来,直至占满舞台。女仆喊叫起来。

啊!安东尼奥·贝纳维德斯,你已看不见这些墙壁也吃不到这个家里的面包了!我是服侍过你的最好的女仆。

（揪自己的头发）

你走了，我还得活着吗？我得活着吗？

〔二百名穿丧服的女人都进来了，贝纳尔达和五个女儿上场。

贝纳尔达 （对女仆）

安静！

女　　仆 （哭着）

贝纳尔达！

贝纳尔达 少叫点，多干点。为了接待送葬的人，你应尽量擦得更干净。去吧，这不是你待的地方。

〔女仆哭着离开。

穷人就和畜生差不多，好像是另外的料做成的。

妇　女　甲 穷人同样有自己的痛苦。

贝纳尔达 但在一盘鹰嘴豆面前，他们就把自己的痛苦忘掉了。

小　姑　娘 （腼腆地）

活着就得吃饭。

贝纳尔达 你这样的年纪，没资格在大人面前说话。

妇　女　甲 闺女，住嘴。

贝纳尔达 我不允许任何人教训我。坐下。

〔众人落座。停顿。有力地。

马格达莱娜，别哭了，要哭到床下哭去。你听见没有？

妇　女　乙 （对贝纳尔达）

你们开始打场了没有？

贝纳尔达 昨天开始了。

妇 女 丙　太阳下山了,像铅一样。

妇 女 甲　好多年没这么热了。

　　　　　〔停顿。女人们都扇扇子。

贝纳尔达　柠檬汁做好了吗?

蓬 西 娅　做好了,贝纳尔达。

　　　　　〔端一个托盘出来,上面摆满了白色的小罐儿,分给众人。

贝纳尔达　给那些男人送去。

蓬 西 娅　他们在院里喝呢。

贝纳尔达　叫他们从哪儿进来从哪儿出去,我可不愿他们从这里经过。

小 姑 娘　(对安古斯蒂娅)

　　　　　"罗马人"贝贝和送葬的人在一起来着。

安古斯蒂娅　他是在那儿来着。

贝纳尔达　他母亲在那里。她看见了他母亲。但她和我都没看见贝贝。

小 姑 娘　我觉得……

贝纳尔达　达拉哈里的鳏夫倒真的在那儿。他就在你姑妈旁边。我们女人们都看见了他。

妇 女 乙　(旁白,小声地)

　　　　　真坏,坏透了!

妇 女 丙　(同样地)

　　　　　真是刀子一样的舌头!

贝纳尔达　女人在教堂里,除了司仪神甫之外,不应看任何男人,可以看司仪神甫,因为他是穿裙子的。左顾右盼无非是在找汉子。

妇 女 甲　(低声地)

　　　　　　　　老蜥蜴精！

蓬　西　娅　（在牙缝里说）

　　　　　　　　想汉子都想抽搐了！

贝纳尔达　赞美上帝！

众　女　人　（画十字）

　　　　　　　　永远祝福并赞美他！

贝纳尔达　安息，身边

　　　　　　　有首领神圣的陪伴！

众　女　人　安息吧！

贝纳尔达　身边有天使圣米格尔

　　　　　　　和他的正义之剑。

众　女　人　安息吧！

贝纳尔达　让他有打开一切的钥匙

　　　　　　　和关上一切的手腕。

众　女　人　安息吧！

贝纳尔达　所有的幸运者

　　　　　　　和田野之光都在他身边。

众　女　人　安息吧！

贝纳尔达　我们神圣的仁慈

　　　　　　　以及大地与海洋的灵魂将它陪伴。

众　女　人　安息吧！

贝纳尔达　将你神圣天国的王冠赐予

　　　　　　　你的奴仆安东尼奥·马利亚·贝纳维德斯并让他安息。

众　女　人　阿门！

贝纳尔达　（站起来并歌唱）

　　　　　　"主啊,让他们永远安息。"

众　女　人　（站立并以格列高利一世的方式演唱）

　　　　　　"让永恒之光将他们照耀。"

　　　　　　（一起画十字）

妇　女　甲　愿你能健康地为他的灵魂祈祷。

　　　　　　［排成队。

妇　女　乙　让你的女儿不缺住房。

妇　女　丁　让你能继续享用结婚时的小麦。

妇　女　丙　让你永远不缺热乎的面包。

　　　　　　［众女人列队从贝纳尔达面前走过并下场。

蓬　西　娅　（拿着一条口袋进来）

　　　　　　这口袋里是男人们送的超度亡灵的钱。

贝纳尔达　谢谢他们,给他们一杯烧酒喝。

小　姑　娘　（对马格达莱娜）

　　　　　　马格达莱娜……

贝纳尔达　（对马格达莱娜,她开始哭）

　　　　　　嘘。

　　　　　　［众人离去。对已离去的人。

　　　　　　回家对看到的一切说长道短去吧!但愿你们永远别进我的门!

蓬　西　娅　你没什么可抱怨的。全村的人都来了。

贝纳尔达　是呀,使我的家里充满了粗布裙的汗腥和她们舌头的毒液。

阿梅丽娅　妈,您别这么说。

贝纳尔达　在这可恶的村子里，就得这么说。这里没有河，吃井水，人们喝水时总是提心吊胆，生怕中毒。

蓬西娅　瞧把这瓷砖地面弄的。

贝纳尔达　就和过了一群山羊一样。

［蓬西娅擦洗地板。

丫头，把扇子给我。

阿黛拉　给您。

（把一把有红绿花卉的扇子给她）

贝纳尔达　（将扇子丢在地上）

把这样的扇子给一个寡妇？给我一把黑色的，学着点为你父亲守孝。

马蒂里奥　您用我这把。

贝纳尔达　你呢？

马蒂里奥　我不热。

贝纳尔达　还是找一把，你会需要的。在八年丧期中，不能让街上的风吹到这个家里来。你们要想到我们用砖头把门窗都堵死。我父亲和外祖父家都是这么做的。同时你们可以开始绣嫁妆了。我箱子里有二十匹麻布，你们可以裁床单和被罩。马格达莱娜可以绣起来。

马格达莱娜　对我来说，绣不绣都一样。

阿黛拉　（刻薄地）

你要不想绣，上面就没有花，这样你的嫁妆就更光彩夺目了。

马格达莱娜　既不绣我的，也不绣你们的。我知道我不会结婚。我情愿

	扛着口袋去磨房，就是不能整天整天地坐在这黑屋子里。
贝纳尔达	这是做女人的本分。
马格达莱娜	女人就是可恶。
贝纳尔达	在这里，我叫做什么就得做什么。你已经不能和你爹一起为非作歹了。针线就是婆娘的事，鞭子和骡子就是汉子的事。生在有钱人家就得这样。
	〔阿黛拉下场。
叫　　声	贝纳尔达，让我出去！
贝纳尔达	（大声地）
	你们放开她吧！
	〔女仆上场。
女　　仆	我费了好大的劲才按住她。你娘虽然八十岁了，还壮得像一棵橡树。
贝纳尔达	这是家传，我外祖父就是这样。
女　　仆	在葬礼期间，有好几回我不得不用一条空口袋堵住她的嘴，因为她要喊你，跟你要根本不能喝的刷家伙的水，还跟你要狗肉，说这是你给她吃的东西。
马蒂里奥	她存心不良！
贝纳尔达	（对女仆）
	你们让她在院子里放松放松。
女　　仆	她从首饰盒里拿出了戒指和紫水晶的耳环，自己戴上，跟我说她要结婚。
	〔众女儿笑。
贝纳尔达	你跟她去，小心点，别叫她到井边去。

女　　仆　你甭怕她跳下去。

贝纳尔达　不是为这个……因为在那里邻居们能从窗户看见她。

〔女仆下。

马蒂里奥　我们换衣服去。

贝纳尔达　去吧，不过别换头巾。

〔阿黛拉上。

安古斯蒂娅呢？

阿　黛　拉　（有意地）

我见她从门缝探头来着。男人们刚走。

贝纳尔达　你呢，你到门口干什么去了？

阿　黛　拉　看鸡是不是上窝了。

贝纳尔达　可送葬的男人们早走了！

阿　黛　拉　（故意地）

有一伙人还停在外面。

贝纳尔达　（愤怒地）

安古斯蒂娅！安古斯蒂娅！

安古斯蒂娅　（进场）

您有什么吩咐？

贝纳尔达　你在看什么？看谁呢？

安古斯蒂娅　谁也没看。

贝纳尔达　像你这样身份的女子，在为你父亲做弥撒的日子，跟在一个男人后面卖弄风骚，这正经吗？说！你在看谁？

安古斯蒂娅　我……

贝纳尔达　你！

安古斯蒂娅　没看谁。

贝纳尔达　（向前并打她）

　　　　　叫你媚！叫你骚！

蓬　西　娅　（跑上）

　　　　　贝纳尔达！冷静点！

　　　　　（拉住她）

　　　　　〔安古斯蒂娅哭着。

贝纳尔达　你们全滚开！

　　　　　〔女儿们下场。

蓬　西　娅　她没考虑到事情的后果，这的确不好。看到她躲到院子里去时，我已经觉得不对头。然后在一扇窗子后面听那些男人的谈话，像往常一样，听不见。

贝纳尔达　那些送葬的人，

　　　　　（好奇地）

　　　　　他们说什么？

蓬　西　娅　说帕卡"罗塞塔"。昨天晚上，人们把她丈夫捆在牲口棚里，把她驮在马屁股上，一直带到橄榄园的山顶上。

贝纳尔达　她呢？

蓬　西　娅　她，巴不得呢。听说乳房都露在外面。马可西米亚诺抱着她，就像弹吉他似的，可怕！

贝纳尔达　怎么样了？

蓬　西　娅　还能怎么样呢。几乎天亮了才回来。帕卡"罗塞塔"披头散发，戴着花冠。

贝纳尔达　她是我们村唯一的坏女。

蓬 西 娅　因为她不是本地人,是远处来的,和她鬼混的男人也都是外乡子弟,本地的男人不会这样。

贝纳尔达　不,他们可喜欢看,喜欢评论呢。看见这样的事情,他们会嘁手指头的。

蓬 西 娅　还说了许多别的事情。

贝纳尔达　(环顾左右而不无担心地)

　　什么事情?

蓬 西 娅　我可说不出口。

贝纳尔达　我女儿都听到了?

蓬 西 娅　当然!

贝纳尔达　这都是从她们的姑姑们那儿学来的。一个个软绵绵、娇滴滴的,那双绵羊眼睛专门留心那些不三不四的人的阿谀奉承。要想让人们变得正派和别太放纵,得吃多大苦、费多大力呀!

蓬 西 娅　可你的女儿们已经到了该操心的年龄了!你为她们出的力太少了。安古斯蒂娅该有三十好几了吧。

贝纳尔达　整三十九。

蓬 西 娅　你看。她还没有未婚夫……

贝纳尔达　(气愤地)

　　没一个有未婚夫,也不必有!她们能过得挺好。

蓬 西 娅　我并不是想惹你生气。

贝纳尔达　方圆百里之内,没有谁能靠近她。这里的人配不上她们。难道你想让我把她们随便交给什么庄稼汉?

蓬 西 娅　你应该去别的村子。

贝纳尔达　这，去卖她们!

蓬　西　娅　不，贝纳尔达，相反……显然，在别的地方，她们就是穷人了。

贝纳尔达　住口，这折磨人的舌头!

蓬　西　娅　和你没法说。咱们之间没有信任。

贝纳尔达　没有。你为我服务，我付你工钱。如此而已!

女　　　仆　(进场)

堂阿图罗来了。料理遗产来了。

贝纳尔达　咱们走。

(对女仆)

你去打扫院子。

(对蓬西娅)

你看好大箱子里死人的所有衣服。

蓬　西　娅　有的我们可以给他。

贝纳尔达　什么也不给! 一个纽扣也不给! 连给他蒙脸的手绢都不给。

［慢慢地离去，下场时回头看她的女仆们。然后，女仆们离开。阿梅里娅和马蒂里奥上。

阿梅里娅　你吃药了吗?

马蒂里奥　对我会有什么用!

阿梅里娅　可你吃了。

马蒂里奥　我做事情并非出于本意，像钟表似的。

阿梅里娅　自从来了新医生，你的精神好多了。

马蒂里奥　我也这么觉得。

阿梅里娅　你注意了吗? 举行葬礼时阿德莱达不在。

马蒂里奥　我知道了。她的未婚夫连大门都不让她出。从前多么快活；现在脸上连粉都不搽了。

阿梅里娅　现在已经说不清有未婚夫是好还是不好了。

马蒂里奥　有没有都一样。

阿梅里娅　那种使我们无法活下去的评论是万恶之源。那段时间阿德莱达可能过得很不愉快。

马蒂里奥　她怕咱妈。她是唯一了解她父亲的历史和她家土地来源的人。她每次来咱妈都要用这件事刺她。她父亲在古巴杀死了第一个老婆的丈夫，然后和她结了婚。后来在这里又抛弃了她，和另一个女人混在一起。那个女人当时有一个女儿。再往后又和阿德莱达的母亲有了关系。他第二个老婆得疯病死了以后，才和阿德莱达的母亲结婚。

阿梅里娅　这个无耻的东西，他怎么没进监狱呢？

马蒂里奥　因为男人们互相隐瞒这类事情，谁也不去告发。

阿梅里娅　不过阿德莱达并没有什么过错。

马蒂里奥　没有。不过事情是轮回往返的。我看完全是一种可怕的重复。她的命运与她母亲和祖母的一样，这是和她生父有直接关系的两个女人。

阿梅里娅　了不得的事情！

马蒂里奥　最好是永远别见到男人。从小我就怕男人。我见他们在牛棚里套牛，在嘈杂的人声和脚步声中扛小麦口袋，我总是害怕长大，怕哪一天突然被他们抱在怀里。上帝让我长得又弱又丑，使他们永远不会接近我。

阿梅里娅　你别这么说。恩里克·乌马纳斯就追求过你,他喜欢你。
马蒂里奥　这是人们的杜撰!有一回我穿着衬衣在窗户后面,甚至是大白天,因为一个农家的女孩儿和我约好要来,但没来。都是胡说八道。后来他和一个比我有钱的姑娘结了婚。
阿梅里娅　可丑得像妖精!
马蒂里奥　丑对他们有什么关系!对他们重要的是土地,牲畜和一条给他们饭吃的母狗。
阿梅里娅　唉!

　　[马格达莱娜进场。

马格达莱娜　你们干什么呢?
马蒂里奥　在这儿。
阿梅里娅　你呢?
马格达莱娜　我来各房间转转,来走走。看外婆的绣花麻布,毛线绣的小狗,黑人与狮子搏斗,咱们小时候多快活呀。那是比现在快乐的时代,一个婚礼可以延续十几天,也没有人胡说八道。如今倒是更精致了,新娘蒙着白纱,像城里一样,喝瓶装的葡萄酒,但人们说的话简直会要人的命。
马蒂里奥　天晓得是怎么回事!
阿梅里娅　(对马格达莱娜)

　　你的一只鞋的鞋带开了。
马格达莱娜　有什么大惊小怪的!
阿梅里娅　有人踩着,你就会摔倒了。
马格达莱娜　少一个人!
马蒂里奥　阿黛拉呢?

马格达莱娜　啊！她穿上过生日才穿的那套绿色衣服，到院子里去了，并且大声喊："老母鸡，你们看我！"我笑得不行。

阿梅里娅　要是让妈看见！

马格达莱娜　小可怜的！她是咱们中间最年轻的，而且有理想。我要做点什么，叫她幸福。

［停顿。安古斯蒂娅拿着几条毛巾从舞台上穿过。

安古斯蒂娅　几点了？

马格达莱娜　该有十二点了。

安古斯蒂娅　那么晚了？

阿梅里娅　就到了。

［安古斯蒂娅下场。

马格达莱娜　（有意地）

你们知道了吧？

（指着安古斯蒂娅）

阿梅里娅　不。

马格达莱娜　咱们走。

马蒂里奥　我不知你指什么……

马格达莱娜　你们俩知道得比我清楚。像两头小绵羊似的，总是脸挨着脸，但从不向任何人吐露。"罗马人"贝贝的事呗。

马蒂里奥　啊！

马格达莱娜　（模仿安古斯蒂娅）

啊！村里已经在评论。"罗马人"贝贝要和安古斯蒂娅成亲。昨晚围着她家房子转。我想很快会派媒人的。

马 蒂 里 奥　　我很高兴。是个好小伙。

阿 梅 里 娅　　我也高兴。安古斯蒂娅条件也不错。

马格达莱娜　　你们俩谁也别高兴。

马 蒂 里 奥　　马格达莱娜！你这人！

马格达莱娜　　如果他是为安古斯蒂娅这个人，为安古斯蒂娅这个女人而来，我也高兴，但他是为了钱而来。尽管安古斯蒂娅是我们的姐姐，我们都生活在这个家里，我们知道，她已经老了，又有病，她一向是我们姐妹中间最差的。因为如果她二十岁时就像一根裹着衣服的竹竿，现在已经四十岁了，像什么呢！

马 蒂 里 奥　　你不能这样说。命运会降临在最不抱希望的人身上。

阿 梅 里 娅　　无论如何，他讲实际。安古斯蒂娅有她父亲的全部钱财，是家中唯一有钱的人，因为现在咱们的父亲死了，要分遗产了，他就来找她了。

马格达莱娜　　"罗马人"贝贝才二十五岁，而且是这一带最出色的小伙子。阿梅里娅，最合情理的是来找你，或者找咱们的阿黛拉，她今年二十岁，而不是来找家里最不起眼的，找一个像她父亲一样，用鼻子说话的女人。

马 蒂 里 奥　　可能他就喜欢她！

马格达莱娜　　对你的虚伪我一向无可奈何！

马 蒂 里 奥　　上帝保佑我！

　　　　　　　　［阿黛拉上场。

马格达莱娜　　母鸡们看见你了吗？

阿 黛 拉　　你们想让我做什么？

阿梅里娅　要是咱妈看见你，会揪着你的头发在地上拖着走！

阿　黛　拉　我对那套衣服抱有许多幻想，我想在咱们到水车那里去吃西瓜的日子穿上它，那将是独一无二的。

马蒂里奥　是一套非常漂亮的衣裳。

阿　黛　拉　非常合身，是马格达莱娜裁得最好的。

马格达莱娜　而母鸡们对你说了什么？

阿　黛　拉　送给我许多跳蚤，咬了我两腿包。

〔众人笑。

马蒂里奥　你可以把它染成黑色的。

马格达莱娜　你最好把它送给安古斯蒂娅，让她和"罗马人"贝贝结婚时穿。

阿　黛　拉　（抑制住激动）

　　　　但"罗马人"贝贝……

阿梅里娅　你没听说吗？

阿　黛　拉　没有。

马格达莱娜　现在你已经知道了！

阿　黛　拉　可这不可能！

马格达莱娜　钱是万能的！

阿　黛　拉　她为这个才跟在送葬人们的后面并从门缝偷看吗？

　　　　（停顿）

　　　　而那个会……

马格达莱娜　他什么事都会干的。

　　　　（停顿）

马蒂里奥　你怎么想呢，阿黛拉？

阿　黛　拉　我想这丧服是在我一生中最坏的时候穿上的。

马格达莱娜　你会习惯的。

阿　黛　拉　（气愤地哭起来）

　　　　　　我习惯不了。我不能关在家里。我不想像你们那样，变得人老珠黄。我不想在这些房间里失去自己的洁白；明天我就穿上绿色套装到街上散步去。我要出去。

　　　　　　［女仆进场。

马格达莱娜　（专横地）

　　　　　　阿黛拉！

女　　　仆　可怜的姑娘！父亲死了，她多么难过呀……

　　　　　　（下场）

马蒂里奥　不要说了！

阿梅里娅　一个人的事就是咱们大家的事。

　　　　　　［阿黛拉平静下来。

马格达莱娜　女仆差点就听见你的话了。

　　　　　　［女仆上。

女　　　仆　"罗马人"贝贝从街上头来了。

　　　　　　［阿梅里娅、马蒂里奥和马格达莱娜都匆匆跑过去。

马格达莱娜　咱们去看看他。

　　　　　　［三人匆匆下场。

女　　　仆　（对阿黛拉）

　　　　　　你不去？

阿　黛　拉　我无所谓。

女　　　仆　他会从街角拐回来，从你的窗户看得更清楚。

〔下场。阿黛拉不无疑虑地留在台上。稍后也匆匆赶到自己的寝室。贝纳尔达和蓬西娅上场。

贝纳尔达　可恶的遗产!
蓬　西　娅　给安古斯蒂娅留下多少钱啊!
贝纳尔达　是的。
蓬　西　娅　几个妹妹,少得多。
贝纳尔达　你跟我说了三回了,我不愿反驳你。少得多,少得多。用不着你再提醒我。
〔安古斯蒂娅上场,脸上浓妆艳抹。
安古斯蒂娅!
安古斯蒂娅　母亲。
贝纳尔达　你居然有勇气往脸上搽粉?你居然有胆量在你父亲去世的日子洗脸?
安古斯蒂娅　他不是我父亲,我父亲早死了,难道您不记得他了吗?
贝纳尔达　你欠这个人的,比欠你亲生父亲的还多,他是你妹妹们的亲生父亲。多亏了他,你才有那么多财产。
安古斯蒂娅　这我们得看一看。
贝纳尔达　只当是为了体面和尊敬!
安古斯蒂娅　母亲,您让我出去吧。
贝纳尔达　出去?你先把脸上的粉擦掉再说。甜腻腻的!花枝招展!你姑姑们的镜子!
(强行用一块手帕给她把粉擦去)
现在,去吧!
蓬　西　娅　贝纳尔达,别这么找碴儿!

贝纳尔达　就算我妈疯了，我可是五种感觉统统正常，我很清楚自己在做什么。

［众女人进场。

马格达莱娜　怎么了？

贝纳尔达　没怎么。

马格达莱娜　（对安古斯蒂娅）

要是讨论遗产分配，你最富，一切都可以归你。

安古斯蒂娅　把你的舌头收在嘴里吧。

贝纳尔达　（跺着地）

你们别想跟我作对。只要我不蹬腿，不管是我的事还是你们的事，都得我说了算！

［只听得一阵人声，贝纳尔达的母亲马利亚·何塞法上场。老态龙钟，头上和胸前戴满了花。

何塞法　贝纳尔达，我的头巾在哪儿？我不愿把任何东西留给你们，无论是我的戒指还是我的波纹布的黑礼服，因为你们谁也不会结婚。谁也不会！贝纳尔达，把我的珍珠项链给我。

贝纳尔达　（对女仆）

你们怎么叫她进来了？

女仆　（颤抖地）

她逃出来的。

何塞法　我逃是因为我想结婚，因为我想和一个海边的漂亮小伙结婚，这里的男人见了女人就躲。

贝纳尔达　您别说了，老娘！

何 塞 法　不,我就说!我不愿这些姑娘们急得火烧火燎的,渴望着结婚,不愿看着她们肠枯心碎,我想回我的老家。贝纳尔达,我想找个男人结婚,我想要快乐。

贝纳尔达　把她关起来!

何 塞 法　让我出去,贝纳尔达!

　　　　　[女仆抓住马利亚·何塞法。

贝纳尔达　你们帮她一把!

　　　　　[众女人一起拖着老太婆。

何 塞 法　我要离开这儿!贝纳尔达!我要去海边结婚,去海边!

幕落

第二幕

贝纳尔达家中洁白的房间。左边的门都向着寝室。贝纳尔达的女儿们都坐在矮凳上做针线。马格达莱娜在刺绣。蓬西娅与她们在一起。

安古斯蒂娅　我已经裁好第三条床单了。
马 蒂 里 奥　这是阿梅里娅的。
马格达莱娜　安古斯蒂娅,我把贝贝姓名字头的字母也放上去吗?
安古斯蒂娅　(干巴巴地)

　　　　　　不。
马格达莱娜　(大声地)

　　　　　　阿黛拉,你不来了?
阿 梅 里 娅　可能在床上躺着呢。
蓬 　西　 娅　这丫头有什么心事。我见她不踏实,哆嗦,不安心,好像怀里揣着一条蜥蜴似的。
马 蒂 里 奥　她的心事和我们的没有什么两样。
马格达莱娜　我们,安古斯蒂娅除外。
安古斯蒂娅　我挺好,谁心里憋得慌,就炸开好了。
马格达莱娜　当然应该承认你最好的东西是你的身材和细嫩。

安古斯蒂娅　幸运的是我很快就会离开这个鬼地方了。

马蒂里奥　别说这个了。

安古斯蒂娅　而且匣子里的黄金比脸上的黑眼睛更宝贵!

马格达莱娜　我这个耳朵进去,那个耳朵出去。

阿梅里娅　(对蓬西娅)

　　　　　　把院子的门打开,看能不能透点气。

　　　　　(女仆将门打开)

马蒂里奥　昨天一晚上我都热得睡不着。

阿梅里娅　我也一样。

马格达莱娜　我起来乘凉了。有一片乌云,甚至还下了几滴雨。

蓬西娅　那时是凌晨一点钟,地上的热气正上来。我也起来了。安古斯蒂娅和贝贝还在窗口呢。

马格达莱娜　(嘲讽地)

　　　　　　那么晚,几点走的?

安古斯蒂娅　马格达莱娜,你问什么呢,你看见了吗?

阿梅里娅　大约是一点半走的。

安古斯蒂娅　是吗?你怎么知道?

阿梅里娅　我觉得有人咳嗽,而且听见他的马蹄声了。

蓬西娅　可我觉得是四点左右走的。

安古斯蒂娅　不是他。

蓬西娅　我敢肯定。

马蒂里奥　我觉得也是这样。

马格达莱娜　真是怪事!

　　　　　(停顿)

蓬 西 娅　　喂,安古斯蒂娅,他第一次靠近你的窗户时,跟你说什么了?
安古斯蒂娅　没说什么。能说什么呢?随便聊聊。
马 蒂 里 奥　的确是奇怪,两个互不相识的人突然在窗口相遇,立马儿就成了未婚夫妻。
安古斯蒂娅　这对我一点也不稀奇。
阿 梅 里 娅　我可不知会怎么样。
安古斯蒂娅　不会,因为当一个男人走近窗栏时,已经知道为什么来往,知道带来和带走什么,知道人家会对他说"是"。
马 蒂 里 奥　好;可他也得对你说呀。
安古斯蒂娅　当然了!
阿 梅 里 娅　(好奇地)

　　　　　　他怎么对你说的?
安古斯蒂娅　就说:"你已经知道了,我在追求你。我需要一个善良贤惠的女人,如果你愿意,这个女人就是你。"
阿 梅 里 娅　我对这样的事情感到羞耻!
安古斯蒂娅　我也同样,不过总得经过这样的事情。
蓬 西 娅　　他说别的事情了吗?
安古斯蒂娅　是的,一直都是他说。
马 蒂 里 奥　你呢?
安古斯蒂娅　我说不出口。心都要从嘴里跳出来了。我头一回在夜里单独和一个男人在一起。
马格达莱娜　一个那么漂亮的男人。
安古斯蒂娅　身材不坏。
蓬 西 娅　　这样的事情只发生在有点教养的人之间,聊呀,说呀,

		招招手……我丈夫"朱顶雀"埃瓦里斯托阿第一次到我窗口时……哈，哈，哈。
阿梅里娅	怎么了？
蓬 西 娅	天特别黑。我看见他过来了，一到就对我说："晚上好。"我也对他说："晚上好。"我们足有半个多钟头没说话。我浑身直冒汗。这时他过来了，因为他想从铁栏杆钻进来，还小声说："过来让我摸摸！"

［众人笑。阿梅里娅站起来跑去从门缝监视。

阿梅里娅	喂！我想咱妈来了。
马格达莱娜	可有我们好看的了！

（继续笑）

阿梅里娅	嘘……她们会听见的！
蓬 西 娅	然后他表现不错。一直到死都不喜欢别的事情，就喜欢养朱顶雀。你们这些没结过婚的女人，无论如何应该知道，男人结婚十五天后，就会为了饭桌而离开床，为了饭馆而离开饭桌的，不肯接受这个的女人就会哭着腐烂在角落里。
阿梅里娅	你接受了。
蓬 西 娅	我能对付他！
马蒂里奥	你揍了他几回，是真的吗？
蓬 西 娅	是，差一点让他成了独眼龙。
马格达莱娜	所有的女人都该这样！
蓬 西 娅	我受了你母亲的熏陶。有一天不知他说了什么，我用一根杵子把所有的朱顶雀都给他杵死了。

〔众人笑。

马格达莱娜　阿黛拉，丫头，记住这个。

阿梅里娅　阿黛拉。

　　　　　（停顿）

马格达莱娜　我去看看。

　　　　　（进去）

蓬　西　娅　这孩子病了。

马蒂里奥　当然了，她几乎不睡觉。

蓬　西　娅　那她做什么呢？

马蒂里奥　我知道她做什么呀！

蓬　西　娅　你该比我知道得清楚，因为你们之间就隔一道墙。

安古斯蒂娅　忌妒会把她吞掉的。

阿梅里娅　别夸张。

安古斯蒂娅　我能从她的眼睛里看出来。她看他时简直像个疯子。

马蒂里奥　你们别提疯子，这是唯一不许说这个词的地方。

　　　　〔马格达莱娜和阿黛拉出场。

马格达莱娜　那么你还没睡？

阿　黛　拉　我身体不好。

马蒂里奥　（有意地）

　　　　　难道你昨天晚上没睡好吗？

阿　黛　拉　睡好了。

马蒂里奥　那么？

阿　黛　拉　别缠着我了！睡不睡的，你没必要干预我的事！我用我的身体做我认为该做的事！

马 蒂 里 奥　全是为了关心你!

阿　黛　拉　是关心还是调查?你们不是在做针线吗?那就接着做好了。我不想被人看见,我想走过这些房间,而且没有人问我去哪儿!

女　　　仆　(进场)

贝纳尔达叫你们呢。卖花边的人来了。

〔众人下。下场时,马蒂里奥盯着阿黛拉。

阿　黛　拉　别看我了!你若想要,我把眼睛给你,它们是很清爽的,把我的脊背也给你装个驼背,不过我走过时,你要转过脸去。

〔马蒂里奥离开。

蓬　西　娅　她是你的姐姐,而且是最喜欢你的。

阿　黛　拉　她到处跟着我。有时探头看我的房间,看我是不是在睡觉。连气都不让我出。总是说:"脸色多难看呀!""身材多不好呀,这样会没人要的!"不!我的身体将属于我喜欢的人。

蓬　西　娅　(有意并小声地)

"罗马人"贝贝,是不是?

阿　黛　拉　(吃惊地)

你说什么?

蓬　西　娅　我说我刚才说过的,阿黛拉。

阿　黛　拉　住口!

蓬　西　娅　(大声地)

你以为我没注意吗?

阿　黛　拉　小声点！

蓬　西　娅　你死了这条心吧！

阿　黛　拉　你知道什么？

蓬　西　娅　我们这些老太婆，能看到墙那边的事。你夜里起来去哪儿？

阿　黛　拉　你应该是瞎子！

蓬　西　娅　在需要的时候，头和手都会长满眼睛。尽管我考虑再三，还是不知给你出什么主意。贝贝第二天来和你姐姐说话，他走过时你为什么亮着灯，开着窗户，而且几乎一丝不挂？

阿　黛　拉　没这么回事！

蓬　西　娅　你不是小孩子了。让你姐姐平平安安的吧。如果你喜欢"罗马人"贝贝，就忍着点。

　　　　　　[阿黛拉哭起来。

　　　　　　而且谁说你不能和他结婚了？你姐姐安古斯蒂娅，是个病人，她抗不住头一胎分娩。她的腰太细，人又老，凭我的眼力，我告诉你，她会死的。那时贝贝将像此地所有的鳏夫一样，娶最年轻的小姨子，那就是你。孕育这个希望，忘掉那个念头吧！无论多么想，都不要违背上帝的法则。

阿　黛　拉　别说了！

蓬　西　娅　我就说！

阿　黛　拉　操心你自己的事吧，探子！叛徒！

蓬　西　娅　我就是你的影子！

阿　黛　拉　你不打扫房间，不躺下为你死去的人们祈祷，却像一个没有羞耻的老太婆一样，去寻觅儿女之情，然后好自我陶醉。

蓬　西　娅　我就是要看守着！为的是不让人们从这个门口过时向里啐唾沫。

阿　黛　拉　你对我姐姐怎么突然间就那么爱起来了！

蓬　西　娅　我谁也不爱，但我想生活在一个正经人家。我不想老了老了还沾上污点！

阿　黛　拉　你的劝告是没用的。已经晚了。要扑灭从我的双腿和口中升起的这股烈火，不仅你无能为力，因为你是个佣人，就连我母亲也是无能为力的。对我你能说什么呢？说我关在房间里不开门？说我不睡觉？我比你聪明，看看你能不能用手把野兔抓住？

蓬　西　娅　别跟我叫阵，阿黛拉，别跟我叫阵。因为我会喊叫，会点上灯火，会叫人敲钟。

阿　黛　拉　你可以牵来四千只孟加拉虎，把它们撒在马棚里。可谁也无法避免一定要发生的事情发生。

蓬　西　娅　你就那么喜欢那个人？

阿　黛　拉　就那么喜欢！我一看见他的眼睛，就好像在慢慢地喝着他的血似的。

蓬　西　娅　我听不了你说的话。

阿　黛　拉　可你听了！我怕过你。可现在我比你厉害！

　　　　　　［安古斯蒂娅上场。

安古斯蒂娅　总是争吵！

蓬 西 娅　当然！因为天热，她非让我去商店买什么东西，谁知道那是什么。

安古斯蒂娅　你给我买香粉盒了吗？

蓬 西 娅　最贵的，还有粉，放在你屋里的桌子上了。

　　　　　〔安古斯蒂娅下场。

阿 黛 拉　不许说了！

蓬 西 娅　咱们走着瞧！

　　　　　〔马蒂里奥、阿梅里娅和马格达莱娜上场。

马格达莱娜　（对阿黛拉）

　　　　　你看见花边了吗？

阿 梅 里 娅　安古斯蒂娅做新娘床单用的那些真漂亮。

阿 黛 拉　（对马蒂里奥，她拿来一些花边）

　　　　　这些呢？

马 蒂 里 奥　这是给我的。做一件衬衫。

阿 黛 拉　（讥讽地）

　　　　　这得有好兴致。

马 蒂 里 奥　（有意地）

　　　　　给我自己看。我无须在任何人面前显示自己。

蓬 西 娅　谁也不会看见一个人穿着衬衣出来。

马 蒂 里 奥　（故意地，而且看着阿黛拉）

　　　　　也不尽然！不过我特别喜欢内衣。我要是有钱，会做一件荷兰麻布的。这是我为数不多的爱好之一。

蓬 西 娅　要是给小孩儿做帽子，做洗礼时用的小被子，这些花边真漂亮。我从没在自己的衣物上用过。看现在安古斯蒂娅会不会用在她的衣物上。我猜她会有孩子的,你们整天都得做活计了。

马格达莱娜　我一针也不想做。

阿 梅 里 娅　更不能抚养别人的孩子。你看胡同里的那些女人,为了几个不起眼的娃娃牺牲了自己。

蓬 西 娅　她们比你们强。这里几乎连笑声和响动都没有!

马 蒂 里 奥　那你侍候她们去呀。

蓬 西 娅　不,我命中注定是在这个修道院里。

〔从几道墙那边传来遥远的钟声。

马格达莱娜　人们又回去干活了。

蓬 西 娅　一分钟前刚打过三点。

马 蒂 里 奥　冒着这么热的天!

阿 黛 拉　(坐下)

唉,谁能也到田里去呀!

马格达莱娜　每个阶层只能做自己分内的事!

马 蒂 里 奥　(坐下)

是这样!

阿 梅 里 娅　(坐下)

唉!

蓬 西 娅　这个季节,哪儿都没有田野上快活。昨天上午收割的人来了。四五十个棒小伙!

马格达莱娜　今年是从哪儿来的?

蓬 西 娅　从很远的地方。从山里来的。快活!像燃烧着的树木似的!又喊又叫又扔石头!昨天晚上村里来了一个女人，穿着闪光的衣裙，伴着手风琴跳舞，有十五个人跟她签了约，带她到橄榄林里去。我从远处看见了他们，和她订约会的是个蓝眼睛的小伙子，结实得像一捆麦子。

阿梅里娅　真的？

阿 黛 拉　这可能吗？

蓬 西 娅　几年前也来过这样的女子，我就曾给我大儿子钱叫他去过。男人们需要这样的事情。

阿 黛 拉　对他们什么都可以宽恕。

阿梅里娅　出生为女人就是最大的惩罚。

马格达莱娜　就连眼睛都不是自己的。

〔一阵歌声由远而近。

蓬 西 娅　是他们。带来的歌好听极了。

阿梅里娅　现在去收割了。

合　　唱　收割的汉子来了

在把麦穗儿寻求；

姑娘们出来观看

心儿被他们带走。

〔传来潘德罗和卡拉尼亚卡的敲击声。停顿。女人们都在阳光下的寂静中聆听。

阿梅里娅　他们不怕热！

马蒂里奥　他们是在火里收割！

阿 黛 拉　我喜欢来来去去的收割，这样就会把折磨我们的事忘了。

马蒂里奥　你有什么可忘的呢？

阿 黛 拉　自己的事自己知道。

马蒂里奥　（深沉地）

　　　　　　自己！

蓬 西 娅　别说了！别说了！

合　　　唱　（很远）

　　　　　　村里的美娇娘

　　　　　　快开门，快开窗，

　　　　　　收割人要玫瑰花

　　　　　　戴在帽子上。

蓬 西 娅　多好听！

马蒂里奥　（怀念地）

　　　　　　村里的美娇娘

　　　　　　快开门，快开窗，

阿 黛 拉　（激动地）

　　　　　　收割人要玫瑰花

　　　　　　戴在帽子上。

　　　　　〔歌声渐渐远去。

蓬 西 娅　现在在街角拐弯。

阿 黛 拉　咱们到我房间的窗口看他们去。

蓬 西 娅　你们小心点，别把窗开得太大，他们会推开窗，瞧瞧谁在看他们。

　　　　　〔三个人走了，剩下马蒂里奥坐在椅子上，双手抱着头。

阿梅里娅　（靠近）

　　　　　　你怎么了？

马蒂里奥　我热得很难受。

阿梅里娅　不只这个吧?

马蒂里奥　我希望赶快到十一月,下雨,下霜,让一切都和这无休无止的夏天不同。

阿梅里娅　夏天会过去,但也会回来。

马蒂里奥　当然!

（停顿）

昨晚你几点睡的?

阿梅里娅　不知道。我睡得像根树桩。怎么了?

马蒂里奥　没怎么。我觉得好像有人在牲口棚里。

阿梅里娅　是吗?

马蒂里奥　很晚的时候。

阿梅里娅　你不害怕吗?

马蒂里奥　不,别的夜里我也听到过。

阿梅里娅　我们得小心点,不会是那些庄稼汉吧?

马蒂里奥　那些汉子六点钟才到。

阿梅里娅　也许是一头没驯化的骡驹子。

马蒂里奥　（从牙缝里挤出并别有用心）

对,就是这!一头没驯化的小母骡!

阿梅里娅　要防备着点!

马蒂里奥　不,不。你什么也别说,可能是我的推测。

阿梅里娅　或许是。

［停顿。阿梅里娅下场。

马蒂里奥　阿梅里娅。

阿梅里娅　（在门口）

　　　　　怎么了？

马蒂里奥　没什么。

　　　　　（停顿）

阿梅里娅　那你为什么叫我？

马蒂里奥　我是说走了嘴。是没注意。

　　　　　（停顿）

阿梅里娅　你去躺一会儿。

安古斯蒂娅　（气愤地进场，因而造成与此前寂静的强烈反差）

　　　　　我放在枕头下面的贝贝的相片哪儿去了？你们谁拿了？

马蒂里奥　谁也没拿。

阿梅里娅　贝贝又不是银质的圣巴托洛梅。

安古斯蒂娅　相片哪里去了？

　　　　　[蓬西娅、马格达莱娜和阿黛拉上。

阿　黛　拉　什么相片？

安古斯蒂娅　你们谁把它藏起来了？

马格达莱娜　你这样说不害臊吗？

安古斯蒂娅　在我房间里来着，现在没有了。

马蒂里奥　半夜里逃到牲口棚里去了吧？贝贝喜欢在月光下行走。

安古斯蒂娅　别和我开玩笑！他来时我会告诉他。

蓬　西　娅　这用不着，会出来的！

　　　　　（看着阿黛拉）

安古斯蒂娅　我想知道你们谁拿了！

阿　黛　拉　（看着马蒂里奥）

反正有一个！只有我除外！

马蒂里奥 （有意地）

当然了！

贝纳尔达 （进场）

在我家里，在大热天的寂静中，这是多么大的丑闻呀！邻居的婆娘们会把耳朵贴在墙上偷听的。

安古斯蒂娅 有人把我未婚夫的相片拿走了。

贝纳尔达 （凶恶地）

谁？谁？

安古斯蒂娅 她们！

贝纳尔达 你们哪个？

（沉默）

回答！

（沉默。对蓬西娅）

搜房间！搜床！这是没把你们拴紧，不过你们会记住我的惩罚的。

（对安古斯蒂娅）

你肯定吗？

安古斯蒂娅 肯定。

贝纳尔达 你好好找过吗？

安古斯蒂娅 找过，母亲。

［众人站立在尴尬的寂静中。

贝纳尔达 你们让我在一生最后的时刻，喝下一个母亲所能忍受的最苦的毒药。

（对蓬西娅）

找到了吗？

蓬 西 娅 （出来）

在这儿。

贝纳尔达 在哪儿找到的？

蓬 西 娅 在……

贝纳尔达 别怕！说！

蓬 西 娅 （奇怪地）

在马蒂里奥的床单里。

贝纳尔达 （对马蒂里奥）

真的吗？

马蒂里奥 是真的！

贝纳尔达 （上前并打马蒂里奥）

挨千刀的！死苍蝇！搅屎棍！

马蒂里奥 （凶恶地）

母亲，您住手！

贝纳尔达 我想打就打！

马蒂里奥 也得我让！听见没有？您躲开！

蓬 西 娅 不要对你妈妈无礼。

安古斯蒂娅 （拦住贝纳尔达）

放开她吧！求您了！

贝纳尔达 你那眼睛里连泪水都没有了。

马蒂里奥 我不会让您高兴地看到我哭的。

贝纳尔达 你为什么拿那张相片？

马 蒂 里 奥 难道我不能和姐姐开个玩笑?她为什么爱他?
阿 黛 拉 (满怀醋意地跳起来)

　　　　　这不是玩笑!你从来不闹着玩儿的。你的心装着别的事情,它急得恨不得要蹦出来。你说清楚。
马 蒂 里 奥 你住口!别让我说出来!我要是说出来,连墙壁都会羞得合在一起的!
阿 黛 拉 罪恶的舌头会胡说八道!
贝 纳 尔 达 阿黛拉!
马格达莱娜 你们都疯了。
阿 梅 里 娅 咱们都中了邪了。
马 蒂 里 奥 有的人更坏。
阿 黛 拉 直至一下子脱光衣服,被河水冲走。
贝 纳 尔 达 恶毒!
安古斯蒂娅 "罗马人"贝贝看上了我,这不是我的错。
阿 黛 拉 看上了你的钱!
安古斯蒂娅 母亲!
贝 纳 尔 达 住口!
马 蒂 里 奥 看上了你的地和你的树木。
马格达莱娜 就是这样!
贝 纳 尔 达 我说住口!我看到暴风雨要来了,可没想到来得这么快。唉!你们把多大的冰雹砸在了我的心上啊!可我还没老,我还有五条链子,能把你们锁起来。我父亲盖这座房子,就为的是连杂草都无法看到我的绝望。滚!

〔众人下。贝纳尔达绝望地坐下。蓬西娅靠墙站着。

贝纳尔达在反思，跺了一下地并说。

我必须对她们严加看管！贝纳尔达，记住，这是你的义务。

蓬 西 娅　我能说吗？

贝纳尔达　说吧。你都听到了，我很遗憾。一个外人在家庭中心总是不好的。

蓬 西 娅　看到了？看到了吧？

贝纳尔达　安古斯蒂娅要马上结婚。

蓬 西 娅　当然了，要让她离开这里。

贝纳尔达　不是让她，是让贝贝！

蓬 西 娅　当然。要让他离得远远的。你好好想想。

贝纳尔达　不用想。有的事情不能也不用想。我说了算。

蓬 西 娅　可你以为他愿意走吗？

贝纳尔达　（站起）

你脑子里在想什么呢？

蓬 西 娅　他，当然！他将和安古斯蒂娅结婚。

贝纳尔达　说，我太了解你了。你已经把刀给我准备好了。

蓬 西 娅　我从没想过竟然管事先提醒的人叫凶手。

贝纳尔达　你要为我防止什么事情呢？

蓬 西 娅　我不是指责，贝纳尔达。我只是对你说：睁开眼睛，你就会看到。

贝纳尔达　看到什么？

蓬 西 娅　你一向聪明。相距百里的人的毛病你都能看出。我常常以为你会猜出别人的想法。可女儿毕竟是女儿。现

　　　　　　在你是双目失明。
贝纳尔达　你是说马蒂里奥？
蓬 西 娅　好吧，就说马蒂里奥……

　　　　　（好奇地）

　　　　　她为什么要藏那张相片？
贝纳尔达　（想袒护自己的女儿）

　　　　　归根结底，她说是一个玩笑，还能是什么呢？
蓬 西 娅　你这样以为？

　　　　　（讥讽地）
贝纳尔达　（有力地）

　　　　　当然，就是这样！
蓬 西 娅　算了。这是你的事。但要是对面邻居的事，会怎么样呢？
贝纳尔达　你把刀露出来了。
蓬 西 娅　（总是残忍地）

　　　　　贝纳尔达，这里发生一件很严重的事情。我不想把错推到你身上，但是你不给自己的女儿自由。马蒂里奥是个多情的人，不管你怎么说。你为什么不让她跟恩里克·乌马纳斯结婚？他到窗前来的时候，你为什么捎信叫他不要再来？
贝纳尔达　要是再有一次，我还这样做！只要我活着，我的血就不能和乌马纳斯家族的血合在一起！他爸爸是个大老粗。
蓬 西 娅　因此你就火冒三丈！
贝纳尔达　我发火是因为我有发火的资本，你不能发火因为你很清楚自己的身世。

蓬　西　娅　（仇恨地）

　　　　　　你不用提醒我。我已经老了。我一向感激你的保护。

贝纳尔达　（越说越起劲）

　　　　　　看不出来！

蓬　西　娅　（外表温柔内含仇恨）

　　　　　　这会使他把马蒂里奥忘掉的。

贝纳尔达　如果不忘，那对她更糟。我不相信这是家里出了"严重的事情"。这里什么事也没有。那是你心里想的。就是哪一天出了事，你放心，它也不会透到墙外面去的。

蓬　西　娅　这我不知道。村里有人同样能从远处猜出隐蔽着的思想。

贝纳尔达　你巴不得我和我的女儿们都进妓院！

蓬　西　娅　谁也不知道自己的结局会怎么样！

贝纳尔达　我就知道自己的结局！也知道我女儿的结局！妓院只为某个死去的女人而存在。

蓬　西　娅　贝纳尔达，请尊重我对母亲的记忆！

贝纳尔达　你不要用你那些坏念头纠缠我！

　　　　　　（停顿）

蓬　西　娅　我最好什么也不掺和。

贝纳尔达　你本来就该那样做。干活，然后对一切保持沉默。这是靠工资生活的人的义务。

蓬　西　娅　但这不行。你不觉得如果贝贝和马蒂里奥或者……对！和阿黛拉结婚更好吗？

贝纳尔达　我不觉得。

蓬　西　娅　阿黛拉，那才是"罗马人"真正的未婚妻！

贝纳尔达　事情从来不顺从我们的心意。

蓬　西　娅　但使人放弃真心的爱慕是非常难的。我觉得贝贝和安古斯蒂娅不匹配，人们甚至连空气都会有同感的。谁知他们会不会实现自己的意愿呀！

贝纳尔达　咱们又绕回来了！……你是想方设法叫我尽做噩梦。我不愿弄明白你的意思，因为要是你说的这些都会实现，我非抓你不可。

蓬　西　娅　血流不到河里去！

贝纳尔达　幸亏我的女儿都尊重我，从不和我扭着。

蓬　西　娅　是这样！可当你放开她们时，会上房揭瓦。

贝纳尔达　我会唱着歌叫她们下来！

蓬　西　娅　当然，你最能干！

贝纳尔达　我总是吃最有味的辣椒！

蓬　西　娅　要看到事情发展的程度！在他们的年龄。要看到安古斯蒂娅对未婚夫的热情！他好像也很兴奋。昨天大儿子告诉我说，凌晨四点半，当他赶着牛从街上过时，他们还在说话呢。

贝纳尔达　四点半！

安古斯蒂娅　（出来）

　　　　　　撒谎！

蓬　西　娅　他们这样对我说的。

贝纳尔达　（对安古斯蒂娅）

　　　　　　说！

安古斯蒂娅　最近一个多星期,贝贝都是一点钟走。我要说谎,天诛地灭。

马蒂里奥　(出来)

　　　　　我也觉得他是四点钟走的。

贝纳尔达　可是你亲眼见的吗?

马蒂里奥　我不愿探头去看。现在你们是不是在面向胡同的窗口说话?

安古斯蒂娅　我在自己寝室的窗户那儿。

　　　　　〔阿黛拉出现在门口。

马蒂里奥　那么……

贝纳尔达　这是怎么回事?

蓬西娅　注意听清楚!不过,当然了,贝贝凌晨四点是在你家的一个窗栏旁。

贝纳尔达　你敢肯定吗?

蓬西娅　这辈子谁也没有什么敢肯定的。

阿黛拉　母亲,您别听那个想把我们都毁掉的人的话。

贝纳尔达　我会弄清楚!如果村里的人制造假证据,他们会碰到我的铁石心肠。不要再说此事了。常常有一股人们掀起的污泥浊水,想把我们淹死。

马蒂里奥　我可不喜欢撒谎。

蓬西娅　会出事的。

贝纳尔达　什么事也不会出。我生来就睁着眼睛。从今往后,到死为止,我要睁着眼睛看着,我是不会合上眼睛的。

安古斯蒂娅　我有权利弄明白。

贝纳尔达　你只有听话的权利。谁也不能摆布我。

（对蓬西娅）

你只管自家的事好了。只要我不同意,谁也不准从这里挪动一步!

女　　仆　（进场）

在街的上方有一大群人,所有的邻居都在自家的门口呢。

贝纳尔达　（对蓬西娅）

快去看看发生什么事了!

〔大家都要跑去看。

你们到哪儿去?我早就知道你们是爱扒窗台,守不住孝的女人。你们,到院子里去!

〔众人和贝纳尔达一起下场。远处传来人声。马蒂里奥和阿黛拉进场,在那里听着,不敢离开门口一步。

马蒂里奥　谢天谢地,我差点说走了嘴。

阿　黛　拉　我也差点说出来。

马蒂里奥　你会说什么?有意者事不成!

阿　黛　拉　能者和先者为之。你也想,可你做不到。

马蒂里奥　你的时间也不长了。

阿　黛　拉　我一切都会有的。

马蒂里奥　我会打破你的拥抱。

阿　黛　拉　（乞求）

马蒂里奥,放我一马吧!

马蒂里奥　不行!

阿　黛　拉　他想让我上他家!

309

马蒂里奥　我看见他怎样拥抱你了!

阿　黛　拉　我并不想那样,可就像被一根粗绳拖着。

马蒂里奥　死也不能做那种事!

　　　　　［马格达莱娜和安古斯蒂娅探头。嘈杂声渐大。

蓬　西　娅　(和贝纳尔达一起进场)

　　　　　贝纳尔达!

贝纳尔达　出什么事了?

蓬　西　娅　里波拉达的女儿,没结婚,不知和谁有了个儿子。

阿　黛　拉　有了儿子?

蓬　西　娅　为了遮丑,她把儿子杀死,压在石头下面了,可几条比许多人还有良心的狗,把他扒出来了,似乎受上帝之手的指引,把他放在她家门槛上了。现在要杀她呢。正拖着她往街下边走,人们都从小路和橄榄林那边跑过来了,叫得山摇地动的。

贝纳尔达　对,大家都来,拿着收橄榄的棍棒和镐把,大家都来把她打死。

阿　黛　拉　不,不。不能打死她。

马蒂里奥　走,走,咱们也去。

贝纳尔达　伤风败俗的人要付出代价。

　　　　　［外面传来女人的叫声和嘈杂声。

阿　黛　拉　让她逃走吧!你们不要去!

马蒂里奥　(看着阿黛拉)

　　　　　欠债的还钱!

贝纳尔达　(在拱门下)

趁宪警还没来，要她的命！她在哪儿犯罪就在哪儿把她烧死！
阿　黛　拉　（捂着肚子）

不！不！
贝纳尔达　杀死她！杀死她！

幕落

第三幕

贝纳尔达家的内院,四面的白墙泛着淡淡的蓝色。夜晚。道具应是十分的简朴。在里面灯光照耀下的门给舞台增添了一缕微弱的光辉。

舞台中央有一张桌子,上面放着一盏煤油灯,贝纳尔达和女儿们在那里吃饭。蓬西娅在服侍她们。普路登西娅坐在一旁。

幕启时一片寂静,随后被杯盘和餐具声打破。

普路登西娅　我走了。我来的时间很长了。
　　　　　（站起身）
贝纳尔达　等一等。我们从来难得见面。
普路登西娅　敲过念珠祈祷的钟声了吗?
蓬　西　娅　还没有。
　　　　　［普路登西娅坐下。
贝纳尔达　你丈夫怎么样?
普路登西娅　还那样。
贝纳尔达　我们也没见过他。
普路登西娅　你知道他的习惯。自从他们哥儿几个为分遗产吵架之后,就没出过街门。他支了一个梯子,从院墙和畜栏上跳出去。

贝纳尔达　是条好汉。和你女儿呢？

普路登西娅　还是不肯原谅她。

贝纳尔达　做得对。

普路登西娅　我不知怎么对你说。我为这个可难受了。

贝纳尔达　一个不听话的女儿就不是女儿了，就成了冤家对头。

普路登西娅　我是听之任之。唯一的安慰就是躲进教堂里。可由于我双目失明，孩子们总和人胡闹，今后也就不能来了。

〔墙上一阵猛烈的撞击声。

这是什么？

贝纳尔达　这是种马，在圈里尥蹶子。

（高声地）

你们把它拴牢，让它出来。

（小声地）

它可能憋不住了。

普路登西娅　你们要让它配新的母马吗？

贝纳尔达　天亮的时候。

普路登西娅　你很会繁殖自己的牲口。

贝纳尔达　这都是金钱和无聊起的作用。

蓬　西　娅　（打断她们）

可你有这一带最好的畜群，遗憾的是价钱降低了。

贝纳尔达　你要一点奶酪和蜂蜜吗？

普路登西娅　我没有胃口。

（又听见撞击声）

蓬 西 娅　上帝呀!

普路登西娅　我心里直哆嗦。

贝纳尔达　（气愤地站起来）

要说两遍才行吗? 让它在草堆上打个滚儿!

（停顿。好像在和庄稼汉们谈话）

把母马关在圈里,把那匹种马撒出来,别叫它把我们的墙踢塌了。

（走向桌子并重新落座）

唉,过的是什么日子啊!

普路登西娅　像男人一样操劳。

贝纳尔达　是。

［阿黛拉从桌旁站起。

你去哪儿?

阿 黛 拉　喝水去。

贝纳尔达　（高声地）

拿一罐凉水来!

（对阿黛拉）

你可以坐下了。

［阿黛拉坐下。

普路登西娅　安古斯蒂娅,什么时候结婚?

贝纳尔达　三天后他们来求婚。

普路登西娅　你高兴吧?

安古斯蒂娅　当然了!

阿梅里娅　（对马格达莱娜）

你撒盐了？

马格达莱娜　反正你的运气不会再坏了。

阿梅里娅　总是不祥之兆。

贝纳尔达　行了！

普路登西娅　（对安古斯蒂娅）

送你戒指了吗？

安古斯蒂娅　（伸给她看）

您看。

普路登西娅　漂亮。三颗珍珠。珍珠是眼泪的意思。

安古斯蒂娅　可事情早变了。

阿　黛　拉　我相信没变。事情总是一样的。求婚者送的戒指应是钻石的。

普路登西娅　那更合适。

贝纳尔达　有珍珠没珍珠，总归是谋事在人。

马蒂里奥　或者是成事在天。

普路登西娅　听说家具很漂亮。

贝纳尔达　我花了一万六千里亚尔。

蓬　西　娅　（插入）

最好的是那月亮衣柜。

普路登西娅　我从没见过这样的家具。

贝纳尔达　我们原来已有箱子。

普路登西娅　我想一切都会顺利的。

阿　黛　拉　这谁也无法知道。

贝纳尔达　没有理由不顺利。

315

　　　　　　　［远处传来钟声。

普路登西娅　最后一遍钟声了。

　　　　　　（对安古斯蒂娅）

　　　　　　我会来看你的嫁衣的。

安古斯蒂娅　随您什么时候来。

普路登西娅　愿上帝赐我们晚安。

贝纳尔达　再见，普路登西娅。

众　女　儿　上帝与您同在。

　　　　　　［停顿。普路登西娅下场。

贝纳尔达　我们吃完了。

　　　　　　（站起身）

阿　黛　拉　我到门口去活动活动腿，凉快凉快。

　　　　　　［马格达莱娜坐在一把矮椅子上，靠着墙。

阿梅里娅　我和你去。

马蒂里奥　我也去。

阿　黛　拉　（抑制着气愤）

　　　　　　我丢不了。

阿梅里娅　晚上需要有人做伴儿。

　　　　　　［贝纳尔达坐下。安古斯蒂娅收拾桌子。

贝纳尔达　我说过了，我希望你和你妹妹马蒂里奥谈谈。相片的事是个玩笑。你该把它忘掉。

安古斯蒂娅　您知道她不喜欢我。

贝纳尔达　自己知道自己在想什么。我又不能钻到你们心里去，我愿这个家有好的门风与和睦。你懂吗？

安古斯蒂娅　懂。

贝纳尔达　那就行了。

马格达莱娜　（几乎入睡）

而且，要是你起初就去呢！

（睡着）

安古斯蒂娅　我觉得晚了。

贝纳尔达　昨天晚上你们谈到几点？

安古斯蒂娅　十二点半。

贝纳尔达　贝贝说什么了？

安古斯蒂娅　我看他心不在焉。跟我说话时总好像在想着别的事情。我要问他怎么了，他就说："男人们有我们自己的心事。"

贝纳尔达　你不该问他。等你结婚时，就更不该问了。他说话，你就说话；他看你，你就看他。这样，就不烦恼了。

安古斯蒂娅　母亲，我觉得他有许多事瞒着我。

贝纳尔达　不要去探听，不要问他。当然，永远不要叫他看见你流眼泪。

安古斯蒂娅　我应该高兴，却高兴不起来。

贝纳尔达　就是这样。

安古斯蒂娅　有好多次，贝贝在栏杆后面，当我盯着他时，他就变得模糊起来，就好像被羊群扬起的尘土遮住了似的。

贝纳尔达　那是你身体虚弱。

安古斯蒂娅　但愿如此！

贝纳尔达　今晚来吗？

安古斯蒂娅　不。他和母亲去首都了。

贝纳尔达　这样，我就早点睡。马格达莱娜！

安古斯蒂娅　睡着了。

〔阿黛拉、马蒂里奥和阿梅里娅上。

阿梅里娅　多黑的夜呀！

阿黛拉　两步以外就看不见了。

马蒂里奥　对小偷可好了，对需要躲藏的人可好了。

阿黛拉　种马在马圈中央呢，白色的！有两匹马那么大，一片白。

阿梅里娅　真的，怪可怕的，像幽灵一样。

阿黛拉　天上有一些星星像拳头似的。

马蒂里奥　这丫头一看起星星来恨不得把脖子都看直了。

阿黛拉　难道你不喜欢星星吗？

马蒂里奥　房顶以上的东西对我无所谓，房间里的事情就够多的了。

阿黛拉　你就是这样。

贝纳尔达　她管她的事，就像你管你的事一样。

安古斯蒂娅　晚安。

阿黛拉　你去睡了吗？

安古斯蒂娅　是。今天晚上贝贝不来。

（下场）

阿黛拉　母亲，为什么出现一颗流星或打一个闪时，人们会说：

"圣芭芭拉洪福宽广

你用幸运的水和纸张

将自己写在高高的天。"

贝纳尔达　古人知道的许多事情，我们都忘记了。

阿梅里娅　我合上眼睛，不看它们。

阿　黛　拉　我不。我喜欢看成年累月平平静静的东西充满光辉地运行。

马蒂里奥　可这些东西和咱们一点关系都没有。

贝纳尔达　最好别想它们。

阿　黛　拉　多美的夜晚呀！我喜欢在这儿待很长的时间，享受这田野的清新。

贝纳尔达　可该睡了。马格达莱娜！

阿梅里娅　她在做第一个梦。

贝纳尔达　马格达莱娜！

马格达莱娜　（不高兴地）

别烦我！

贝纳尔达　到床上睡去！

马格达莱娜　（不耐烦地起来）

你们就是不叫人安静！

（嘟嘟囔囔地离去）

阿梅里娅　晚安。

（下场）

贝纳尔达　你们也走吧。

马蒂里奥　今晚安古斯蒂娅的未婚夫为什么不来？

贝纳尔达　他出门了。

马蒂里奥　（看着阿黛拉）

啊！

阿　黛　拉　明天见。

（离去）

［马蒂里奥喝水，慢慢地走开，目光投向牲口棚的门。

蓬　西　娅　（出来）

你还在这儿？

贝纳尔达　享受享受这安静，怎么也看不见你所说的发生在这里的"严重事情"。

蓬　西　娅　贝纳尔达，我们别提那次谈话了。

贝纳尔达　在这个家里，任何事情也没有。我的看管无所不能。

蓬　西　娅　表面什么事也没有，这是事实。你的女儿都在，就像生活在保险柜里一样。可无论是你还是任何人，都无法看管她们的内心。

贝纳尔达　我的女儿们出气都很平和。

蓬　西　娅　这对你很重要，因为你是她们的母亲。而对我来说，在你家里当佣人，我挣得相当多。

贝纳尔达　现在你不多嘴了。

蓬　西　娅　我守自己的本分，咱们相安无事。

贝纳尔达　问题是你没什么可说的了。要是这个家里长出草来，你会自告奋勇地把邻居们的羊赶过来。

蓬　西　娅　我心里装着的比你想象的要多得多。

贝纳尔达　你儿子在凌晨四点钟还见过贝贝吗？还有人在不停地说这个家的坏话吗？

蓬　西　娅　他们什么也没说。

贝纳尔达　因为他们无法说。因为无从下口。这都要归功于我的监视。

蓬 西 娅　贝纳尔达，我不想说，因为我怕你的招数。但你心里并不踏实。

贝纳尔达　踏实极了！

蓬 西 娅　或许，突然打一个闪，或许，突然一个打击，就会使你的心停止跳动。

贝纳尔达　这里什么也没发生。我对你的揣测保持着高度的警惕。

蓬 西 娅　这样对你更好。

贝纳尔达　就差这个了！

女　　仆　（进来）

我把盘子都洗了。您还有什么吩咐，贝纳尔达？

贝纳尔达　（站起）

没有。我休息去了。

蓬 西 娅　你想让我几点钟叫醒你？

贝纳尔达　不用叫了。今儿晚上我可以好好睡了。

（下场）

蓬 西 娅　一个人对付不了大海的时候，最容易的就是转过脸去不看它。

女　　仆　她那么骄傲，以致自己蒙上了自己的眼睛。

蓬 西 娅　我什么也不能做。我本想制止，但太可怕了。你看见这肃静了吗？但在每个房间里都有一场暴风雨。等到暴发的那一天，会把我们一扫而光。反正该说的我已经说了。

女　　仆　贝纳尔达以为谁也斗不过她，可她不了解一个在女人群中的男人，会有多大力量。

蓬 西 娅　并非"罗马人"贝贝一人之过。去年他的确追过阿黛拉,这丫头对他也痴情得很,但她应守本分,而不应挑逗他。男人毕竟是男人。

女　　仆　有人以为他和阿黛拉谈过许多次。

蓬 西 娅　是真的。

　　　　　（小声地）

　　　　　还有别的事情。

女　　仆　我不知这里会出什么事。

蓬 西 娅　我想漂洋过海,离开这个是非之地。

女　　仆　贝纳尔达在加紧筹备婚礼,也许不会出什么事。

蓬 西 娅　事情已经酝酿得太成熟了。阿黛拉已经不顾一切,而另外几个女人又无休无止地监视她。

女　　仆　马蒂里奥也在监视吗?

蓬 西 娅　她最坏。她是个毒井。一看"罗马人"不属于她,恨不得搅个天塌地陷。

女　　仆　可她们都坏。

蓬 西 娅　她们没有男人,没别的事。在这样的事情上,人们连血缘都会忘掉的。嘘!

　　　　　（聆听）

女　　仆　怎么了?

蓬 西 娅　（站起身）

　　　　　狗在叫。

女　　仆　大概有人从门口过。

　　　　　〔阿黛拉出来。穿着衬裙和紧身背心。

蓬 西 娅　你还没睡吗?

阿 黛 拉　我喝水去。

　　　　　（端起桌上的一个杯子喝水）

蓬 西 娅　我以为你睡着了呢。

阿 黛 拉　我渴醒了。你们呢,不休息吗?

女　　仆　现在就去。

　　　　　［阿黛拉下场。

蓬 西 娅　咱们走吧。

女　　仆　我困得不行。贝纳尔达整天都不让我休息。

蓬 西 娅　把灯拿去吧。

女　　仆　狗像发了疯似的。

蓬 西 娅　它们不让我们睡觉。

　　　　　［二人下场。舞台几乎暗下来。马利亚·何塞法抱着一只绵羊出来。

何 塞 法　我的乖乖,小绵羊,

　　　　　咱们一起到海岸旁。

　　　　　小蚂蚁会在家门口,

　　　　　我给你面包和乳房。

　　　　　贝纳尔达,

　　　　　豹子的脸庞。

　　　　　马格达莱娜

　　　　　像鬣狗一样。

　　　　　我的小绵羊!

　　　　　咩咩咩,咩咩咩,

咱们到伯利恒

门口的枝头上。

你和我都不愿入梦乡；

门儿自己会开放。

咱们俩去海滩上

钻进珊瑚的小茅房。

我的小绵羊！

咩咩咩，咩咩咩，

咱们到伯利恒

门口的枝头上。

（唱着离去）

〔阿黛拉进场。悄悄地东张西望，然后消失在牲口棚门口。马蒂里奥从另一个门进场，停在舞台中央，闷闷不乐地窥视。同样穿着衬裙，披着一件黑色的小斗篷。马利亚·何塞法从她面前走出。

马 蒂 里 奥　外婆，您到哪里儿去？

何　塞　法　你去给我开门吗？你是谁呀？

马 蒂 里 奥　您怎么在这儿？

何　塞　法　我逃出来了。你是谁？

马 蒂 里 奥　您躺着去吧！

何　塞　法　你是马蒂里奥，我看见你了。马蒂里奥，马蒂里奥的脸膛儿。你几时才能有个孩子？我已经有这个了。

马 蒂 里 奥　您从哪儿弄了只绵羊？

何　塞　法　我知道是一只绵羊。可为什么一只绵羊不会成为一个孩子？有一只绵羊也比什么都没有强。

  贝纳尔达，
  豹子的脸庞，
  马格达莱娜，
  像鬣狗一样。

马蒂里奥 您别嚷。

何 塞 法 对。到处都很黑。由于我头发白了，你可能不相信我有小孩儿，是的，小孩儿，小孩儿，小孩儿，这个小孩儿会有白色的头发，他会有另一个小孩儿，这小孩儿又有另一个，全都是雪白的头发，我们就像波浪一样，一浪，一浪，又一浪，然后我们都会坐下，我们都会有白头发，我们将变成浪花。为什么这里没有浪花？这里只有送葬的黑斗篷。

马蒂里奥 别出声，别出声。

何 塞 法 当我的邻居有一个小孩儿时，我送给她巧克力，然后她就把孩子给我带来，总是这样，总是，总是。你会有白头发，可邻居们不会来。我该走了。可我怕狗咬我。你陪我去吗？我喜欢乡下，我喜欢房子，不过是敞开的房子，邻居和她们的孩子们一起睡在床上，男人们坐在外面的椅子上。"罗马人"贝贝是个巨人，女人们都喜欢他。但他会把你们都吞掉，因为你们是麦粒。不是麦粒。是没舌头的青蛙！

马蒂里奥　咱们走吧。您到床上去吧。

（推她）

何　塞　法　是，但然后你要给我开门，对吗？

马蒂里奥　肯定。

何　塞　法　（哭着）

我的乖乖，小绵羊，

咱们一起到海岸旁。

小蚂蚁会在家门口

我给你面包和乳房。

［何塞法出门，马蒂里奥将门关上，便向牲口棚门口走去。在那里犹疑一下，又向前走了两步。

马蒂里奥　（低声地）

阿黛拉。

（停顿。直走到牲口棚门口。大声地）

阿黛拉！

［阿黛拉出来。头发有些散乱。

阿　黛　拉　找我做什么？

马蒂里奥　丢开那个人吧！

阿　黛　拉　你凭什么对我说这个？

马蒂里奥　那不是一个正经女人待的地方。

阿　黛　拉　你自己多想占那个地方呀！

马蒂里奥　（高声地）

该我说话的时候到了！不能这样下去了！

阿　黛　拉　这不过是个开始。我有力量使自己继续下去。我有你

　　　　　　　所没有的精神和品质。我见过这屋顶下面的死神，我
　　　　　　　要追求本来就该属于我的东西。
马 蒂 里 奥　那个没灵魂的汉子为另一个女人而来，你却在中间插
　　　　　　　了一腿。
阿　黛　拉　他来是为了钱，可他的眼睛却一直盯着我。
马 蒂 里 奥　我不会让你把他夺去。他将和安古斯蒂娅结婚。
阿　黛　拉　你比我更清楚他不喜欢安古斯蒂娅。
马 蒂 里 奥　我知道。
阿　黛　拉　你知道，因为你看见了，他爱我。
马 蒂 里 奥　（生气地）

　　　　　　　不错。
阿　黛　拉　（走近她）

　　　　　　　他爱我。他爱我。
马 蒂 里 奥　你要乐意，就捅我一刀，但不要再对我说这个。
阿　黛　拉　所以你不想让我跟他在一起。他拥抱自己不爱的女人，
　　　　　　　这对你无所谓；对我也无所谓。他和安古斯蒂娅可以
　　　　　　　在一起一百年都没关系，可他一拥抱我，就使你变得
　　　　　　　这么可怕，因为你爱他，你爱他。
马 蒂 里 奥　（充满激情地）

　　　　　　　是！让我扒去斗篷的帽子把头露出来对你说。是的！
　　　　　　　让我的胸膛像一颗苦石榴那样炸开吧！我爱他！
阿　黛　拉　（一下子抱住她）

　　　　　　　马蒂里奥，马蒂里奥，这不是我的错。
马 蒂 里 奥　你别拥抱我！甭想软化我的眼睛。我的血已经不同于

你的血。尽管我想把你看成妹妹,可我看到的却只是一个女人。

(推开她)

阿 黛 拉　这没有任何办法。谁该憋死就憋死吧。"罗马人"贝贝是我的。他要把我带到河岸边的灯芯草那儿去。

马蒂里奥　不行!

阿 黛 拉　尝过他的吻的滋味之后,我已无法忍受家里的恐怖。我将成为他所喜欢的那种人,全村人都会反对我,会用他们冒火的指头把我烧死,那些自认为正派的人会迫害我,我将给自己戴上芒刺做成的王冠,有妇之夫的情人都戴着这样的王冠。

马蒂里奥　别说了!

阿 黛 拉　是,是。

(小声地)

我们睡觉去吧,我们让他跟安古斯蒂娅成亲吧,对我已无所谓,但我会独自去一间小屋,他什么时候想看我,什么时候乐意看我,就能看到我。

马蒂里奥　只要我身体里还有一滴血,就不能让这样的事情发生。

阿 黛 拉　我用一个小拇指的力量,就能叫一匹尥蹶子的公马跪下;你就甭提了,因为你软弱。

马蒂里奥　你别用这样的话激我。我的心里充满了罪恶的力量,甚至会在无意中使我自己窒息。

阿 黛 拉　人们教育我们要爱自己的姊妹。上帝大概将我单独地丢在了黑暗之中,因为我看你就像一个完全陌生的人。

〔传来一声口哨响,阿黛拉跑向门口,但马蒂里奥挡在她面前。

马蒂里奥　你去哪儿?

阿　黛　拉　躲开!

马蒂里奥　能过你就过去!

阿　黛　拉　躲开!

（扭打起来）

马蒂里奥　妈!妈!

〔贝纳尔达上场。身穿衬裙,披着黑色的长斗篷。

贝纳尔达　静一静,静一静。我多么穷啊,手上连一个霹雷都没有!

马蒂里奥　（指着阿黛拉）

她和那个人在一起来着!您看她衬裙上全是麦秸!

贝纳尔达　那是天生的坏女人的床!

（愤怒地走向阿黛拉）

阿　黛　拉　（与她对立）

这监狱的训斥已经结束了!

（夺过她母亲的拐杖并将它撅为两段）

我就这样对付统治者的棍棒。您不要再向前一步。除了贝贝,谁也休想指挥我。

马格达莱娜　（上场）

阿黛拉!

〔蓬西娅和安古斯蒂娅上场。

阿　黛　拉　我是他的女人。

　　　　　　（对安古斯蒂娅）

　　　　　　你听清楚，到马棚里对他说，这个家将全由他来管。他在外面，像一头狮子似的喘气呢。

安古斯蒂娅　上帝呀！

贝纳尔达　猎枪！猎枪在哪儿？

　　　　　　（跑下）

　　　　　　〔贝纳尔达跟在马蒂里奥后面上场。阿梅里娅在舞台深处出现，把头靠在墙上，害怕地看着。

阿　黛　拉　谁也怎样不了我！

　　　　　　（要走）

安古斯蒂娅　（拉住她）

　　　　　　你不能以胜利者的姿态走开！强盗！丢我们家的脸！

马格达莱娜　放开她！让她走！到我们永远看不见她的地方去！

　　　　　　〔一声枪响。

贝纳尔达　（进场）

　　　　　　现在你还敢去找他。

马蒂里奥　（进场）

　　　　　　"罗马人"贝贝完蛋了。

阿　黛　拉　贝贝！上帝呀！贝贝！

　　　　　　（跑下）

蓬　西　娅　你们把他杀了？

马蒂里奥　没有。骑着他的马跑了。

贝纳尔达　不是我的错。女人不会瞄准。

马格达莱娜　可你为什么那样说？

马 蒂 里 奥　冲她！让她气急败坏！

蓬　西　娅　真坏！

马格达莱娜　她会发疯的！

贝 纳 尔 达　那可能更好。

〔传来一个撞击声。

阿黛拉！阿黛拉！

蓬　西　娅　（在门口）

开门！

贝 纳 尔 达　开门！你别以为墙壁可以遮丑。

女　　　仆　（进场）

邻居们都起来了！

贝 纳 尔 达　（低声如吼）

开门！我会把门推倒的！

（停顿。一片寂静）

阿黛拉！

（从门口向后退）

拿锤子来！

〔蓬西娅一推，进去。一进门就尖叫一声并退出来。

怎么了？

蓬　西　娅　（双手掐在脖子上）

我们永远不要这样的结局！

〔众姊妹向后退。女仆画十字。贝纳尔达喊叫一声向前。

别进去！

贝 纳 尔 达　不！我不进去！贝贝，你活着从黑暗的杨树林逃跑了，

331

但总有一天你要倒下。把她放下来！我的女儿死了，她是贞洁的！把她抬到她的房间里去，像少女一样给她穿戴起来。无论谁，什么也不许说！她死得贞洁。告诉他们黎明时敲两遍丧钟。

马蒂里奥　她比活着要幸福千万倍。

贝纳尔达　我不喜欢哭声。要正面对待死亡肃静！

（对另一个女儿）

我说了，住声！

（对另一个女儿）

眼泪等你一个人时再流！咱们都将沉浸在发表的海洋里。她，贝纳尔达·阿尔瓦的小女儿，死得贞洁。你们听见了吗？肃静！我说了，肃静！肃静！

幕落

坐愁红颜老[1]

（单身女子罗西塔或花儿的语言）

---

[1] 原书名《单身女子小罗西塔》，这是译者根据剧情的命名。

人　物

堂娜罗西塔　　　　　阿约拉甲
女管家　　　　　　　阿约拉乙
婶母　　　　　　　　叔父
马诺拉甲　　　　　　侄子（婶母之侄）
马诺拉乙　　　　　　政治经济学教授（X先生）
马诺拉丙　　　　　　堂马丁
老姑娘甲　　　　　　青年（马诺拉长姊之子）
老姑娘乙　　　　　　工人两名
老姑娘丙　　　　　　画外音
母亲（老姑娘们的母亲）

第一幕

房间内,门与温室相通。

叔　　父　我的种子呢?
女 管 家　在那儿来着。
叔　　父　可不在了。
婶　　母　毛茛、吊金钟和菊花,路易·帕西紫堇和银白带尖的香水草。
叔　　父　你们要把花管好。
女 管 家　如果您是冲我说的……
婶　　母　住口。别顶嘴。
叔　　父　我是对大家说的。昨天我看到大丽花的种子被踩在地上。
　　　　　(进温室)
　　　　　你们没注意我的温室。自从一八八七年,旺德斯伯爵夫人获得绿玫瑰以来,在格拉纳达,除我之外,还没有人培育成功过,连大学的植物园也没成功。你们还得加倍尊重我的植物。
女 管 家　可我没尊重吗?
婶　　母　嘘!你们越来越不像话了。
女 管 家　是,夫人。可我没说给花浇那么多水,到处都有那么多水,沙发上会出来癞蛤蟆的。

婶　　母　反正你特别喜欢花香。

女 管 家　不，夫人。对我来说，花散发出来的是死孩子味、修女味或教堂讲坛的味，是伤心事情的味。哪儿要是有一个橘子或好的榅桲果，全世界的玫瑰都得靠边。可这里……右边是玫瑰，左边是茴芹香、银莲花、鼠尾草、矮牵牛和如今这些时髦的花，菊花，像吉卜赛人没梳好的头发似的。我多么想看见这个花园里种上一棵梨树、一棵樱桃树和一棵柿子树呀！

婶　　母　就为了吃！

女 管 家　长嘴就是为了吃……像我们村里说的那样：

嘴是为了吃饭，

腿是为了跳舞，

有个女人的玩意儿……

（停住并走到婶母的旁边，低声说给她听。）

婶　　母　耶稣啊！

（画十字）

女 管 家　村子里的下流话。

（画十字）

罗 西 塔　（敏捷地上场。身穿1900年式火腿袖玫瑰色套装，有带状饰物）

我的帽子呢？我的帽子哪儿去了？圣路易教堂的钟都敲过三十下了！

女 管 家　我把它放在桌上了。

罗 西 塔　可不在。

［众人寻找。

婶　　母　你看过柜子里了吗？

（婶母下）

女 管 家　（上场）

没找着。

罗 西 塔　你不知道我的帽子在哪儿？这怎么可能呢？

女 管 家　戴那顶蓝底镶珍珠的。

罗 西 塔　你疯了。

女 管 家　你更疯。

婶　　母　（重又进场）

好了，在这儿！

［罗西塔接过来并跑着下场。

女 管 家　问题是什么都像飞那么快。恨不得今天就成为后天。时间在飞，一下子就从我们手上溜过去了。从小我就天天给她讲她将来老了时候的故事："我的罗西塔已经八十岁了……"总是这样。您什么时候见过她坐下来挑个花样，绣个花边或者拿出线来绣件内衣？

婶　　母　从没见过。

女 管 家　整天是"出西门走七步，捡着鸡皮补皮裤，不捡着鸡皮不必去补我的鸡皮裤……"

婶　　母　你可别说走了嘴！

女 管 家　我要是说走了嘴，就永远不再说话。

婶　　母　我当然从来不愿扭着她。因为谁像她那么小小年纪就失去了父母呢？

女 管 家　没了爹，没了娘，狗见了全都不汪汪，可她有叔叔和婶婶，简直就是宝。

（与婶母拥抱）

叔　　父　（在温室）

这太过分了！

婶　　母　圣母马利亚！

叔　　父　践踏花的种子就算了，可不能容忍的是玫瑰园里我最喜欢的花的叶子都断了。我对它的喜爱远远超过了绿色，多刺，球状的大马士革的玫瑰，超过伊莎贝尔女王的刺玫。

（对婶母）

进来，进来，你看看。

婶　　母　折了吗？

叔　　父　没有，不是什么大事，但可能成为大事。

女 管 家　那我们就都完了！

叔　　父　我寻思：谁把花盆弄翻了呢？

女 管 家　您甭看我。

叔　　父　是我吗？

女 管 家　就没有猫，没有狗吗？

婶　　母　去吧，打扫温室去。

女 管 家　可见这个家里不让人说话。

叔　　父　（进来）

这是一株你从没见过的玫瑰；我原想叫你们吃一惊的。因为这花骨朵下垂和没有刺的玫瑰简直令人难以相信；绝了！啊？一根刺都没有！还有从比利时引进的爱神木和会在黑暗中闪光的"流金溢彩"。这可比什么都稀奇。植物学家们管她叫"多变的玫瑰",就是说她会变化……这本书有对她的描绘和写照,你瞧!

(打开书)

早晨她是红的,下午变成白的,晚上掉叶子。

当她在清晨开放

红得像鲜血一样。

露珠不敢碰她

怕被她烧伤。

当她在中午开放

硬得像珊瑚一样。

太阳向玻璃探头

为了看她闪光。

当鸟儿在枝头

开始啼鸣歌唱,

当黄昏横卧在

海面的香堇花上,

她变得鲜艳洁白

宛似盐的面庞。

当夜色

将柔和的金角奏响,

当星星在运转,

风儿在飘荡,

在黑暗的范畴中

　　　　　　她的叶子脱落在地上。

婶　　母　有花了吗？

叔　　父　有一朵要开了。

婶　　母　只开一天？

叔　　父　一天。不过这一天我想在她旁边度过，看她怎样变白。

罗 西 塔　（进来）

　　　　　　我的阳伞。

叔　　父　她的阳伞。

婶　　母　（大声地）

　　　　　　阳伞！

女 管 家　（出来）

　　　　　　阳伞在这儿！

　　〔罗西塔拿起阳伞，吻叔父和婶母。

罗 西 塔　好吗？

叔　　父　漂亮！

婶　　母　不能再好了！

罗 西 塔　（打开伞）

　　　　　　现在呢？

女 管 家　上帝呀！合上伞，不能在屋里打伞！会倒霉的！

　　　　　　沿着圣巴托洛梅的车轮

　　　　　　和圣何塞的木棍

　　　　　　还有桂树神圣的枝条，

　　　　　　从耶路撒冷的街角

　　　　　　带来坏运气的歹徒

还不快快逃跑。

［众人笑。叔父下场。

罗西塔 （合上伞）

好了！

女管家　别再打开了……好……家伙！

罗西塔　嗬！

婶　母　你要说什么？

女管家　我不是说了吗！

罗西塔 （笑着走开）

回头见！

婶　母　谁陪你去呀？

罗西塔 （探头）

我和马诺拉姐妹们一起去。

女管家　和未婚夫一起去。

婶　母　我琢磨未婚夫有别的事情。

女管家　我不知更喜欢哪个，是她的未婚夫还是她本人。

［婶母坐下来，用针织棒织花边。

生活在糖罐里的一对表兄妹，即使他们要死，上帝也会拯救他们的，会让他们变得芳香并把他们放在雪白的水晶的壁龛里。您喜欢哪一个？

（开始打扫）

婶　母　两个都喜欢，侄女侄子都一样。

女管家　一个是被面，一个是被里，可……

婶　母　罗西塔是跟我长大的……

女 管 家　当然。像我一样，我就不相信血缘。这对我就像法律。血是在血管里流的，看不见。天天在一起的表兄弟比在远方的亲兄弟还亲。您说，为什么呢？

婶　　母　你快打扫吧。

女 管 家　我就干。这里简直不叫人张嘴。您就是这样养育了一个漂亮姑娘。您把亲生的儿女丢在一间草房里，让他们饿得打哆嗦。

婶　　母　是冻得。

女 管 家　都有。你们会说："住嘴！"我是个佣人，我只有住嘴。我得这样做，不能反驳，不能说……

婶　　母　说什么……？

女 管 家　请您放下那些"的一个一的一个"的针织棒，因为这声音弄得我头昏脑涨的。

婶　　母　（笑着）

你听谁来了。

［舞台上静一会儿，传来敲击针织棒的声音。

叫 卖 声　精细—山菊—花—茶！

婶　　母　（自言自语）

又该买菊花茶了。有时候需要……改天从这儿过……，三十七，三十八。

叫 卖 声　（很远）

精细—山菊—花—茶！

婶　　母　（放上个别针）

四十。

侄　　子　（进来）

　　　　　姑妈。

婶　　母　（没看他）

　　　　　喂，想坐就坐。罗西塔已经出去了。

侄　　子　和谁？

婶　　母　和马诺拉姐妹。

　　　　　（停顿。看着侄子）

　　　　　你有事？

侄　　子　是。

婶　　母　（不安地）

　　　　　我差不多猜出来了。但愿我猜得不对。

侄　　子　不，您猜。

婶　　母　（猜）

　　　　　当然，既然是顺理成章。所以我不反对你和罗西塔的关系。我就知道你迟早得到你父母那儿去，得到他们身边去！要走四十天才能到土库曼。我要是年青的男子汉，早扇你的嘴巴子了。

侄　　子　喜欢表妹不是我的错。您以为我乐意去吗？我正是不想去才来找您的。

婶　　母　留下来！留下来！你的义务是走。那是面积很大的庄园，而你父亲已经老了。我是一定要让你上轮船的。可你给人留下的是痛苦。你的表妹，我是不愿想的。你会将一支带紫色绸带的箭射在她心上。现在她将懂得，丝绸不单单可以扎花，还可以擦眼泪。

侄　　子　您有什么劝告？

婶　　母　我想让你走。你想你父亲是我的哥哥。你在这里不过是在花园里东游西逛，而在那里你会成为一个庄园主。

侄　　子　可我想……

婶　　母　结婚？你疯了？当你正是有美好前途的时候。把罗西塔带走，是不是？你得从我和你姑父的头上跳过去。

侄　　子　都是说说而已。我非常清楚做不到，但我希望罗西塔等我，因为我很快会回来的。

婶　　母　这要看你会不会缠上一个土库曼姑娘。在同意你们的婚事之前，我先要把舌头从嘴里粘到天上；因为我的姑娘是独守四壁，你可是自由自在地在海上，在河上，在那些柚园里，我的姑娘在这儿，日复一日地都一样；你在那儿，却是骑着马，扛着猎枪去打山鸡。

侄　　子　您没有理由这样讲。我说到做到。我父亲去美洲是为了实现他的诺言而您知道……

婶　　母　（温和地）

别说了。

侄　　子　我不说。但您不要把尊敬和不知羞耻混为一谈。

婶　　母　（以安达卢西亚人的风趣）

对不起，对不起，我忘了你已经是个成年人了。

女　管　家　（哭着进场）

要是条汉子，就不会走。

婶　　母　（有力地）

安静！

　　　　　　〔女管家泣不成声。
侄　　子　我过一会儿就回来。请您对她说吧。
婶　　母　你放心。人老了总得有点伤心事。
　　　　　　〔侄子下场。
女 管 家　啊，我可怜的姑娘！啊，多可怜呀！啊，多可怜呀！如今的人就是这样！就是到街上乞讨，我也要留在这宝贝儿的身边呀。这家里又要有哭声了。啊，夫人！
　　　　　（做出反应）
　　　　　　但愿海蛇将他吃掉！
婶　　母　上帝会说话的！
女 管 家　为了芝麻，
　　　　　　为了桂皮树的花
　　　　　　和三个神圣的提问，
　　　　　　让他夜不能寐
　　　　　　让他播下祸根。
　　　　　　为了圣尼古拉斯的井
　　　　　　让他的盐变成毒品。
　　　　　（抄起水罐，在地上浇个十字）
婶　　母　别诅咒了！干你的活去。
　　　　　　〔女管家退场。传来笑声。婶母离去。
马诺拉甲　（进场并合上阳伞）
　　　　　　唉！
马诺拉乙　（同上）
　　　　　　啊，真凉快！

马诺拉丙 （同上）

　　　　　唉！

罗 西 塔 （同上）

　　　　　漂亮的马诺拉三姐妹

　　　　　为谁发出叹息声声？

马诺拉甲 　谁也不为。

马诺拉乙 　是为了风。

马诺拉丙 　为了围绕着我的一位美男子。

罗 西 塔　从你们嘴里发出的叹息声

　　　　　什么样的手儿将它们收拢？

马诺拉甲 　收拢它们的是墙。

马诺拉乙 　是一张肖像。

马诺拉丙 　是花边在我的床单上。

罗 西 塔　啊，马诺拉姐妹，啊，我的友情，

　　　　　我也想发出叹息声。

马诺拉甲 　将是何人把它们收拢？

罗 西 塔　是使阴影

　　　　　变白的一双眼睛，

　　　　　睫毛似葡萄的柔藤，

　　　　　在那里入睡的是黎明。

　　　　　尽管它们黑得深沉

　　　　　却是一对虞美人的黄昏。

马诺拉乙 　给叹息系上一条飘带！

马诺拉丙 　你将会幸运。

马诺拉甲　幸运！

罗　西　塔　你们不要将我欺骗

　　　　　　我知道关于你们的传言。

　　　　　　传言是山里的芥菜，

马诺拉乙　是波浪的口头禅。

罗　西　塔　我要说……

马诺拉甲　说。

马诺拉丙　传言似皇权。

罗　西　塔　格拉纳达，埃尔维拉大街上

　　　　　　住着马诺拉家的姑娘，

　　　　　　三四个人独自奔向

　　　　　　阿尔罕伯拉的宫墙。

　　　　　　一个身穿碧绿的颜色，

　　　　　　一个身穿紫红的服装，

　　　　　　另一个穿着苏格兰紧身衣

　　　　　　绸带在身后飘荡。

　　　　　　草鹭在前边做向导，

　　　　　　鸽子在后面紧跟，

　　　　　　神秘的麦斯林纱裙

　　　　　　在杨树林中开拓前进。

　　　　　　啊，阿尔罕伯拉一片漆黑！

　　　　　　马诺拉姐妹奔向何方，

　　　　　　当玫瑰和喷泉

　　　　　　忍受着暗淡无光

什么样的男子汉将她们盼望?

他们在什么样的爱神木下乘凉?

什么样的手在偷窃

她们那两朵圆形花儿的芳香?

没有人和她们一起,没有;

鸽子一羽,草鹭一双。

但世上有许多男子

在叶丛中躲藏。

大教堂留下了

微风抚摩的铜像。

赫尼尔使耕牛入睡,

达乌罗使蝴蝶畅游梦乡。

黑夜降临

背负着阴影的山岗;

一个显示她的鞋子

周围有花边飘荡;

年长的睁大一双眼睛,

年幼的将眼睛眯得细长。

三个姑娘是何许人

胸脯高高,裙尾长长?

为什么将头巾挥舞?

此时去往何方?

格拉纳达,埃尔维拉街上

马诺拉姐妹住在那里,

	三四个人独自奔向
	阿尔罕伯拉的宫墙。
马诺拉甲	让传言在格拉纳达
	扩散，一浪接一浪。
马诺拉乙	我们有未婚夫？
罗 西 塔	谁都没有。
马诺拉乙	我说老实话？
罗 西 塔	对，讲。
马诺拉丙	我们做新娘穿的衣裳
	花边儿洁白如霜。
罗 西 塔	可是……
马诺拉甲	我们喜欢晚上。
罗 西 塔	可是……
马诺拉乙	黑暗中沿着街巷。
马诺拉甲	三四个姑娘独自奔向
	阿尔罕伯拉的宫墙。
马诺拉丙	唉！
马诺拉乙	别出声响。
马诺拉丙	为什么？
马诺拉乙	唉！
马诺拉甲	唉，不要让人听见！
罗 西 塔	阿尔罕伯拉，悲伤的茉莉
	月亮在那里休息。
女 管 家	孩子，你婶娘叫你。

（非常伤心）

罗西塔　你哭了？

女管家　（忍住）

没……我就这样，有件事……

罗西塔　别吓唬我。出什么事了？

［赶忙进去，注视着女管家。当罗西塔进去时，女管家抽泣起来。

马诺拉甲　（大声地）

出了什么事？

马诺拉乙　告诉我们。

女管家　你们别说了！

马诺拉丙　（小声地）

坏消息？

［女管家把她们领大到门口，看了看罗西塔离去的地方。

女管家　现在正和她讲！

［停顿。众人聆听。

马诺拉甲　罗西塔在哭，咱们进去。

女管家　你们过来，我告诉你们。现在别去找她！你们可以从旁门出去。

［众人下场。空场。远处传来钢琴演奏的塞尼的一首练习曲。停顿。表兄上场，走到舞台中央停住，因为罗西塔上场了。二人面对面地互相注视。表兄上前，搂住她的腰部。她将头垂在表兄的肩上。

罗西塔　你那双叛变的眼睛

　　　　　为什么曾与我的眼睛交融？

　　　　　为什么你的双手

　　　　　曾将鲜花编织在我的头顶？

　　　　　你在我的青春年华

　　　　　留下哭丧的夜莺，

　　　　　我的健康和志向

　　　　　取决于你的存在和面容，

　　　　　你用残酷的分离

　　　　　打断了我的琴声！

表　兄　（和她面对面地坐下）

　　　　　表妹啊，我的宝贝！

　　　　　雪地的夜莺，

　　　　　寒冷不过是想象，

　　　　　请你将嘴合上。

　　　　　尽管要穿过海洋，

　　　　　我的离去并非冰霜，

　　　　　当我要焚烧的时候

　　　　　海水会给我浪花

　　　　　和平静的晚香玉

　　　　　以遏制火焰的猖狂。

罗 西 塔　有一天夜晚，我欲入梦乡

　　　　　在茉莉的阳台上，

　　　　　我看见两个小天使

　　　　　降临在一朵恋爱的玫瑰花旁；

　　　　　尽管她原来是白色
　　　　　却展现出粉红色的面庞；
　　　　　但她是娇嫩的花朵
　　　　　燃烧的花瓣
　　　　　因爱的亲吻而受伤
　　　　　纷纷落在地上。
　　　　　天真的表哥，我就是这样，
　　　　　在我爱神木的花园
　　　　　我将自己的渴望赋予空气，
　　　　　我将自己的洁白赋予清泉。
　　　　　温柔冒失的羚羊
　　　　　我举目望见了你，
　　　　　心中感到一根根颤动的针
　　　　　在打开我宛似桂竹香
　　　　　一样殷红的创伤。
表　兄　表妹啊，我一定要回来，
　　　　　在装满金块的船舱
　　　　　快乐的船帆在飘荡
　　　　　我要把你带到自己的身旁；
　　　　　无论暗淡或明亮，白天或晚上
　　　　　只有对你的爱在我的心房。
罗 西 塔　但爱情溢出的毒汁
　　　　　会在孤独的灵魂上流淌，
　　　　　会用土地和波浪

　　　　　织成我死亡的衣裳。
表　　兄　当我的马缓慢地

　　　　　吃带露水的花茎，

　　　　　当河里的雾气

　　　　　浸湿风的墙壁，

　　　　　严酷的夏季

　　　　　将红色铺满大地

　　　　　而寒霜将一根根星星的银针

　　　　　刺进我的心里，

　　　　　我要对你说，因为我爱你

　　　　　我会为你而死去。

罗　西　塔　我渴望有一天下午

　　　　　看见你回到格拉纳达

　　　　　从充满乡思的海上

　　　　　沐浴着咸味的光芒；

　　　　　黄色的柠檬园，

　　　　　淌血的茉莉园，

　　　　　会在岩石中

　　　　　将你曲折的道路阻挡，

　　　　　一团团的晚香玉

　　　　　会使我的屋顶发狂。

　　　　　你会回来吗？

表　　兄　对，我一定回来！

罗　西　塔　什么样闪光的鸽子

|||向我宣布你的到来？
表　　兄　我信仰的鸽子。
罗 西 塔　你看我将刺绣
　　　　　双人用的床单。
表　　兄　为了上帝的钻石
　　　　　和他身旁的石竹
　　　　　我发誓要回到你的身边。
罗 西 塔　表哥，再见！
表　　兄　表妹，再见！

　　〔两人面对面地拥抱在一起。远处传来钢琴声。表兄离去。罗西塔留在那里啼哭。叔父出场，穿过舞台向温室走去。罗西塔看见叔父，便拿起那本关于玫瑰的书。

叔　　父　你做什么呢？
罗 西 塔　没做什么。
叔　　父　你在看书？
罗 西 塔　是。

　　〔叔父离去。朗读。
当她在清晨开放
红得像鲜血一样；
露珠不敢碰她
怕被她烧伤。
当她在中午开放
硬得像珊瑚一样，
太阳向玻璃探头

为了看她闪光。
当鸟儿在枝头
开始啼鸣歌唱，
当黄昏横卧在
海面的香堇花上，
她变得鲜艳洁白
宛似盐的脸庞；
当夜色
将柔和的金角奏响，
当星星在运转，
风儿在飘荡，
在黑暗的范畴中
她的叶子脱落在地上。

幕落

第二幕

堂娜罗西塔家的客厅，背景是花园。

X 先 生　我将永远属于这个世纪。

叔　　父　我们刚刚开始的将是一个唯物主义的世纪。

X 先 生　但比过去的那个世纪进步多了。我的朋友，马德里的隆格里亚先生，刚刚买了一辆汽车，跑得快极了，每小时三十公里；波斯的国王，的确是个令人愉快的人，也买了一辆二十四马力的庞阿德·莱瓦索。

叔　　父　要我说，那么快干什么？您看到巴黎至马德里的汽车比赛了吧，早就该取消，因为还没到波尔多呢，车手就都没命了。

X 先 生　兹布隆斯基伯爵死于车祸，还有马塞尔·雷诺，或者叫雷诺尔，两种叫法都可以并且经常使用，也死于车祸，他们都是为科学而献身的先烈，等信仰实证论的那一天到来的时候，他们将登上神坛。我对雷诺相当了解，可怜的马塞尔！

叔　　父　您说服不了我。

　　　　　（坐下）

X 先 生　（一只脚放在椅子上，玩手杖）

好极了。尽管一个政治经济学教授无法和一个玫瑰种植者辩论，不过时至今日，请您相信我，清静无为和蒙昧主义不会再流行。今天，一个叫胡安·保蒂斯塔·萨伊或者塞伊的，两种叫法都可以并且都经常使用，或者一个叫莱昂·托尔斯土阿的，一般叫他托尔斯泰，仪表的英俊犹如思想的深刻一样，他们已经把道路打开。我觉得自己像波里斯在世；我不是纯自然主义者。

叔　　父　每个人都按照自己的所知和所能来生活。

Ｘ先生　您已经懂了，地球是个平庸的星球，不过必须给文明以帮助。如果桑托斯·杜蒙特不是研究比较气象学，而是致力于玫瑰的栽培，那么可操练的飞行器可能还在布拉姆的怀抱里呢。

叔　　父　（不悦）

植物学同样是一门科学。

Ｘ先生　（轻蔑地）

不错，不过是实用科学：为了研究芳香型花卉或者大黄、大白头翁、曼陀罗等的汁液。

叔　　父　（天真地）

您对这些植物感兴趣吗？

Ｘ先生　我对此缺乏足够的经验。我对文化有兴趣，但那是另一回事。乌瓦拉！

（停顿）

罗西塔在哪儿？

叔　　父　罗西塔？

　　　　　　（停顿。大声地）

　　　　　　罗西塔！

回 答 声　（从里面传出）

　　　　　　不在！

Ｘ 先 生　很遗憾。

叔　　父　我也是。由于是她的教名日，可能做四十条祈祷去了。

Ｘ 先 生　请您以我的名义把这个项链坠儿交给她。这是一个琥珀的埃菲尔塔，架在两只鸽子上，鸽子叼的是工业的车轮。

叔　　父　她会非常感谢的。

Ｘ 先 生　我本想给她带来一门银质的小炮，从炮口可以看路尔德或者叫卢尔德的圣母，要么就带给她一个皮带卡子，是由一条蛇和四只蜻蜓组成的，可我还是喜欢这头一个，因为更有情趣。

叔　　父　谢谢。

Ｘ 先 生　她若笑纳，不胜荣幸。

叔　　父　谢谢。

Ｘ 先 生　向您夫人顿首致意。

叔　　父　多谢。

Ｘ 先 生　向可爱的侄女顿首致意。

叔　　父　万分感谢。

Ｘ 先 生　请她把我当作可靠的仆人。

叔　　父　一百万分的感谢。

Ｘ 先 生　我还要说……

叔　　父　谢谢，谢谢，谢谢。

X 先 生　再见。

　　　　　（走下）

叔　　父　（高声地）

　　　　　谢谢，谢谢，谢谢。

女 管 家　（笑着出来）

　　　　　真不知道您怎么有那么大的耐心。一会儿这个一会儿那个，堂孔夫子·蒙特斯·德·奥卡，在共济会的受洗号码是四十三号，早晚有一天他会把这个家烧掉的。

叔　　父　我跟你说过，我不喜欢你听人家和我的谈话。

女 管 家　这叫恩将仇报。不错，我是在门后边来着，可不是为了听你们谈话，而是为了摆一把大头朝上的扫帚，好叫那位先生走人。

婶　　母　走了吗？

叔　　父　走了。

　　　　　（进去）

女 管 家　这位也是罗西塔的追求者吗？

婶　　母　可你为什么说是追求者呢？你不了解罗西塔！

女 管 家　可我了解追求者。

婶　　母　我的侄女已经订亲了。

女 管 家　您别让我说出来，您别让我说出来，您别让我说出来，您别让我说出来。

婶　　母　那就住嘴！

女 管 家　您觉得让一个男人走开，而把一个像奶油花儿似的女人丢在这里十几年，这合适吗？她应该结婚。收拾那些马赛花边的桌布、床上的绣花用品、凸花床罩，等等，把我的手都收拾疼了。这些东西早该用了，早该用破了，可她意识不到时间在怎样地过去。将来头发都白了，还在她嫁衣的花边上缝缎带呢。

婶　母　可你为什么要在与你无关的事中插手呢？

女管家　（吃惊地）

可不是插不插手的问题，而是我就在其中。

婶　母　我相信她是幸福的。

女管家　您这么想。昨天我在马戏团门口陪了她一整天，因为她坚持认为一个耍木偶的人像她表哥。

婶　母　真像吗？

女管家　作为一个新手，当他出来唱头一个弥撒时，是很漂亮，不过那是她希望您侄子有那样的身材、那琥珀色的脖子和八字胡。其实，一点都不像。你们家没有漂亮的男人。

婶　母　谢谢你的夸奖。

女管家　都是小矮个儿，而且溜肩膀。

婶　母　去你的！

女管家　夫人，绝对是事实。问题是罗西塔喜欢艺人，就像我和您都喜欢艺人一样。不过她把他整个儿当成另一个人了。有时我真想往她头上扔一只鞋子，因为她向天上望那么长时间，眼睛都快变成牛眼了。

婶　母　好了，到此为止。让粗人说话这也对，但是许说不许吠。

女管家　您别以为我不喜欢她而跟我吵。

婶　母　有时我认为你就是不喜欢她。

女 管 家　她如果想要,可以把面包从我嘴里掏出去,把血从血管里倒出去。

婶　　母　(用力地)

甜言蜜语!空话!

女 管 家　(用力地)

事实!太多了,事实!我比您更爱她。

婶　　母　这是谎言。

女 管 家　(用力地)

这是事实!

婶　　母　你别和我嚷!

女 管 家　(提高嗓门儿)

正是为了叫嚷,舌头上才有铃铛。

婶　　母　住嘴!没教养!

女 管 家　我在您身边四十年了。

婶　　母　(几乎哭出来)

您被辞退了!

女 管 家　(极用力地)

谢天谢地,让我再也不会看到您了!

婶　　母　(哭着)

马上滚到街上去!

女 管 家　(哭起来)

街上去!

(哭着向门走去,进门时掉下来一件东西。两人都在哭。停顿)

婶　　母　(擦眼泪,温柔地)

你掉什么东西了？

女 管 家 （哭着）

一个便携式温度表，路易十五式的。

婶　　母　是吗？

女 管 家　是，夫人。

（二人都在哭泣）

婶　　母　我看看。

女 管 家　送给罗西塔命名日的。

（走近）

婶　　母　（吸气）

好漂亮啊！

女 管 家　（哭腔）

在天鹅绒上有一个用真蜗牛做成的喷泉；泉上有一座用铁丝搭成的带着绿玫瑰的凉棚；喷泉的水是一些蓝色的箔片，而泉眼就是温度计本身。周围的水塘是用油彩画的，在上面喝水的一只夜莺全是用金线绣的。我真想让它有琴弦，并且会歌唱，可办不到。

婶　　母　办不到。

女 管 家　但没必要让它唱，咱们花园里有真的夜莺。

婶　　母　真是。

（停顿）

你干吗要搅和在这件事里？

女 管 家　（哭着）

我的一切都给了罗西塔。

婶　　母　真是没有人比你更爱她了!

女管家　但您最爱她!

婶　　母　不。你把心血都给她了。

女管家　您为她牺牲了自己。

婶　　母　可我是出于义务,你是出于慷慨。

女管家　(更有力地)

您别这么说!

婶　　母　你的表现说明你比谁都更爱她。

女管家　随便什么人在我的情况下,都会这么做的。一个女佣人,你们付给我钱,我为你们效劳。

婶　　母　我们一向把你看作家里人。

女管家　一个普通的女佣人尽其所能,如此而已。

婶　　母　可你跟我说,是如此而已吗?

女管家　我还是什么别的吗?

婶　　母　(生气)

你在这儿不能这么说。我不听你说,我走了。

女管家　(生气)

我也走。

〔各自迅速从一个门出去。出去时,婶母与叔父相撞。

叔　　父　在一起生活的时间那么长,花边都会长出刺来。

婶　　母　她总想自行其是。

叔　　父　你甭给我解释,一切我都记得……但你离不开她。昨天我还听你不厌其烦地给她解释咱们在银行的活期存款。你不明白自己的身份。我认为对一个佣人随心所欲地谈话，是不合适的。

婶　　母　她不是佣人。

叔　　父　（温柔地）

行了，行了，我不想反驳你。

婶　　母　难道不能和我说话吗？

叔　　父　能，不过我还是愿意沉默。

婶　　母　尽管你保留反驳的语言。

叔　　父　在这个高度上，我有什么可说的呢？为了不发生争论，我可以去整理床铺，用肥皂洗我的衣服和更换我房间里的地毯。

婶　　母　家里的一切都服从你的舒适和情趣，你还要摆出这种得不到照顾的大男子的架势，这是不公道的。

叔　　父　（温柔地）

正相反，亲爱的。

婶　　母　（严肃地）

完全是这样。我丢下花边，就去剪枝。你为我做了什么？

叔　　父　请原谅。有时人在一起生活久了，最细小的事情也会导致烦躁和不安，对早已故去的东西产生紧张与渴望。要是二十岁，我们就不会有这样的谈话。

婶　　母　不，要是二十岁，会砸玻璃窗的。

叔　　父　可寒冷曾是我们手里的一个玩具。

〔罗西塔出场。身着玫瑰色衣服。1900年流行的火腿形衣袖已经改变。吊钟形的裙子。迅速地穿过舞台。手里拿着剪刀，走到舞台中心，站住。

罗 西 塔　送信的来了吗？

叔　　父　送信的来了吗?
婶　　母　不知道。
　　　　　（叫）
　　　　　送信的来了吗?
　　　　　（停顿）
　　　　　没，还没来。
罗西塔　平常总是这时候来。
叔　　父　刚才可能来过了。
婶　　母　问题是常常耽搁。
罗西塔　那天我就看见他和三个小孩儿在玩捉迷藏，整个一堆信都扔在地上。
婶　　母　就来了。
罗西塔　来时你们告诉我。
　　　　　（迅速下场）
叔　　父　你拿着剪刀去哪儿?
罗西塔　我去剪玫瑰。
叔　　父　（吃惊地）
　　　　　什么? 谁允许你了?
婶　　母　我。今天是她的命名日。
罗西塔　我想放在花盆和门口的花瓶里。
叔　　父　你们每次剪下一朵玫瑰，就像割下我的手指一样。我知道剪不剪都一样。
　　　　　（看一眼妻子）
　　　　　我不想争论。我知道她们的寿命很短。

[女管家进场。

《玫瑰华尔兹》就这么说的,这是近年来最好的作品之一,但一看见她们被插在花瓶里,我还是无法抑制心中不愉快的感情。

（下场）

罗 西 塔 （对女管家）

邮差来了吗?

女 管 家 玫瑰唯一的用处就是装点房间。

罗 西 塔 （生气）

我问你邮差来了没有?

女 管 家 （生气）

难道他们来的时候是我管收信吗?

婶　　母 去吧,剪玫瑰去吧。

罗 西 塔 在这个家里,无论什么事总得有点不愉快。

女 管 家 我们能在角落里找到鸡冠石。

（下场）

婶　　母 你高兴吗?

罗 西 塔 不知道。

婶　　母 这?

罗 西 塔 没有别人时,我就高兴,可当我看到……

婶　　母 当然了! 我不喜欢你现在的生活。你的未婚夫没要求你闭门不出。每次给我写信都叫你到外面去。

罗 西 塔 可到了街上,我就会觉察出时间的流逝,我不愿失去理想。人们在小广场上建了另一座新房子。我不愿看到时间在过去。

婶　　母　当然了！我劝你多少回了，给你表哥写封信，在这儿另找个人结婚。你是个快乐的人。我知道有不少小伙子和成年男子追求你。

罗西塔　可是，姑妈！我扎在感情里的根是很深、很深的。如果我不看见别人，就会认为他是在上星期刚走的，我就会像第一天那样等他。况且，一年，两年，五年。算什么？

〔铃声响。邮差上。

婶　　母　他会给你寄什么呢？

女管家　（进场）

附庸风雅的老姑娘们来了。

婶　　母　圣母马利亚！

罗西塔　进来。

女管家　娘儿三个外面雍容华贵，可满嘴的馊窝头味儿。真该扇她们……几巴掌！

（下场）

〔三个附庸风雅的姑娘和母亲一起进场。三个老姑娘头戴插着破烂羽毛的大礼帽，衣着极为夸张，手套直至肘部，戴着手镯，扇子系在长长的链子上。母亲身穿黑褐色衣裙，头戴礼帽，上面饰有紫色的旧绸带。

母　　亲　祝你们幸福。

（互相亲吻）

罗西塔　谢谢。

（吻三位老姑娘）

阿莫尔！卡里达！克莱门西娅！

老姑娘甲　祝你幸福。

老姑娘乙　祝你幸福。

老姑娘丙　祝你幸福。

婶　　母　（对母亲）

　　　　　你的脚怎么样了？

母　　亲　越来越坏了。要不是为了这几个女儿，我不会出门。

　　　　　［众人落座。

婶　　母　您没用拌牛草擦吗？

老姑娘甲　每天晚上都擦。

老姑娘乙　还熬锦葵汤。

婶　　母　什么关节炎也抗不住这么治。

母　　亲　您丈夫怎么样？

婶　　母　很好，谢谢。

　　　　　（停顿）

母　　亲　种他的玫瑰。

婶　　母　种他的玫瑰。

老姑娘丙　那些花多漂亮啊！

老姑娘乙　我们有一盆旧金山的玫瑰。

罗西塔　　可旧金山的玫瑰没香味。

老姑娘甲　味儿很小。

母　　亲　我更喜欢山梅花。

老姑娘丙　紫香堇也很漂亮。

　　　　　（停顿）

母　　亲　孩子们，你们带明信片来没有？

老姑娘丙　带来了。这是一个穿玫瑰色衣服的姑娘，同时是一个气压计。戴风帽的教士已经很陈旧了。根据湿度大小，小姑娘的裙子，是用很薄的纸做的，会打开或合上。

罗 西 塔　（朗读）

　　　　　在田野的早上

　　　　　夜莺在歌唱

　　　　　它的歌词中说：

　　　　　"罗西塔，最好的姑娘。"

　　　　　你们干吗这么费心呢？

婶　　母　非常有情趣。

母　　亲　情趣我倒不缺，就是缺钱。

老姑娘甲　妈……！

老姑娘乙　妈……！

老姑娘丙　妈……！

母　　亲　孩子们，这里不是外人。没人听见我们说的话。不过您非常清楚：自从我那可怜的丈夫去世，为了管理我们剩下的那座公寓，我简直是在创造奇迹。我好像还听得到这几个孩子的父亲，像在世时一样慷慨和有绅士风度，对我说："恩里凯塔，花吧，花吧，因为我已挣七个杜罗了。"可那样的时候已经过去了！尽管如此，我们并没有降低身份，夫人，为了这几个孩子能继续戴礼帽，我遭了多大的难啊！为了一条飘带，一套头饰，伤多少心，流多少泪啊！为了那些羽毛和金属撑子，我有多少个夜晚睡不着觉啊。

老姑娘丙　妈……！

母　　亲　孩子，这是事实。我们一点也无法回避。我多少回问她们："我的心肝啊，你们喜欢什么？是午饭里的鸡蛋还是休闲处的椅子？"三个人异口同声地回答："椅子。"

老姑娘丙　妈，你别说这个了。全格拉纳达都知道。

母　　亲　当然，她们能回答什么呢？我们带着土豆和一串葡萄去那儿，但是我有蒙古的斗篷、五彩的礼帽或丝绸的上衣，应有尽有。因为没有别的办法。可生活够艰难的！当我看到她们尽可能轮流穿的时候，我是眼泪围着眼球转。

老姑娘乙　罗西塔，你现在不去阿尔罕伯拉吗？

罗 西 塔　不。

老姑娘丙　我们总是和蓬塞·德·莱昂家、海拉斯蒂家的姑娘们以及教皇赐福的桑塔·马蒂尔德男爵夫人家的姑娘们在那里聚会。

母　　亲　当然了！她们曾一起在天门中学学习过。
　　　　　（停顿）

婶　　母　（站起身）

　　　　　你们吃点什么吧。

　　　　　〔众人同起。

母　　亲　谁也没您做的松仁糖和奶油饼好。

老姑娘甲　（对罗西塔）

　　　　　你有消息吗？

罗 西 塔　上一班邮差向我保证带来新消息。我们看看这一班吧。

老姑娘丙　你做完那套巴伦西亚花边了吗？

罗 西 塔　你看！我已经做了另一套曼苏式蝴蝶戏水的。

老姑娘乙　你结婚的那天会带走世界上最好的嫁妆。
罗 西 塔　哎，我总是觉得很少。人们说要是男人们看见一个女人总穿同一件衣服，就跟她结婚。
女 管 家　（进场）

　　　　　阿约拉的人，还有摄影师来了。
婶　　母　你是说阿约拉的小姐们。
女 管 家　阿约拉最上头的阔太太们，还有陛下的摄影师——马德里影展的金奖获得者，都来了。

　　　　　（下场）
婶　　母　对她要忍着点：可有时真让人心里发颤。

　　　　　〔老姑娘们和罗西塔一起看衣料。

　　　　　真叫人受不了。
母　　亲　都是好逞能。我有一个小保姆，每天下午帮我收拾屋子。工钱和往常一样：每月一个贝赛塔，外加管饭，现如今就算不错了，可那天给我们撂挑子了，说是要一个杜罗，我给不起呀！
婶　　母　不知到哪儿算一站。

　　　　　〔阿约拉的姑娘们进场，快乐地向罗西塔致意。身着极夸张的时装，富丽堂皇。
罗 西 塔　你们不认识吧？
阿约拉甲　见过。
罗 西 塔　阿约拉的小姐们，埃斯卡皮尼的夫人和小姐们。
阿约拉乙　我们见过她们坐在休闲处的椅子上。

　　　　　（掩饰自己的嘲笑）

罗 西 塔　请坐。

　　　　　［老姑娘们坐下。

婶　　母　（对阿约拉的女人们）

　　　　　你们要点甜食吗？

阿约拉乙　不，我们刚刚吃过。说真的，我吃了四个鸡蛋和西红柿酱，简直都不能从椅子上站起来了。

阿约拉甲　真好笑！

　　　　　［众人笑。停顿。阿约拉的姑娘们开始和罗西塔交流一种忍不住的笑声，尽管她们努力控制自己。附庸风雅的老姑娘们及其母表情严肃。停顿。

婶　　母　这些孩子们呀！

母　　亲　年轻！

婶　　母　这是幸福的年龄。

罗 西 塔　（在舞台上走着，像在收拾东西）

　　　　　请安静。

　　　　　［众人静下来。

婶　　母　（对老姑娘丙）

　　　　　还弹钢琴吗？

老姑娘丙　现在我很少学了。我有很多工作要做。

罗 西 塔　我很久没听你弹了。

母　　亲　要不是有我，她的手指早就硬了。我总是和她嚷嚷。

老姑娘乙　自从可怜的爸爸死后，她就没兴致了。爸爸多喜欢听啊！

老姑娘丙　我记得有几回他都流眼泪了。

老姑娘甲　当她弹波普尔的塔兰泰拉舞曲时。

老姑娘乙　还有圣母的祈祷。

母　　亲　他的心非常善。

　　　　　［阿约拉的女人们再也忍不住，放声大笑起来。罗西塔转过身去，背向附庸风雅的老姑娘们，也笑了，但有节制。

婶　　母　这些姑娘们呀！

阿约拉甲　我们笑是因为进来之前……

阿约拉乙　她绊了一下，差点来个空翻……

阿约拉甲　我……

　　　　　［众人笑。老姑娘们开始装出轻轻的笑声，有些厌倦和伤心之意。

母　　亲　咱们走吧！

婶　　母　这怎么行。

罗 西 塔　（对众人）

　　　　　那么咱们可以庆祝她没有摔倒！管家，拿圣卡塔利娜点心来。

老姑娘丙　多好吃啊！

母　　亲　去年她们还送我们半公斤。

　　　　　［女管家拿来点心。

女 管 家　娇贵人吃的小点心。

　　　　　（对罗西塔）

　　　　　邮差已经到小杨树林了。

罗 西 塔　请你到门口等着去！

阿约拉甲　我不想吃。我想要一杯兑茴芹酒的凉水。

阿约拉乙　我要兑青葡萄汁。

罗 西 塔　你就是个小醉鬼！

阿约拉甲　我六岁时到这儿来，罗西塔的未婚夫就使我养成了喝这种饮料的习惯。罗西塔，你不记得了吗？

罗 西 塔　（严肃地）

不！

阿约拉乙　对我，罗西塔和她的未婚夫教我学习字母A，B，C……这都过了多长时间了？

婶　　母　十五年了！

阿约拉甲　我简直，简直都忘了你未婚夫是什么模样了。

阿约拉乙　嘴唇上有一道伤疤，是不是？

罗 西 塔　一道伤疤？婶娘，他有一道伤疤？

婶　　母　可你不记得了，孩子？这是唯一使他丑了一点的地方。

罗 西 塔　可那不是伤疤，是烫了一下，一个玫瑰色的小点。伤疤是深的。

阿约拉甲　我想看罗西塔结婚。

罗 西 塔　上帝啊！

阿约拉乙　别犯傻。我也想看！

罗 西 塔　为什么？

阿约拉甲　为了参加婚礼。等我们能结婚的时候，就结婚。

婶　　母　姑娘！

阿约拉甲　跟谁都行，就是不愿成为老姑娘。

阿约拉乙　我也这么想。

婶　　母　（对母亲）

您觉得怎么样？

阿约拉甲　啊！我所以成为罗西塔的朋友，就是因为知道她有未婚夫！没有未婚夫的女人都是干巴巴的，煮过了火的，她们都是……

(看见老姑娘们)

对了,她们都,不,她们中的一些人……总之,都是急不可耐的!

婶　　母　唉!行了。

母　　亲　让她说吧。

老姑娘甲　有很多人不结婚是因为她们不想结。

阿约拉乙　这我不信。

老姑娘甲　(有意地)

我知道得非常确切。

阿约拉乙　不想结婚的女人是在糟蹋自己,在胸衣下面放上假乳房,不是日夜在阳台的栏杆旁窥视人们吗?

老姑娘乙　她可能是在呼吸新鲜空气。

罗 西 塔　可这是多么愚蠢的争论呀!

[众人勉强地笑。

婶　　母　好了,为什么不弹点什么呢?

母　　亲　来,孩子。

老姑娘丙　(站起)

可我弹什么呢?

阿约拉乙　弹《伏拉库埃罗万岁!》

老姑娘乙　《努曼西亚船歌》。

罗 西 塔　为什么不弹《花儿的语言》呢?

母　　亲　啊,对!《花儿的语言》!

(对婶母)

|||| | 您没听过吧？边朗诵边弹，好极了！
老姑娘丙 | 我也会朗诵《黑色的燕子又把窝悬挂在你的阳台上》。
阿约拉甲 | 那很悲伤。
老姑娘甲 | 悲伤也很美。
婶　　母 | 来吧！来吧！
老姑娘丙 | （弹着钢琴）

  母亲，带我到田野上

  沐浴着清晨的阳光

  去看花儿开放

  当枝儿在摇荡。

  千朵花诉说千样事

  为了恋爱的姑娘，

  夜莺默不作声

  泉水替她歌唱。

罗西塔　玫瑰花在开放

  沐浴着清晨的阳光；

  像鲜血一样，

  露珠奔向远方；

  在花茎上多么热烈

  使微风变得滚烫；

  那么高贵！那么辉煌！

  玫瑰花在开放！

老姑娘丙　"我的眼睛只注视你，"

  香水草这样讲。

　　　　　"只要我活着就不会爱你"

　　　　　这样说的是夜来香。

　　　　　紫堇说："我生来腼腆。"

　　　　　白玫瑰说："我本性冰凉。"

　　　　　茉莉说："我忠诚实在。"

　　　　　石竹说："我热情激荡。"

老姑娘乙　风信子象征着痛苦；

　　　　　西番莲意味着忧伤。

老姑娘甲　砾芥花表现轻蔑；

　　　　　百合花代表希望。

婶　　母　晚香玉说："我是你的朋友。"

　　　　　西番莲说："我相信你的表白。"

　　　　　藤忍冬将你摇摆；

　　　　　千日红将你伤害。

母　　亲　死神的千日红，

　　　　　双手交叉的花朵，

　　　　　当风儿在你的花冠上

　　　　　啼哭，你是多么快乐！

罗 西 塔　玫瑰花在开放

　　　　　但黄昏已经降临，

　　　　　沉重地压在她的枝头上

　　　　　那是雪花凄凉的呻吟；

　　　　　当阴影儿回来，

　　　　　当夜莺儿歌唱，

　　　　　　　宛似痛苦的死亡

　　　　　　　变得洁白忧伤；

　　　　　　　当夜晚，巨大的

　　　　　　　牛角号吹响

　　　　　　　而连绵不断的风

　　　　　　　熟睡在山顶上，

　　　　　　　玫瑰花在落叶，叹息

　　　　　　　东方正升起霞光。

老姑娘丙　被剪下的花朵

　　　　　　　呻吟在你长长的头发上。

　　　　　　　有的带着小小的匕首，

　　　　　　　有的带着水，有的带着火光。

老姑娘甲　花儿为了爱恋

　　　　　　　她们有自己的语言。

罗 西 塔　阳桃花热情奔放；

　　　　　　　大丽花孤芳自赏；

　　　　　　　晚香玉是爱的叹息；

　　　　　　　胶苦瓜笑声朗朗。

　　　　　　　黄色的仇恨满腔；

　　　　　　　红色的愤怒疯狂；

　　　　　　　白色的象征着婚姻；

　　　　　　　蓝色的预示着死亡。

老姑娘丙　母亲，带我到田野上

　　　　　　　沐浴着清晨的阳光

　　　　　　　去看花儿开放

当枝儿在摇荡。

〔钢琴演奏最后的音节然后停止。

姆　母　啊，真漂亮！

母　亲　她们还会扇子的语言、手套的语言、邮票的语言和时间的语言。当她们这样说的时候，真让人起鸡皮疙瘩：

时钟在敲十二响

可怕地回荡在世上；

罪人啊，你要记得

你该在何时死亡。

阿约拉甲　（满嘴的点心）

多么丑恶的事情啊！

母　亲　她们还说：

我们诞生在一点，

拉，拉，兰，

而这个诞生

拉，拉，兰，

宛似睁开眼

在一个花果园，

花果园，花果园。

阿约拉乙　（对其姊）

我觉得老太婆的话多了。

（对母亲）

您再要一杯吗？

母　亲　不胜欢欣，不胜荣幸，就像在我们的时代常说的那样。

〔罗西塔窥视到邮差的到来。

女 管 家　邮差!

　　　　　〔众人欢欣鼓舞。

婶　　母　来得正好。

老姑娘丙　该是算好了天数,正好今天到。

母　　亲　这是个喜事!

阿约拉乙　打开信!

阿约拉甲　要谨慎一点,还是你自己先看看,说不定会和你说点黄色的事情呢。

母　　亲　耶稣啊!

　　　　　〔罗西塔拿着信离开。

阿约拉甲　未婚夫的信又不是祈祷书。

老姑娘丙　是爱的祈祷书。

阿约拉乙　啊,多会说呀!

　　　　　〔阿约拉们笑。

阿约拉甲　大家知道她从没收到过。

母　　亲　(有力地)

　　　　　这是她的福气!

阿约拉甲　那就让她独自享用吧。

婶　　母　(对女管家,她要和罗西塔进去)

　　　　　你到哪儿去?

女 管 家　难道我就一步也不能走?

婶　　母　让她一个人去!

罗 西 塔　(出来)

婶娘！婶娘！

婶　　母　孩子，怎么了？

罗 西 塔　（激奋地）

啊，婶娘！

阿约拉甲　怎么了？

老姑娘丙　告诉我们！

阿约拉乙　怎么了？

女 管 家　说！

母　　亲　拿杯水来！

阿约拉乙　来！

阿约拉甲　快！

　　　　　［一片嘈杂声。

罗 西 塔　（声音哽咽）

他要结婚……

　　　　　［众人吃惊。

他要跟我结婚，因为等不了了，可是……

阿约拉乙　（拥抱罗西塔）

好！高兴啊！

阿约拉甲　拥抱一下！

婶　　母　让她说完。

罗 西 塔　（平静下来）

可他现在不能来，婚礼将由别人代替，他本人日后再来。

老姑娘甲　祝贺你！

母　　亲　（几乎哭泣）

愿上帝让你得到当之无愧的幸福!

（拥抱她）

女 管 家　好了，而"代替"是怎么回事？

罗 西 塔　没什么。找个人在婚礼上做新郎的代表。

女 管 家　还有呢？

罗 西 塔　就结婚了!

女 管 家　晚上呢，怎么办？

罗 西 塔　上帝呀!

阿约拉甲　说得很对。晚上，怎么办？

婶　　母　姑娘们!

女 管 家　他亲自来，就结婚!"代替"! 我从没听说过。床和油漆会冷得发抖，新娘的嫁衣在箱子里最黑暗的地方。夫人，您不能叫"替身"进这个家。

〔众人笑。

夫人，我不喜欢这个"替身"!

罗 西 塔　可他很快就来。这是他爱我的又一个证明!

女 管 家　这! 让他来，拉着你的手，在你的咖啡里把糖搅拌好，还要先尝尝烫不烫!

〔众人笑。叔父拿着一朵玫瑰花上场。

罗 西 塔　叔叔!

叔　　父　我全听到了，我几乎没察觉自己剪下了温室中唯一一朵多变的玫瑰。现在还是红的呢。

当她在中午开放

红得像珊瑚一样。

罗 西 塔　太阳向玻璃探头

　　　　　为了看她闪光。

叔　　父　如果晚两个小时再剪她,她就会给你变成白的了。

罗 西 塔　她像鸽子洁白如霜

　　　　　她像海洋笑声朗朗;

　　　　　像海盐的面庞

　　　　　那冰冷的洁白一样。

叔　　父　但她现在还有,还有青春的火焰呢。

婶　　母　跟我一起喝一杯,男子汉。今天是你该喝一杯的日子。

　　　　　〔欢庆。老姑娘丙坐在钢琴旁,开始演奏一支《波尔卡》。罗西塔在观赏那朵玫瑰。另两位老姑娘和阿约拉的两姐妹跳舞并歌唱。

　　　　　因为我看见你

　　　　　在海岸旁,

　　　　　你的沉闷

　　　　　使我忧伤,

　　　　　你已经看到

　　　　　我命中注定的幻想

　　　　　那缠绵的柔情

　　　　　已经沉没在月光。

　　　　　〔婶母和叔父在跳舞。罗西塔向老姑娘乙和阿约拉姊妹组成的那一对舞伴走去。另一个阿约拉姊妹看到两个老人跳舞便拍起手来。女管家进来也做起同样的动作。

　　　　　　　　　　　　　　　　　　　　幕落

第三幕

底层客厅,窗户朝向花园,带有绿色的百叶窗帘。舞台一片寂静。一座钟在打着下午六点。女管家穿过舞台,拿着一个盆子和一个皮箱。十年过去了。婶母出场并坐在舞台中央的一把矮椅上。寂静。时钟又敲六点。停顿。

女 管 家 (进场)

又敲六点。

婶　　母 姑娘呢?

女 管 家 上边呢,在顶楼。您呢,在哪儿来着?

婶　　母 拿出温室里最后几个花盆。

女 管 家 我一上午都没看见您。

婶　　母 自从我丈夫去世,家里就空空的,好像比原来大了一倍,甚至我们都要互相寻找了。有的夜晚,当我在房间里咳嗽时,我听见的回声就像在教堂里似的。

女 管 家 确实,这个家显得太大了。

婶　　母 况且,如果他活着,凭他的机敏,他的智慧……

(几乎哭泣)

女 管 家 (唱着)

兰—兰—玩—兰—兰……不，夫人，我不让您哭了。他死了六年了，我不愿您还像头一天似的。我们哭得够多的了。夫人，要坚强！太阳会从街角升起！我们还要剪很多年玫瑰呢！

婶　　母　（站起身）

我已经老了，管家。我们头上有个很大的败落的家产。

女 管 家　我们不需要了。我也老了。

婶　　母　我巴不得有你的年龄！

女 管 家　我们差不了几岁，但由于我干活多，腿脚灵活些，而由于您老闲着，腿就僵了。

婶　　母　难道你觉得我没干活？

女 管 家　您是用指头尖儿，用线，用花茎，用蜜饯；可我呢，是用脊背、膝盖和指甲。

婶　　母　那么主持家务就不算劳动吗？

女 管 家　可擦地板要难得多。

婶　　母　我不想和你争论。

女 管 家　为什么不呢？这样我们可以消磨时间。来吧。反驳我。我们简直成了哑巴了。从前总是叫，这个，那个，蛋糕呀，不要再熨了呀……

婶　　母　行了，我服了……今天是汤，明天是米疙瘩，我的水杯和我口袋里的念珠，我会体面地等死……可我一想到罗西塔！

女 管 家　这是症结所在！

婶　　母　（激动）

我想到对她做的那件坏事，想到那可怕的骗局和那个男人心地的虚伪，他不是我家的人，也不配做我家的人，我恨不得今年才二十岁，坐上轮船到土库曼去，抄起一条皮鞭……

女 管 家　（打断她）

再抄起一把剑，把他的脑袋砍下来并用两块石头把它砸烂，把他伪装发誓和写假情书的手也割下来。

婶　　母　对，对，血债要让他血来还，尽管这些血都是我的，然后再……

女 管 家　把骨灰撒到大海里。

婶　　母　让他再托生并把他带到这儿来，让他和罗西塔在一起，让姑娘对我家的贞操心满意足。

女 管 家　您现在承认我有道理了吧？

婶　　母　我承认。

女 管 家　他在那边找到了富家的女子并结了婚，可应该及时说明。现在谁还爱这个女人？

过景了！夫人，咱们能不能给他寄一封有毒的信，让他一接到信就暴死？

婶　　母　什么事呀！结婚八年了，这个流氓，到上个月才给我写信。"替身"没来，就有点可疑……当时他不敢，可最终还是做了。当然，后来他父亲死了！可这个孩子……

女 管 家　嘘……！

婶　　母　你把那两口缸收拾起来。

　　　　　〔罗西塔出场。身着1900年淡玫瑰色时装。梳着发髻。

已显苍老。

女 管 家　姑娘！

罗 西 塔　你们做什么呢？

女 管 家　聊天。你呢，到哪儿去呀？

罗 西 塔　我到温室去。花盆都拿走了吗？

姨　　母　没剩几个了。

　　　　　[罗西塔下场。两个女人擦眼泪。

女 管 家　好了吗？您和我都坐好了？该死去了吗？就没有法律？就没有勇气把他毁掉？

姨　　母　住口，别说了！

女 管 家　我可没有那么好的脾气，受不了这种事，我的心在胸腔里乱跳，就像一条被追赶的狗一样。埋葬丈夫时，我非常难过，可内心深处却有一种很大的快乐……也不是快乐……突然想到被埋葬的不是我。当我埋葬女儿时，……您明白吗？当我埋葬女儿时，就好像有人蹂躏我的五脏一样，但死了毕竟是死了。他们死了，我们要哭，关上门，可还要活呀！我的罗西塔的事是最糟的。爱而找不到人，哭又不知为谁；叹息吧，又知道那个人不配。这是一个流血不止的伤口，在世上没有任何人能给她送来棉花、绷带或纯洁晶莹的雪块儿。

姨　　母　你要我做什么呢？

女 管 家　让河水把我们冲走。

姨　　母　人老了，什么都和我们作对。

女 管 家　只要我有这双手，您就什么也不会缺。

婶　　母　（停顿。压低声音，羞愧）

　　　　　　管家，我可付不起你下月的工钱了！你应该离开我们。

女 管 家　嚯！这是什么邪风从窗户吹进来了？嚯！……是不是我正在变成聋子？那……我可要高兴得唱起来了，就像放学的孩子们一样！

　　　　　〔传来孩子们的声音。

　　　　　您听见了吧，夫人？我的夫人，您比任何时候都更是夫人。（拥抱她）

婶　　母　你听。

女 管 家　我烧菜去。砂锅茴香炖糁鱼。

婶　　母　你听呀！

女 管 家　再来一个雪山！我再给您做一个雪山加五彩糖豆……

婶　　母　可老婆子！

女 管 家　（叫喊）

　　　　　我说！……是不是堂马丁来了！堂马丁，请进！来！让夫人高兴点。

　　　　　〔迅速下场。堂马丁进来。一位红头发的老者。拄着一根拐杖，撑着一条瘸腿。气质高贵，很有尊严，有一种永恒的悲哀的表情。

婶　　母　好久不见！

堂 马 丁　什么时候彻底搬走？

婶　　母　今天。

堂 马 丁　您会怎么样？

婶　　母　新家不是这样。可景色不错，而且有一个小院，里面有两棵无花果，也会有些花的。

堂马丁 这样更好。

［二人坐下。

婶　母 您怎么样？

堂马丁 一如既往。我来讲我的理论课。简直是一座地狱。课是非常美好的："和谐的概念与定义"，可孩子们一点也不感兴趣。什么孩子呀！对我，他们看我已经没用了，还尊敬一点，有时往座位上放个大头针什么的，要么就往我背上放个布娃娃，而对我的同事们做的事情，简直可怕。他们都是有钱人的孩子，由于交了钱，就无法惩罚他们。校长总是这样对我们说。昨天他们硬要新来的地理老师卡尼托先生戴胸罩，因为他有点鸡胸脯，当他一个人在院子里的时候，那些大孩子和寄宿生就集合起来，扒光了他上身的衣服，把他捆在走廊的柱子上，并从阳台向他浇了一罐子凉水。

婶　母 可怜的人啊！

堂马丁 每天我都是颤抖着走进学校，不知他们要拿我怎么样，尽管像我说的那样，他们对我的不幸还有一点尊重。刚才他们就有一场恶作剧，贡苏埃格拉先生，一位令人敬重的拉丁文教师，在他的花名册上发现一堆猫屎。

婶　母 真是造孽！

堂马丁 他们是花了钱的，我们靠他们活着。请您相信我，事后家长们将那些丑恶行为当作笑谈，由于我们是辅导老师，不对他们的孩子进行考试，他们就不把我们当人看，似乎我们是最下等的人，只是还打着领带，熨着衣领。

婶　　母　啊，堂马丁！这什么世道啊！

堂马丁　什么世道啊！我当年梦想过当诗人，人们送我一枝鲜花，我便写了一个从来不能上演的剧本。

婶　　母　《赫伏特的女儿》。

堂马丁　就是。

婶　　母　罗西塔和我读过。您借给我们的。我们读了四五遍呢！

堂马丁　（急切地）

怎么样？

婶　　母　我很喜欢。我总是这样对您说。特别是当她要死了，想起母亲并呼唤她的时候。

堂马丁　很有力，是吧？一部真正的剧作，一部既有外延又有内涵的剧作。从来不能上演。

（朗诵起来）

啊，崇高的母亲！转过你的眼睛

看看这温顺的女人在卑鄙的梦中，

请接受这些金光闪闪的首饰

和我战斗的可怕的鼾声！

难道这不好吗？难道这诗句的重音和停顿不对吗？"和我战斗的可怕的鼾声！"

婶　　母　漂亮！漂亮！

堂马丁　当格鲁西尼奥和伊莎伊亚斯相遇撩起商店的挂毯时……

女管家　（打断他）

从这儿走。

〔进来两个穿灯芯绒服装的工人。

工 人 甲　下午好。

堂马丁和婶母　（同时）

下午好。

女 管 家　就是那个。

〔指着房间深处的大沙发。两个工人像抬棺材一样将它抬走。女管家跟着他们。寂静。两个工人抬着沙发出去时，传来两响钟声。

堂 马 丁　这是"大人物"桑塔·赫尔特鲁迪斯的九日祭？

婶　　母　是，在圣安东教堂。

堂 马 丁　当诗人太难了！

〔两个工人下场。

后来我想当药物学家。可以生活得很平静。

婶　　母　我哥哥，已经升天了，就是药物学家。

堂 马 丁　可没当成。我得帮助母亲，于是就当了教师。因此我才那么羡慕您丈夫。他是心想事成。

婶　　母　可他因此而破了产。

堂 马 丁　是的，可我的情况更糟。

婶　　母　可您还在继续写作。

堂 马 丁　我也不知道为什么写，因为我已没有幻想，不过这是我唯一的爱好。您读了昨天我发表在《格拉纳达的思考》上的短篇小说了吗？

婶　　母　《马蒂尔德的生日》？是，我们读了，是一篇佳作。

堂 马 丁　是吧？我在这篇作品里想创新，写与现实环境相关的事情，甚至提到了一架飞机。的确是该现代化。当然了，我最喜欢的是我那些十四行诗。

婶　　母　　致帕尔纳斯的九位缪斯！

堂 马 丁　　十位，十位。您不记得我称罗西塔为第十位缪斯了？

女 管 家　　（进场）

夫人，帮我把这床单叠起来。

〔两人一起叠床单。

红头发的堂马丁！上帝的人啊，您为什么不结婚呢？不应这样孤零零地生活！

堂 马 丁　　没人爱我！

女 管 家　　问题是人们没有情趣，您说话的方式那么高雅！

婶　　母　　看看你会不会爱上他！

堂 马 丁　　试试看！

女 管 家　　他在学校底层教室上课时，我到炭场去听。"什么是概念？""就是事物在智力上的体现。"是不是这样？

堂 马 丁　　你们看看！看看！

女 管 家　　昨天他大叫："不。这里有倒置"，然后……又是"凯旋曲"……我真想听懂，但由于不懂，就想笑，那个烧炭工，总是读那本《帕尔米拉的废墟》，向我挤眉弄眼，两只眼就像发怒的公猫似的。不过笑归笑，虽然不懂，我却知道堂马丁很了不起。

堂 马 丁　　如今人们不拿修辞学和诗歌当回事，也不把世界文化放在眼里。

〔女管家拿着叠好的床单迅速离去。

婶　　母　咱们怎样对付她呢？我们在这出戏里剩的时间不多了。

堂 马 丁　要以善良和牺牲精神来利用它。

　　　　　〔传来喊声。

婶　　母　出什么事了？

女 管 家　（出场）

　　　　　堂马丁，快到学校去吧，孩子们用钉子把水管打破了，所有的教室都淹了。

堂 马 丁　我们去看看。我梦见了帕尔纳斯，却不得不去做泥瓦匠和水暖工。只要别推我或滑倒……

　　　　　〔女管家扶他站起来。喊声。

女 管 家　就去……！冷静点！看看水是不是把孩子都淹死了？一个也别剩！

堂 马 丁　（离去）

　　　　　上帝保佑！

婶　　母　怪可怜的，他的命真不好！

女 管 家　您看那面镜子。他自己熨衣领，自己补袜子，生病时我给他送奶油蛋糕去，床单黑得像煤球，那些墙和墙上的水彩画……嗨！

婶　　母　可有的人要什么有什么！

女 管 家　所以我总说：坏，富人就是坏！最好让他们连指甲都别剩！

婶　　母　不提他们了！

女 管 家　但我肯定他们会头朝下栽到地狱里去的。您以为前天埋葬的那个剥削穷人的堂拉菲尔·萨勒会去哪儿呢？有那么多神父，那么多修女，那么多钟声，上帝就会饶恕他吗？下地狱！他会说："我有两千万贝塞塔，你们别用火钳夹我。如果你们撤去我脚下的火，我给你们四万杜罗。"可小鬼儿们，你从这儿烧，他从那儿烧，我踹一脚，你扇一个嘴巴，直到让他的血变成煤末。

婶　　母　我们耶稣教徒都知道，哪个富人也进不了天堂。不过你这样说话，说不定也会头朝下栽到地狱里去的。

女 管 家　我下地狱？我一推佩德罗·波特罗的锅炉，就会让热水流到天边。不，夫人，不。我争着抢着也会上天堂的。

（温柔地）

和您一起。一人坐一把天上的丝绸软椅，它自己会摆动，还有一些红缎子的扇子。在我们俩中间，罗西塔荡着用茉莉花和迷迭香枝条做成的秋千，后面是您戴满玫瑰花的丈夫，就像他躺在棺材里从这个房间出去时那样，同样的微笑，同样洁白的前额，像水晶的一样。您这么摇，我这么摇，罗西塔这么摇，您丈夫在我们后面撒玫瑰花，我们三个就像圣周里插满蜡烛、缀满流苏的螺钿神龛似的。

婶　　母　擦眼泪的手绢就留在下面。

女 管 家　这，真扫兴。我们，是到天上享乐去！

婶　　母　因为我们心里连一滴泪都没有了。

工 人 甲　请吩咐！

女 管 家　来。

〔工人们进来。从门口。

加油！

婶　　母　上帝保佑你！

　　　　　（慢慢坐下）

　　　　　［罗西塔上场。拿着一包信。寂静。

　　　　　衣柜抬走了吗？

罗 西 塔　正抬呢。您表妹艾斯佩兰萨打发一个孩子拿改锥来了。

婶　　母　他们要在今晚把床装好。我们应该快走并按照我们的情趣把东西摆好。我表妹会随心所欲地乱放东西。

罗 西 塔　但我想等天黑下来再走。如果可能，最好把路灯关掉。反正邻居们总是偷看。由于搬家，门口一天到晚堵一群孩子，好像家里死了人似的。

婶　　母　要是我知道，决不会允许你叔父把房子连同家具全部抵押出去。我们搬走都是小东西，椅子是为了坐的，床是为了睡的。

罗 西 塔　为了死的。

婶　　母　他给我们做的好事！明天新主人就来了！真想让你叔叔看看咱们。老傻瓜！生意场上的胆小鬼！玫瑰迷！对钱一点概念都没有！每天都在败家！"某某人来了。"他呢，"请进"；来时口袋空空的，走时装满了钱。总是那句话："别叫我妻子知道。"漏手！软弱！没有他不救助的灾难，没有他不保护的儿童，因为……因为他的心比谁的都大……他有耶稣教徒最纯洁的灵魂……不，不，别说了，老太婆！别说了，多嘴的人，要尊重上帝的意志！破产！好吧，别作声！可我一看见你……

罗 西 塔　婶娘，您甭担心我。我知道抵押家产是为了支付我的家

　　　　　　具和嫁妆，正是这，才使我难过。
婶　　母　他做得对。对你，做什么都不为过。对给你买的一切，你都当之无愧。你用它们的那天将是美好的日子。
罗西塔　我用它们的那天？
婶　　母　当然！你举行婚礼的那天。
罗西塔　您别让我说了。
婶　　母　这正是本地正派女子的缺点。不说话！我们不说，可该说！
　　　　（喊叫）
　　　　　管家，邮差来了吗？
罗西塔　您想叫我做什么？
婶　　母　叫你看着我怎么活着，你好学着点。
罗西塔　（拥抱婶母）
　　　　　您别说了。
婶　　母　我有时就得大声讲话。孩子，别关在房间里。不要回避不幸。
罗西塔　（跪在婶母面前）
　　　　　我已经习惯了，许多年来我都生活在自身之外。想着那些本来就很遥远的事情，而如今这些事情已不存在了。可我还在一个寒冷的地方转啊，转啊，寻找一个根本找不到的出路。我什么都明白。我早知道他已经结婚了：一个仁慈的灵魂已经告诉我了，可我收到他的来信时，还抱着一种充满眼泪的幻想，这幻想使我自己都感到奇怪。要是人们不说长道短，要是你们毫无所知，要是只有我一个人知道，他的信件和谎言还能支撑我的幻想，像他走的头一年那样。可大家都知道了，我被人家指指点点，使我作为未婚妻的卑微地位变得滑稽，使我作为老姑娘的扇子显得可笑。每过一年，都像从我身上割去一块肉一样。今天一个朋友结婚了，一个，又一个，明天生儿子了，儿子长大了，让我看他考试的成绩来了，他们盖新房了，作新歌了，可我呢，一如既往，永远是同样的震颤；我与从前一模一样，剪同样的石竹，看同样的云彩；有一天，我下去散步，发觉我谁也不认识，由于我厌烦，少男少女们都把我抛在了脑后，这个说："老姑娘来了"，另一个，漂亮的小伙子，留着卷发，评论说："那个女人已经没人愿啃了。"我听见了却不能喊叫，而是走到前面去，嘴里充满了毒液，却一心只想逃，只想脱掉鞋子，躲进自己的角落里休息，永远不再动弹。

婶　　母　闺女！罗西塔！

罗　西　塔　我已经老了。昨天我听您和管家说我还能结婚。绝对不行了。您不用想了。对和我用满腔热血爱慕的人，和我从前爱过的人，和我今天爱着的人结婚，我早已不抱希望了。一切都完了……然而我怀着失去的幻想躺下，再怀着更加可怕的感情起来，因为那是希望破灭之后的感情。我想逃脱，我想不看，我想使自己冷静，使自己成为一片空白……难道一个可怜的女人没有自由呼吸的权利吗？然而希望却追逐着我，包围着我，咬着我，像挣扎的狼最后一次咬紧它的牙齿。

婶　　母　你为什么不听我的话？为什么不跟别的人结婚呢？

罗西塔　我被束缚住了。况且，哪个男人会到这个家里来，诚心诚意而又全心全意地追求我的爱呢？没有一个。

婶　母　你根本不理会人家。你痴情于那只偷窃成性的雄鸽。

罗西塔　我向来是严肃的。

婶　母　你固执己见而不看现实，不珍惜自己的前途。

罗西塔　我就是我。我无法改变自己。现在我只剩下自己的尊严。心里的东西我只留给自己。

婶　母　我可不喜欢这样。

女管家　（突然出来）

　　　　我也不喜欢！你说，你发泄，让我们三人尽情地哭并共同分担这份感情。

罗西塔　我怎么和你们说呢？有的事情无法说出来，因为没有语言能够表达，即使有也没有人懂它的意思。我跟你们要面包，要水，甚至要一个吻，你们明白，但每当我一个人时，有一只黑暗的手伸向我，我也不知它是在将我的心冻结还是在将我的心燃烧，对此你们就永远不会理解，更不会把它挪开。

女管家　你已经在说点什么了。

婶　母　对一切都存在着安慰。

罗西塔　这将是一个永远说不完的故事。我知道自己的眼睛永远是年轻的，也知道自己的背会越来越驼。不管怎么说，成千上万的女人，命运和我的一样。

　　　　（停顿）

　　　　可我为什么要说这些呢？

（对女管家）

你去收拾东西吧，过一会儿我们就要离开这个卡门了；而您，婶娘，不要为我操心。

（停顿。对女管家）

走吧！我不喜欢你们这样看着我，这种过分忠诚的眼光使我难过。

[女管家离去。

这种怜悯的眼光使我困惑并憋气。

婶　　母　孩子，你想让我做什么呢？

罗 西 塔　不要管我，直当我是丢失了的东西。

（停顿。踱来踱去）

我知道，您在想您的姐姐……也是像我一样的老姑娘。她脾气暴躁，而且仇视一切孩子和一切穿新衣服的女人……但我不会那样。

（停顿）

请您原谅。

婶　　母　真是傻话！

[一个十八岁的青年出现在房间深处。

罗 西 塔　过来。

青　　年　您这是搬家吗？

罗 西 塔　几分钟以后就搬。天黑的时候。

婶　　母　是谁？

罗 西 塔　马利亚的儿子。

婶　　母　哪个马利亚？

罗西塔　马诺拉三姊妹中的老大。

婶　母　啊！三四个姑娘

奔向阿尔罕伯拉的宫墙。

对不起，孩子，我记性不好。

青　年　您见我的次数很少。

婶　母　当然，不过我很喜欢你妈妈。多可爱呀！和我丈夫同时死的。

罗西塔　她在先。

青　年　八年了。

罗西塔　脸庞和他妈妈一样。

青　年　（快乐地）

我丑点。我的脸像用锤子敲的一样。

婶　母　说话的语气也一样，一样聪明！

青　年　当然，我还是像她。狂欢节的时候，我穿上母亲当年的连衣裙……一件绿色的……

罗西塔　（怀旧地）

黑色的穗……镶着绿绸子的花。

青　年　对。

罗西塔　腰部有一个天鹅绒的大花结。

青　年　就是那件。

罗西塔　总是垂向裙撑的一边。

青　年　对极了！多可笑的时装啊！

（笑）

罗西塔　（伤感地）

当时是很漂亮的时装！

青　　年　您别这么说！因为我穿上那件老掉牙的衣服时，笑得要死，整个家里的走廊都是樟脑球味儿，我下去时姨妈突然伤心地哭起来，因为她说我和我妈一模一样。我非常感动，自然，我脱下了那件衣服，并把它和面具都扔在了床上。

罗 西 塔　这是因为没有比回忆更动人的事情了。它们甚至会使我们无法生活。所以我很理解那些喝醉酒、在街上溜达的老太婆，她们坐在休闲处的椅子上唱歌，想抹掉世上的一切。

婶　　母　你那个结了婚的姨妈呢？

青　　年　从巴塞罗那写信。信越来越少。

罗 西 塔　有孩子吗？

青　　年　四个。

女 管 家　（进场）

您把衣柜的钥匙给我。

［婶母将钥匙给她。指青年。

在这儿呢，年轻人，昨天和未婚妻在一起。我在努埃瓦广场看见他们了。姑娘说在边上走，他不让。

（笑）

婶　　母　好啊，小家伙！

青　　年　（不知所措）

我们开玩笑呢。

女 管 家　你脸红什么！

（下场）

罗西塔　好了，不说了！

青　年　你们的花园真漂亮！

罗西塔　从前是我们的！

婶　母　来，剪几枝玫瑰花。

青　年　祝您愉快，堂娜罗西塔。

罗西塔　孩子，上帝保佑你！

　　　　［婶母与青年下场。黄昏降临。

　　　　堂娜罗西塔！堂娜罗西塔！

　　　　当她在清晨开放

　　　　红得像鲜血一样。

　　　　黄昏使她变白

　　　　像浪花和盐霜

　　　　当夜晚垂下幕帐

　　　　她的叶子已落在地上。

　　　　（停顿）

女管家　（带着披肩出来）

　　　　走吧！

罗西塔　好，我去披件大衣。

女管家　由于我把衣架取下来了，大衣挂在窗户的挺钩上。

　　　　［老姑娘丙进场，穿深色衣服，头上和项带上戴着服丧的黑纱，在1912年是这样。低声说话。

老姑娘丙　管家！

女管家　我们只能在这儿跟您待几分钟。

老姑娘丙　我是到离这儿不远的地方来上钢琴课的，顺便看看你们

　　　　　　需要什么东西。
女 管 家　上帝会给您报偿的！
老姑娘丙　什么了不起的事呀！
女 管 家　是，是，不过请您别触动我的心，别把这悲痛的黑纱撩起来，因为我是给您亲眼看到的这场没有死者的葬礼增加活力的人。
老姑娘丙　我想向她们致意。
女 管 家　最好还是别见她们。您从另一家走吧！
老姑娘丙　好。不过要是缺什么，您知道我会尽力而为的。
女 管 家　最坏的时候就要过去了！

　　　　〔风声。

老姑娘丙　起风了！
女 管 家　是。好像要下雨。

　　　　〔老姑娘丙下场。

婶　　母　（进场）
　　　　　　照这么刮下去，玫瑰就一朵也剩不下了。花亭那儿的树几乎都碰到我房间的墙壁了。似乎有人想让花园变丑，好让我们不为离开它难过。
女 管 家　它从来没有特别、特别漂亮过。您穿好大衣了吗？这儿有片云彩。所以要穿严点。
　　　　　（给她穿上）
　　　　　　现在，等我们到时，饭是现成的。饭后有牛奶蛋黄甜点。您喜欢吃的。像麝香石竹一样的甜点心。
　　　　　（女管家由于深深的感动而声音嘶哑）

［传来拍打声。

婶　　母　温室的门。你怎么不关上？

女 管 家　返潮，关不上了。

婶　　母　一整夜都在响。

女 管 家　反正我们听不见了……！

［舞台笼罩在傍晚柔和的昏暗中。

婶　　母　我，听得见。我会听得见的。

［罗西塔出场。面色苍白，身穿黑色衣裙，披着一件大衣，直拖到裙边。

女 管 家　（豪爽地）

咱们走！

罗 西 塔　（声音微弱）

开始下雨了。这就没人从阳台上看我们离开了。

婶　　母　更好。

罗 西 塔　（犹疑了一下，倚在一把椅子上。被女管家和婶母撑住才未完全失去知觉）

当夜晚垂下幕帐

她的叶子脱落在地上。

［三人下场。舞台上空无一人。传来门的声音。一个深处的阳台突然打开，白色的窗帘随风飘荡。

幕落

附录 加西亚·洛尔迦生平年表

1898年 6月5日出生在距格拉纳达市18公里的富恩特-巴克罗斯镇。

1909年 随家人迁居格拉纳达市。入中学。

1914年 入格拉纳达大学预科。

1915年 开始在法律系与文学系学习。

1916年 写了回忆富恩特-巴克罗斯的文章《我的家乡》；由于钢琴老师去世，不再学习钢琴；先后在安达卢西亚、卡斯蒂利亚、莱昂、加里西亚等地旅游。

1917年 在《格拉纳达艺术中心手册》上发表《象征的幽灵》；第三次在布尔戈地区旅游学习，在此期间发表了一些文章；创作了不少诗歌，表现了他的性焦虑和对正统天主教的反感；经常去"小角落沙龙"与一些渴望创新的文艺青年探讨当地的文化生活问题。

1918年 出版游记散文集《印象与风光》。

1919年 赴马德里参观大学生公寓；会见胡安·拉蒙·希梅内斯，后又结识了音乐家马努埃尔·法亚。

1920年 住进大学生公寓；结识先锋派电影导演路易斯·布努埃尔及其他先锋派诗人；《蝴蝶的诱惑》在马德里排演；开始《组歌》的创作。

1921年　出版《诗集》；继续创作《组歌》（原想尽快出版，但一直未能如愿）；创作《深歌》。

1922年　在格拉纳达做首次关于"深歌"的讲座。

1923年　结束法律系学业（文学系学业从未结束）；在大学生公寓结识画家达利。

1924年　在格拉纳达接待达胡安·拉蒙·希梅内斯夫妇；创作《吉卜赛谣曲集》中的某些作品，结识阿尔贝蒂；开始创作《马里亚娜·皮内达》和《鞋匠的俏娘子》。

1925年　完成新版《马里亚娜·皮内达》；与豪尔赫·纪廉开始通讯联系；访问巴塞罗那；发表《欧洲的先锋派文学》；产生第一次感情危机。

1926年　在格拉纳达做"堂路易斯·德·贡戈拉的诗歌意象"的讲座；继续创作《吉卜赛谣曲集》；在《西方》杂志上发表《萨尔瓦多·达利的颂歌》。

1927年　在马拉加出版《歌集》；在巴塞罗那上演《马里亚娜·皮内达》；赴塞维利亚参加纪念贡戈拉逝世300周年活动，这标志着"27年一代"的形成。

1928年　在格拉纳达与友人共同创办了《雄鸡》杂志；第二次感情危机；与达利产生分歧；出版《马里亚娜·皮内达》。

1929年　经法国和英国赴纽约，住在哥伦比亚大学；开始创作《诗人在纽约》。

1930年　紧张的诗歌创作；离纽约赴古巴，创作先锋派戏剧《观众》，三个月后重返纽约；完成《沃尔特·惠特曼的颂歌》；回西班牙后完成《观众》的写作；在马德里排演《鞋匠的俏娘子》。

1931年 策划唱片《西班牙民歌》并为其伴奏;《深歌》终于出版。

1932年 朗读在纽约创作的诗篇;做"深歌的结构"的讲座;茅屋剧团在各地巡回演出;朗读《血的婚礼》。

1933年 《血的婚礼》上演,获得巨大成功;在马克思主义杂志《十月》上,率先签署反法西斯宣言;《血的婚礼》在布宜诺斯艾利斯上演;1933年10月至1934年3月在阿根廷介绍剧作、做讲座,受到狂热的欢迎;《血的婚礼》演出逾百场;加深了与聂鲁达的友情。

1934年 创作《致伊格纳西奥·桑切斯·梅西亚斯的挽歌》;强调自己对穷苦大众的同情;《叶尔玛》上演,非常成功;右派报刊攻击他不道德、反宗教、反西班牙。

1935年 纽约出英文版《血的婚礼》;马德里再度上演由他亲自执导的《鞋匠的俏娘子》;年底上演《坐愁红颜老》;《诗人在纽约》准备付印;一再表示对民主的支持与对法西斯的斥责;签名反对墨索里尼对埃塞俄比亚的入侵;在圣地亚哥·德·孔波斯特拉出版《加利西亚语诗歌6首》。

1936年 出版《血的婚礼》和《最初的诗篇》;签署西班牙知识分子支持人民阵线的宣言;《我的表妹欧莱利娅的梦想》与《贝纳尔达·阿尔瓦之家》首演;在马德里《太阳报》的访谈中,宣布在格拉纳达"目前西班牙最坏的资产阶级在活动";马德里的紧张形势和法西斯分子的猖獗促使他于7月14日回到格拉纳达;8月9日躲到罗萨雷斯兄弟家中(他们中有两位是长枪党的重要人物);8月16日在罗萨雷斯家中被捕;8月18日或19日在阿尔法卡尔被法西斯分子杀害。

汉译文学名著

第一辑书目（30种）

伊索寓言	〔古希腊〕伊索著　王焕生译
一千零一夜	李唯中译
托尔梅斯河的拉撒路	〔西〕佚名著　盛力译
培根随笔全集	〔英〕弗朗西斯·培根著　李家真译注
伯爵家书	〔英〕切斯特菲尔德著　杨士虎译
弃儿汤姆·琼斯史	〔英〕亨利·菲尔丁著　张谷若译
少年维特的烦恼	〔德〕歌德著　杨武能译
傲慢与偏见	〔英〕简·奥斯丁著　张玲、张扬译
红与黑	〔法〕斯当达著　罗新璋译
欧也妮·葛朗台 高老头	〔法〕巴尔扎克著　傅雷译
普希金诗选	〔俄〕普希金著　刘文飞译
巴黎圣母院	〔法〕雨果著　潘丽珍译
大卫·考坡菲	〔英〕查尔斯·狄更斯著　张谷若译
双城记	〔英〕查尔斯·狄更斯著　张玲、张扬译
呼啸山庄	〔英〕爱米丽·勃朗特著　张玲、张扬译
猎人笔记	〔俄〕屠格涅夫著　力冈译
恶之花	〔法〕夏尔·波德莱尔著　郭宏安译
茶花女	〔法〕小仲马著　郑克鲁译
战争与和平	〔俄〕列夫·托尔斯泰著　张捷译
德伯家的苔丝	〔英〕托马斯·哈代著　张谷若译
伤心之家	〔爱尔兰〕萧伯纳著　张谷若译
尼尔斯骑鹅旅行记	〔瑞典〕塞尔玛·拉格洛夫著　石琴娥译
泰戈尔诗集：新月集·飞鸟集	〔印〕泰戈尔著　郑振铎译
生命与希望之歌	〔尼加拉瓜〕鲁文·达里奥著　赵振江译
孤寂深渊	〔英〕拉德克利夫·霍尔著　张玲、张扬译
泪与笑	〔黎巴嫩〕纪伯伦著　李唯中译
血的婚礼——加西亚·洛尔迦戏剧选	〔西〕费德里科·加西亚·洛尔迦著　赵振江译
小王子	〔法〕圣埃克苏佩里著　郑克鲁译
鼠疫	〔法〕阿尔贝·加缪著　李玉民译
局外人	〔法〕阿尔贝·加缪著　李玉民译

图书在版编目（CIP）数据

血的婚礼：加西亚·洛尔迦戏剧选/（西）费德里科·加西亚·洛尔迦著；赵振江译.—北京：商务印书馆，2021（2022.7重印）
（汉译世界文学名著丛书）
ISBN 978-7-100-20023-3

Ⅰ.①血… Ⅱ.①费…②赵… Ⅲ.①戏剧文学—剧本—西班牙—现代 Ⅳ.① I551.35

中国版本图书馆 CIP 数据核字（2021）第 112178 号

权利保留，侵权必究。

汉译世界文学名著丛书
血的婚礼
加西亚·洛尔迦戏剧选
〔西〕费德里科·加西亚·洛尔迦 著
赵振江 译

商 务 印 书 馆 出 版
（北京王府井大街36号 邮政编码100710）
商 务 印 书 馆 发 行
北京市十月印刷有限公司印刷
ISBN 978-7-100-20023-3

2021年10月第1版　　开本 850×1168　1/32
2022年7月北京第2次印刷　　印张 13 5/8
定价：57.00 元